Jaci Burton vit dans l'Oklahoma. Lorsqu'elle n'est pas en plein rush pour rendre à temps son prochain roman, elle tente de convaincre son mari de refaire la décoration de leur maison en suivant scrupuleusement les conseils d'une émission de télévision qu'elle adore. C'est également une inconditionnelle des histoires à l'eau de rose, et surtout des happy ends, que vous trouverez dans tous ses romans. Elle a déjà publié plus d'une soixantaine de titres, figurant régulièrement dans la liste des best-sellers du *New York Times* et de *USA Today*.

Du même auteur, chez Milady :

Les Idoles du stade :
1. *La Courbe parfaite*
2. *Le Coup sûr*
3. *Les Règles de l'engagement*
4. *La Ligne de touche*
5. *La Surface de contact*
6. *Le Tour de chauffe*

Wild Riders :
1. *La Chevauchée sauvage*
2. *La Course sauvage*

Ce livre est également disponible
au format numérique

www.milady.fr

Jaci Burton

La Course sauvage

Wild Riders – 2

Traduit de l'anglais (États-Unis) par Lise Capitan

Milady Romance

Milady est un label des éditions Bragelonne

Titre original : *Riding Temptation*
Copyright © 2008 by Jaci Burton

Tous droits réservés.
Originellement publié par Berkley Publishing Group.

© Bragelonne 2015, pour la présente traduction

ISBN : 978-2-8112-1600-9

Bragelonne – Milady
60-62, rue d'Hauteville – 75010 Paris

E-mail : info@milady.fr
Site Internet : www.milady.fr

*À mes enfants,
qui savent que les délais de publication sont pure folie.
Je manque de mots pour vous remercier
de votre indulgence et votre compréhension.
Et, comme toujours, à Charlie,
qui emplit mon monde d'amour.*

Remerciements

À mon éditrice, Kate Seaver : merci pour votre enthousiasme envers mes livres, et pour nos discussions autour de l'intrigue et des personnages. Votre goût pour mes histoires renforce mon propre enthousiasme, et je vous en remercie. À mon agent, Deidre Knight : comme toujours, merci de me remettre sur la bonne voie. À ma merveilleuse amie Lora Leigh : merci de lire et d'aimer ma série *Wild Riders* à ce point. Tes conseils n'ont pas de prix.

Chapitre premier

Dallas, Texas

Le cœur de Jessie Matthew battait à cent à l'heure, prêt à bondir hors de sa poitrine. Les *Wild Riders* étaient rassemblés dans le bureau du général Grange Lee. Une mission se préparait, et Jessie s'en réjouissait. Quels que soient les efforts à fournir, elle comptait bien y participer. Après tout, elle faisait partie de l'équipe. Même si elle était une femme.

Lily, qui était à la fois son amie et la copine de Mac, était à présent une *Wild Rider*, et elle avait participé à des missions. Lily était une ancienne flic et détective privée, mais cela ne voulait rien dire. Jessie avait seulement vingt-trois ans et n'avait pas beaucoup d'expérience, et alors ? Elle bénéficiait de celle de la rue, qui lui avait été bien plus utile dans les boulots dont elle avait été chargée pour eux. Et puis elle avait été entraînée par les *Wild Riders*, ces anciens voleurs, motards chevronnés et désormais agents du gouvernement qui excellaient dans un domaine particulier : les missions d'infiltration. Grange l'avait entraînée en personne. Elle suivait ses enseignements depuis l'âge de quinze ans. Elle était prête.

Jessie se glissa dans un des fauteuils des premiers rangs de la salle. Le reste de l'équipe était clairsemé, certains ayant la mine défaite, l'air fatigué. Elle avait entendu des motos rugir tard dans la nuit. Vu qu'elle vivait dans le quartier général des *Wild Riders* avec le général Lee, les appels en mission seraient simples pour elle. Mac avait lui aussi vécu ici, avant de s'installer avec Lily. À présent, ils partageaient un appartement à Dallas pour profiter de plus d'intimité, ce qui était parfaitement compréhensible. La plupart des *Riders* vivaient ailleurs et ne venaient au QG que pour une mission, comme aujourd'hui. Souvent, ils arrivaient à la toute dernière minute, aux aurores. Elle sourit en voyant tout le monde bâiller.

— Bien, lança Grange, vêtu de son habituelle tenue de camouflage et de ses bottes de combat, les cheveux gris coupés très court, comme à l'armée. Buvez un café et réveillez-vous, bon sang! On a plusieurs points à travailler, alors vous avez cinq minutes pour prendre une intraveineuse de caféine, et, ensuite, je compte sur votre vivacité d'esprit.

L'excitation et la nervosité avaient réveillé Jessie avant l'aube. Renonçant à se rendormir, elle s'était douchée, habillée et avait pris son petit déjeuner. Maintenant elle attendait avec impatience qu'on lui confie une mission, convaincue qu'on ne l'oublierait pas, cette fois. Grange lui avait promis que « la prochaine fois » serait son tour. Et on y était, à la « prochaine fois », bon sang! Elle avait bien l'intention de le lui rappeler.

— Tu crois qu'il va te mettre sur une mission? lui demanda Lily en s'installant à côté de la jeune femme, serrant entre ses mains un mug de café fumant.

— Il a intérêt.

— Il l'avait promis la dernière fois qu'il avait distribué les missions, fit remarquer Mac en s'asseyant à côté de Lily.

Ils formaient le couple idéal. Le cœur de Jessie se serrait chaque fois qu'elle les voyait. Ils étaient de toute évidence très amoureux, et c'était adorable de les voir ensemble. Ils tenaient tellement l'un à l'autre que Grange les empêchait de travailler en même temps, affirmant que ça biaiserait leur jugement. Il avait probablement raison. Un excès d'émotions pouvait tout ruiner sur le terrain. Dommage, mais le boulot, c'est le boulot. C'est seulement après qu'on peut penser à s'amuser.

Enfin, selon ce que Jessie avait pu entendre.

— Bien, fit Grange en se levant pour prendre la parole.

Le programme était chargé et il commença à désigner les équipes. Mac, AJ et Pax iraient à Las Vegas. Lily travaillerait avec Rick à Washington.

— Vegas ? demanda Lily en se tournant vers Mac.

Ce dernier se contenta d'afficher un grand sourire.

— C'est pas juste, souffla Lily. T'as pas intérêt à jouer notre loyer.

— Tu veux me confier les cordons de sa bourse ? lança AJ.

— Tais-toi, fit Mac.

— Je vais veiller sur ton homme, Lily, ne t'en fais pas, ajouta Pax d'un air hautain.

— Je ne fais confiance à aucun d'entre vous, dit-elle avant de sourire.

Il était évident qu'elle les aimait tous. Tout comme Jessie. Ces gars étaient sa famille.

— Diaz et Spencer, vous irez en mission dans l'Arkansas, annonça Grange. On y soupçonne un gang de motards de vendre des armes à un dangereux groupe de survivalistes. Et ce n'est pas le genre de survivalistes ordinaires qui évitent simplement toute interférence avec le gouvernement et restent tranquilles dans leur coin. Non, ce sont des extrémistes. Dangereux. Du genre qui pourrait tout à fait déclencher une guerre s'ils avaient l'artillerie nécessaire.

— Oh, génial, commenta Spencer.

Diaz se leva et prit l'enveloppe que Grange lui tendait.

— C'est quel gang ?

— Les *Devil's Skulls*, menés par Crush Daniels.

— Je le connais, indiqua Jessie, qui avait dressé l'oreille en entendant ce nom.

— Tu connais Crush Daniels ?

— Oui.

— J'ai entendu parler de lui, dit Spencer. Et des *Skulls*. Un groupe de motards durs à cuire.

— Ils avaient l'air assez sympa, fit la jeune femme en haussant les épaules.

— Comment est-ce que tu t'es retrouvée avec eux ? demanda Diaz en se renfonçant dans son siège, l'air renfrogné.

— Je roulais en Louisiane il y a quelques mois, avant que j'aie ma nouvelle bécane. Tu sais, j'étais sur la vieille qui n'arrêtait pas de me lâcher. Elle est tombée en panne sur la route et ils sont arrivés, m'ont aidée à la redémarrer, et m'ont demandé si je voulais les accompagner jusqu'à la ville la plus proche. J'ai accepté. J'ai passé quelque temps avec lui et son gang, à rouler.

— Bon sang! marmonna Diaz. Tu étais toute seule.

— Euh… oui, répondit-elle en le dévisageant. Mais je n'ai pas roulé toute seule. Et il y a aussi des femmes dans son groupe. C'était sympa.

Diaz passa la main dans ses cheveux bruns et épais. Jessie déglutit, observant ce geste et joignant ses mains.

— Tu as pété un câble, Jess? Combien de fois est-ce qu'on t'a répété de rouler toujours accompagnée?

— Je ne suis pas un bébé, Diaz. Je peux me débrouiller toute seule. Et puis, ça ne faisait pas plus d'une trentaine de kilomètres entre ces villes de toute façon.

— Sur une moto dans un sale état. Tu sais bien que ce n'était pas prudent.

Sentant la colère monter en elle, Jessie commença à taper du pied.

— Au cas où t'aurais pas remarqué, j'ai grandi. Je suis une adulte, maintenant. Je n'ai pas de couvre-feu, et je peux rouler quand je veux et où je veux. Au moins, ça m'occupe en attendant de décrocher une mission.

Elle termina cette dernière phrase en décochant un regard accusateur à Grange. Ce dernier s'éclaircit la voix.

— Oui, à ce sujet…

— Vous aviez promis.

— J'avais promis, c'est vrai, dit-il dans un soupir.

— Si Jessie connaît ce Crush Daniels, elle pourra être très utile à la mission de Diaz et Spencer, fit remarquer Lily.

— Non.

Jessie dévisagea Diaz qui venait de prendre la parole.

— Et pourquoi pas ?

— Tu n'es pas prête, décréta-t-il.

La jeune femme lança un regard suppliant à Spencer, qui haussa les épaules.

— Je crois que Jessie est tout à fait prête, et depuis un bon moment.

— Vous lui aviez promis, dit AJ au général. On a tous été témoins la dernière fois.

— Je suis d'accord, dit Lily. Donnez-lui une chance, Grange.

— Peut-être que tu veux en savoir un peu plus sur la mission avant de foncer tête baissée ? lança Grange.

— D'accord, dites-moi tout.

S'il fallait qu'elle escalade un poteau entièrement nue devant un million de personnes, cela lui était bien égal. Elle voulait cette mission.

— Les *Devil's Skulls* organisent leur cérémonie d'initiation pour les nouveaux membres chaque année, juste après le rallye moto de Fayetteville.

— Quel genre d'initiation ? demanda Diaz.

— D'après ce que j'ai compris, il peut s'agir de tout et n'importe quoi, des affrontements avec les membres actuels – autant pour les hommes que pour les femmes –, voire des actes sexuels en public.

— Youpi ! s'exclama Spencer en faisant un clin d'œil.

— Vous avez toujours les missions les plus fun, grogna Rick.

— Je te l'échange, lança Pax.

— Cela veut dire que Jessie ne peut pas le faire, déclara Diaz d'un air hautain.

— N'importe quoi, protesta la jeune femme. Je peux gérer cette initiation.

Ce ne pouvait pas être pire que la vie qu'elle avait vécue avant de rejoindre les *Wild Riders*.

— Non, fit Diaz en secouant la tête et en croisant les bras. C'est une mauvaise idée, Grange. Ce n'est qu'une gamine.

Elle avait envie de le frapper à coups de bottes. Ou de lever son tee-shirt pour lui montrer ses seins. Bon Dieu, il était aveugle ou quoi ?

— Je ne suis pas une enfant. J'aimerais bien que vous arrêtiez de me traiter comme telle. Tous autant que vous êtes.

Grange leva une main.

— Bon, laissez-moi réfléchir. Jessie, tu as un bon argument. Je t'avais bien promis une mission, mais je crois que celle-ci est potentiellement dangereuse. Je n'aime pas l'idée de te voir initiée au gang de Crush, étant donné tout ce qui pourrait se passer. Toutefois, tu es une grande fille, capable de prendre cette décision par toi-même.

Elle croisa les bras sur sa poitrine.

— Merci.

— C'est ce que tu veux, sachant ce à quoi tu t'exposes ? Parce que, une fois que tu seras lancée, impossible de faire machine arrière.

— Je comprends, Grange. J'ai été entraînée, par vous-même. Je sais ce que je risque de devoir faire. Je peux gérer ça.

— Très bien. Je te mets sur cette affaire. Comme tu as dit que Crush te connaissait déjà, cela nous fournit un premier point de contact avec le gang. Et puis Diaz et Spencer seront là pour te protéger. Mais ne va pas faire n'importe quoi dans ton coin, et ne fais rien sans eux, c'est compris ?

Elle hocha la tête, sentant monter l'excitation.

— Compris.

— Alors c'est tout pour moi. Rassemblez-vous par équipes et lisez vos instructions, puis faites vos bagages pour prendre la route demain matin à la première heure, déclara Grange, mettant ainsi un terme à la réunion.

Jessie résista à l'envie folle de sauter de joie. Mais oui, elle avait décroché une mission ! Dossiers en main, tout le monde commença à sortir du bureau. Quand la pièce fut vide, Diaz saisit Jessie par le bras. Elle marqua une pause, se retournant pour le regarder. Elle sentait une certaine tension dans ses doigts crispés, même s'ils étaient chauds et ne la serraient pas trop fort.

— Réfléchis bien.

— Je sais ce que je fais, répondit-elle en secouant la tête.

— C'est ça. Comme la fois où tu as roulé seule avec Crush Daniels et les *Devil's Skulls* ?

— Il était gentil avec moi, il n'y a eu aucun problème.

— Tu m'étonnes qu'il était gentil avec toi. C'est parce qu'il voulait obtenir des choses de toi, voilà pourquoi il était gentil.

— Des choses ? Quel genre de choses ?

— Des choses sexuelles.

Waouh, Diaz déraillait complètement.

— Pas du tout.

— Tu vois, c'est ça ton problème, Jess. Tu es naïve.

— Je ne suis pas naïve, c'est toi qui es cynique.

— Non, je suis réaliste et j'ai toujours les pieds sur terre, alors que toi, tu as la tête dans les nuages. Tu sais très bien ce que Crush voulait, n'est-ce pas ?

— Tu n'étais même pas là. Son gang et lui se sont montrés très sympathiques. Ils m'ont aidée, j'ai roulé avec eux pour la journée et j'ai mis les voiles. Personne ne m'a draguée.

— Bien sûr.

Elle se dégagea de la prise du jeune homme et s'appuya contre la table.

— Très bien, Diaz. Pourquoi tu ne me dis pas ce que Crush voulait ?

— Ça saute pas aux yeux ? Te mettre dans son lit.

— Tous les hommes ne sont pas des pervers obsédés, fit-elle en levant les yeux au ciel.

— Ma belle, crois-moi, si c'est un homme normalement constitué, il voudra te mettre dans son lit. Réveille-toi, Jess. Avant de te retrouver en difficulté sans plus pouvoir t'en sortir, dit Diaz avant de tourner les talons.

Jessie observa ses larges épaules et son petit cul moulé dans son jean, songeant à ce qu'il venait de dire.

Il lui faisait si peu confiance. Elle fréquentait des hommes adultes depuis toute petite, et elle savait très bien ce que certains recherchaient. Elle discernait les bons des mauvais en une fraction de seconde, savait immédiatement quand se méfier. Elle n'avait décelé aucun signal d'alerte en provenance de Crush Daniels. D'accord, c'était un motard dur à cuire et il dirigeait un gang, mais elle n'avait été qu'une motarde en détresse et il l'avait aidée. Point barre.

Et Diaz? Ça, c'était une autre histoire, tout comme la réaction qu'il avait eue. Avec Diaz, elle se retrouvait toujours le souffle court, mal à l'aise. Pas dans le mauvais sens, mais plutôt dans le genre « Bon Dieu, ce mec est tellement canon que j'en mouille ma culotte ». Depuis que ses hormones avaient fait leur apparition à ses seize ans, elles s'étaient toutes ruées sur Diaz et n'en avaient pas bougé.

Et, pendant toutes ces années, Diaz n'avait jamais remarqué qu'elle était devenue une femme. Quand Mac l'avait présentée, Diaz l'avait au pire complètement ignorée, au mieux traitée comme un bébé. Et la situation était restée telle quelle ces huit dernières années. Du moins était-ce qu'elle avait cru, jusqu'à aujourd'hui. Mais les commentaires du jeune homme, la façon dont il la regardait la poussaient à se demander si son désir secret pour lui n'était vraiment pas partagé, comme elle l'avait toujours pensé.

Depuis combien de temps l'avait-il remarquée? S'en était-il lui-même rendu compte? Parce qu'il allait plus loin que les autres gars, qui la protégeaient comme une petite sœur. Non, lui faisait les choses différemment.

C'était intéressant, et un peu déstabilisant. Décrocher une mission était déjà assez excitant comme ça. Mais une mission avec Diaz? Du bonus.

Il l'avait toujours évitée, et, maintenant, il ne pourrait plus le faire.

Non seulement elle allait enfin pouvoir travailler sur une affaire, passionnante qui plus est, mais aussi c'était l'occasion d'apprendre à connaître l'homme sur lequel elle fantasmait depuis des années.

Diaz Delgado jeta le dossier sur la table de la bibliothèque, marmonnant des jurons entre ses dents.
Jessie. Mais à quoi pouvait bien penser Grange en la laissant participer à cette affaire ? Il se passa la main dans les cheveux, tâchant de combattre la préoccupation qui le gagnait. Peut-être qu'une heure ou deux contre le punching-ball de la salle de sport pourrait l'aider à se défouler et calmer la colère qui faisait rage en lui. Il avait besoin d'évacuer ce mécontentement qu'il peinait à contenir dans l'immédiat.

Si cela n'avait tenu qu'à lui, il aurait envoyé Jessie à la fac, loin des dangers que représentaient les *Wild Riders*. Cette vie n'était pas pour elle. Depuis l'instant où Mac avait pensé à intégrer Jessie – cette ado craintive qui essayait de se donner des airs de dure –, Diaz savait que ce genre d'existence ne lui conviendrait pas. Oh, elle parlait et se comportait comme une dure, mais il restait une pointe de vulnérabilité en elle, une douce innocence que Diaz aurait voulu enfermer et protéger.

Merde. Il ne voulait pas qu'elle vienne dans l'Arkansas avec Spencer et lui. Point barre.

— Besoin de te défouler sur quelqu'un ?

Il se retourna en entendant la voix de Spencer.

— Peut-être bien. Tu te portes volontaire ?

Spencer s'installa dans un des grands fauteuils en cuir et croisa les jambes.

— Je le pourrais, si tu arrêtais de te comporter comme le père de Jessie et non comme son ami.

— Il faut bien que quelqu'un se montre raisonnable. Ce n'est qu'une gamine.

— Elle a vingt-trois ans. Elle en est capable. Tu as déjà fait quelques rounds de boxe avec elle ?

— Non.

Spencer fit jouer sa mâchoire.

— Cette « gamine », comme tu l'appelles, a un direct du feu de Dieu. Et des coups de pied d'enfer. Elle tire comme un as au pistolet, et se débrouille bien avec un couteau aussi. Je dirais qu'elle sait très bien se défendre toute seule. Bon sang, quand elle est arrivée ici, elle savait déjà faire tout ça. Elle connaît bien la rue et est débrouillarde. Elle est sage pour son âge et arrive à bien cerner les personnes qui l'entourent.

— Vraiment ?

— Oui, si tu ouvrais un peu les yeux et que tu arrêtais de lui tourner autour, peut-être que tu le remarquerais.

Oh, mais il l'avait bien remarquée. Surtout pour tout ce qu'il ne fallait pas, comme ses formes, ses seins, ses jambes fines, sa voix sexy, sa bouche, son rire et sa vivacité d'esprit.

Elle le faisait bander. Et il la connaissait depuis qu'elle était toute petite.

Oui, il l'avait déjà bien remarquée. Il tentait de l'éviter depuis qu'elle avait fêté ses dix-huit ans, car lorsqu'elle posait ses magnifiques yeux verts sur lui, ses testicules frémissaient.

Elle était intelligente, bien trop intelligente pour se laisser avoir. Jessie était un petit lot ultra-sexy auquel il ne pouvait pas toucher. Elle le rendait fou.

Il ne survivrait pas à cette mission.

— Je crois que c'est dangereux pour elle. Spencer, tu sais bien à quoi peuvent ressembler ces initiations de *bikers*. C'est ce que tu veux pour Jessie ?

— Ce n'est pas moi qui décide, répondit Spencer en haussant les épaules. Elle est adulte, et ça fait longtemps qu'elle s'entraîne pour ça. C'est une opportunité pour elle, c'est ce qu'elle veut.

— Tu as envie de la regarder s'envoyer en l'air en public ?

Spencer déglutit, manifestement aussi mal à l'aise que Diaz sur ce sujet.

— Bon sang, j'en sais rien ! Mais il faut qu'on la laisse tous grandir, et qu'on arrête de la considérer comme notre petite sœur. Ce n'est pas le bébé de la famille. C'est une femme qui peut prendre des décisions toute seule, même si cela veut dire qu'il y a du sexe dans sa mission. Tu sais que ça se passe comme ça, parfois. Elle a toujours voulu faire partie des *Wild Riders*. Et il faut en passer par là.

Sans blague. L'idée de la regarder baiser un autre mec le faisait bouillir de rage. Diaz ne savait rien de sa vie privée, mais avec sa coupe garçonne platine ultra-sexy, ses lèvres charnues, ses grands yeux verts et son corps de déesse, il imaginait qu'elle avait autant d'expérience au lit qu'avec les armes et le combat au corps à corps. Et c'était précisément ce à quoi il ne voulait pas penser.

— Ça craint, déclara-t-il en s'écroulant dans la chaise en face de Spencer.

— Qu'est-ce qui craint ?

Il leva les yeux en entendant la voix de Jessie, son pouls s'accélérant tandis qu'elle entrait dans la pièce. Elle portait un pantalon en cuir, des bottes et un haut moulant qui dévoilait une petite partie de son ventre plat. Son piercing au nombril – vert émeraude, assorti à ses yeux – brillait et envoûtait Diaz, lui donnant envie de lécher tout autour de la petite pierre et de descendre ensuite découvrir le trésor situé un peu plus bas. Jessie regarda Spencer puis Diaz.

— Vous parliez de moi, pas vrai ? Toujours en train de débattre pour savoir si je peux assumer cette mission ?

— C'est plutôt moi qui débattais, indiqua Spencer.

La jeune femme se tourna vers Diaz.

— Pour quelqu'un qui m'a toujours ignorée depuis mon arrivée chez les *Wild Riders*, tu choisis un drôle de moment pour commencer à faire attention à moi.

Elle s'avança dans la pièce et lui prit le dossier des mains. Après avoir étalé les papiers sur la table entre leurs chaises, elle les étudia un par un avec le plus grand soin.

— C'est Crush Daniels, précisa-t-elle en tendant une photo à Diaz et une autre à Spencer. Vous voulez peut-être savoir à quoi il ressemble.

Diaz prit la photo qu'elle lui avait tendue par-dessus son épaule. Crush semblait avoir une petite trentaine, cheveux courts et bruns, un bouc, et des yeux d'un gris intense. La photo était en gros plan, sans doute prise au téléobjectif. Il était assis sur sa moto – jolie bécane, d'ailleurs –, et avait l'air concentré, comme s'il examinait quelque chose au loin.

— Christopher « Crush » Daniels, trente-trois ans. Un mètre quatre-vingt-deux et environ cent kilos.

Il est musclé et s'entraîne régulièrement, indiqua Jessie en lisant sa fiche de renseignement.

— Que fait-il dans la vie ? s'enquit Spencer.

— Il possède un garage dans sa ville natale de Little Rock. Ah non, attendez ! Il en est le copropriétaire avec son frère aîné, Donald. J'imagine que c'est pour ça qu'il a le temps de faire toutes ses expéditions à moto. Son frère doit s'occuper de la boutique pendant qu'il est en vadrouille. Il est indiqué que son frère ne fait pas de moto.

— Tant mieux pour Crush, marmonna Diaz.

— Il ne roule pas sur l'or, mais il n'est pas non plus dans la misère, en conclut Jessie. Il a assez d'argent pour faire ce qu'il veut quand il le veut.

— Célibataire ? demanda Diaz.

— Oui. Jamais marié. Il papillonne à droite à gauche. Cumule les conquêtes.

— Et il veut sans doute t'ajouter à sa collection.

Jessie tendit le cou pour regarder Diaz avant de lever les yeux au ciel.

— Carrément pas.

— Ce que tu peux être naïve.

— Ce que tu peux être pervers.

Elle se retourna et poursuivit sa lecture.

— Il est allé au lycée, puis deux années à la fac. Il a obtenu son diplôme de commerce avant d'ouvrir le garage avec son frère. Cela fait dix ans qu'ils le tiennent, et ça marche plutôt bien. J'imagine que leurs parents leur ont donné de l'argent.

— Où sont les parents ?

— Morts, tous les deux. De mort naturelle.

— Il prend peut-être l'argent de l'héritage pour financer des activités survivalistes, suggéra Spencer.

Diaz hocha la tête et parcourut les feuilles que Jessie lui tendait.

— Peut-être bien. Apparemment, il fait souvent des voyages dans les Ozarks. Plusieurs fois par an, en réalité.

— Ça peut vouloir dire qu'il aime chasser. Ou pêcher. Ou faire du camping, hasarda Jessie.

— Et ça peut vouloir dire qu'il aime traîner avec ses potes survivalistes, contra Diaz. N'exclus aucune possibilité, Jess. Ne lui trouve pas déjà des excuses.

Elle se tourna pour lui lancer un regard tellement confiant que ça lui faisait mal.

— Alors, présumé coupable jusqu'à preuve du contraire ?

— C'est l'idée.

— Désolée, dit-elle en secouant la tête, je n'ai pas l'habitude de fonctionner comme ça. Il nous faut des preuves de sa culpabilité.

— Tu n'es pas une avocate. Ton job, ce n'est pas de prouver son innocence. Il est notre suspect. Il faut qu'on prouve qu'il est coupable.

— Je ne suis pas d'accord.

— Et tu préfères essayer de protéger un type sous prétexte qu'il a été sympa avec toi un jour ? Ça pourrait te tuer.

— Je n'essaie pas de le protéger. Je tente simplement de garder l'esprit ouvert.

— Referme-le, ton esprit. C'est plus sûr.

— Je crois que tu es jaloux, en vérité, lança-t-elle en haussant un sourcil.

Spencer s'esclaffa. Diaz lui décocha un regard menaçant, et le jeune homme se replongea dans la lecture des papiers, mais le sourire narquois n'avait pas quitté son visage.

— Minette, pour que je sois jaloux, il faudrait que j'en aie quelque chose à faire. Et vu que ce n'est pas moi qui suis dans ton lit en ce moment, j'en ai absolument rien à cirer. Mais je suis le chef d'équipe sur cette mission. Ce qui veut dire que je dois m'assurer que personne ne se comporte comme un imbécile ou fasse tout foirer.

Jessie cessa de sourire. Elle baissa les yeux, puis les releva et dit d'une voix grave.

— Je sais ce que je fais, Diaz.

Le visage de la jeune femme se crispa quand il la regarda dans le blanc des yeux. Il détestait vraiment devoir édicter les règles pour elle, mais mieux valait le faire maintenant. Il fallait qu'elle sache que tout cela n'était pas une partie de plaisir, que c'était des affaires très sérieuses.

— Tu as intérêt, sinon tu reviendras ici à la vitesse de l'éclair, et tu devras expliquer à Grange pourquoi tu as planté ta première – et ta dernière – mission.

Chapitre 2

Les lueurs de l'aube filtraient à travers les fenêtres du bâtiment des *Wild Riders*. Le ciel était dégagé et il faisait déjà une chaleur estivale. Ils allaient cramer sur le trajet. Pas un souffle de vent, rien pour faire bruisser les feuillages des arbres abritant le garage derrière l'imposante maison, là où toutes les voitures et motos étaient garées. Jessie regarda par la fenêtre, observant Grange et Diaz qui sortaient du garage et s'arrêtaient pour un bref échange avant de se diriger vers la maison.

Jessie n'avait pas fermé l'œil de la nuit, l'esprit accaparé par l'affaire et son conflit avec Diaz.

Bon sang, ce qu'il avait pu l'énerver ! Et de bien des façons. Il était dépourvu de tout sens de l'humour, ne supportait pas qu'on le taquine et restait sérieux comme un pape. Elle non plus ne prenait pas tout cela à la légère.

Pourquoi Diaz ne pouvait-il pas se détendre un peu ? Spencer y arrivait bien. Et Diaz ? Apparemment non. Est-ce qu'il s'imaginait une seule seconde qu'elle allait traiter cette affaire par-dessus la jambe ? Ça faisait des années qu'elle attendait une telle opportunité. Depuis que Jessie avait fêté ses dix-huit ans, tout ce qu'elle voulait, c'était une occasion de travailler avec les *Wild Riders*. Avant cela, en vérité, mais Grange s'était strictement opposé à ce qu'elle fasse quoi que ce soit pour eux avant sa majorité. Ensuite, il l'avait forcée à suivre les cours de la fac du coin, lui assurant qu'il lui fallait s'entraîner, mais aussi s'instruire. Mais il ne lui avait encore jamais confié de mission, préférant la faire travailler au QG, tous les jours sans exception. Elle avait appris avec les gars sur tous les sujets : armes, opérations, renseignements, informatique, préparation physique et endurance, arts martiaux et, bien sûr, les motos.

Elle adorait les motos, c'était ce qu'elle préférait depuis toujours. Elle en conduisait depuis qu'elle avait eu son permis, à seize ans, et elle se débrouillait carrément bien.

En réalité, elle réussissait tout ce qu'elle entreprenait. Même les gars l'affirmaient. Pourquoi Diaz n'arrivait-il pas à lui faire confiance ? Il la traitait comme une écervelée, une simple bimbo blonde à forte poitrine. Ce n'est pas parce qu'une fille est jolie et a un beau corps qu'elle est forcément stupide.

Il fallait que ccla cesse aujourd'hui. Elle devait lui prouver qu'elle était parfaitement capable de gérer cette affaire.

Elle avait fait ses bagages, s'était habillée et était prête à partir. Elle prit tout ce dont elle aurait besoin pour le voyage et descendit à la rencontre de Diaz et Spencer.

Elle les trouva en compagnie de Grange dans la cuisine. Tâchant d'avoir l'air nonchalant, même si son cœur battait la chamade, elle effleura Diaz pour prendre une tasse dans le placard et la positionna sous le percolateur, la remplissant à moitié. Ça faisait deux heures qu'elle était debout et elle avait déjà bu trois tasses. Elle était surexcitée.

— Bonjour, la salua Grange. Tu es prête ?

Elle hocha la tête en sirotant sa boisson.

— Depuis longtemps.

— Si tu sens que tu ne peux pas gérer, pour tout ou partie, tu peux parfaitement laisser tomber, à tout moment. Il y aura d'autres missions.

Elle s'appuya au plan de travail, lasse de devoir toujours répéter la même chose. Leur instinct protecteur mettait sa patience à rude épreuve.

— Je me débrouillerai.

— Prête à rouler ? lança Diaz.

— C'est quand tu veux.

Elle lui en voulait encore de son commentaire de la veille, mais elle préféra faire comme si de rien n'était. Diaz était le boss sur cette affaire. Elle ne voulait pas paraître puérile, surtout devant Grange. Ils étaient en mode boulot. Elle allait devoir mettre de côté ses griefs personnels et travailler main dans la main avec lui.

— On y va.

Jessie saisit son sac et suivit Spencer, Diaz et Grange à l'extérieur jusque dans le garage. Seulement, quand elle se dirigea vers sa moto, elle remarqua qu'elle ne se trouvait pas à l'endroit habituel.

— Euh… où est ma moto ?

Grange esquissa un sourire. Tout comme Spencer.

— Diaz l'a échangée.

Jessie virevolta pour faire face à Diaz.

— Tu as fait quoi ?

Le visage de Diaz était dénué d'expression.

— Ta 883 était trop petite pour un long voyage comme ça. On se serait arrêtés tous les cent cinquante kilomètres pour faire le plein.

Elle faillit s'effondrer en larmes.

— Tu sais à quel point j'ai travaillé dur pour mettre de côté et me payer cette bécane ?

Elle n'était pas neuve, mais elle était à elle. C'était un modèle qu'elle avait choisi toute seule. Elle adorait cette moto.

— Je sais, mais il faut être réaliste. C'est pour le boulot. (Il fouilla dans sa poche et en sortit un jeu de clés.) Dans le box quatre.

Elle cligna des yeux, puis fronça les sourcils.

— Qu'est-ce qu'il y a dans le box quatre ?
— Ta nouvelle moto.

Ne comprenant toujours pas, elle inclina la tête pour dévisager Diaz. Il finit par la saisir par l'épaule pour la faire se retourner.

— Regarde, Jess.

Elle s'exécuta. Mais elle n'en crut pas ses yeux. Là, dans le box quatre, se trouvait une éclatante, magnifique Harley 1 200 Sportster, neuve de chez neuve. Une moto plus grosse et plus puissante que tout ce qu'elle avait pu avoir auparavant.

— C'est à moi ?
— Oui.
— Elle est bleue.

Une magnifique peinture bleu Pacifique.

— Et tout ce chrome ! ajouta-t-elle.
— Ouais, je me suis dit que ça te plairait.

Elle fit le tour de l'engin, s'extasiant devant toutes ses fonctions. Le pare-brise amovible, le siège aussi molletonné qu'un coussin – ses fesses lui disaient déjà « merci » rien qu'à sa vue. La ventilation, le pot d'échappement, les câbles, les poignées, le guidon, les chevilles, tout était supérieur à la version standard, chromé, brillant et splendide.

— C'est beau, dit-elle, incapable de dissimuler l'extase qu'elle ressentait.

Diaz s'approcha d'elle et leurs regards s'accrochèrent. Et avec quelle intensité !

— Quand as-tu fait ça ? demanda-t-elle.
— Hier soir.
— Comment ?
— J'ai des amis bien placés. Et il te faut une plus grosse moto si tu veux travailler sur des missions. Ça aurait été un gros inconvénient de nous arrêter toutes les deux heures pour refaire le plein de ta 883.

Ce n'était pas la vraie raison. Elle avait envie de le prendre dans ses bras, de l'embrasser, et bien plus encore.

— Merci, Diaz, dit-elle en s'avançant entre lui et la moto, le forçant à la regarder.

Il haussa les épaules et fourra ses mains dans les poches de son pantalon.

— Ce n'est rien. Tu es prête à l'essayer ?

Jessie afficha un grand sourire.

— Tu sais bien que oui.

Grange passa un bras sur ses épaules.

— Sois prudente.
— Promis, acquiesça-t-elle.

Elle installa son sac, grimpa sur la moto et la démarra, son corps tout entier vibrant au diapason du vrombissement du moteur. La puissance énorme qu'elle avait entre les cuisses l'excitait terriblement. Que Diaz lui ait offert cette moto, c'était trop pour elle. Pourquoi avait-il fait ça ? Ce n'était pas un si gros inconvénient de devoir s'arrêter souvent. Sa 883 aurait bien suffi. Mais cette nouvelle moto ? C'était simplement le paradis. Elle n'allait pas s'en plaindre.

Elle trouverait bien un moyen de le remercier en bonne et due forme.

Ils partirent et elle fit un dernier signe à Grange tandis qu'ils s'engageaient dans l'allée pour franchir le portail. La Sportster avait une sacrée puissance en réserve – bien plus que sa petite moto d'avant. Elle dut s'empêcher de mettre les gaz à fond pour voir de quoi était vraiment capable ce joli bébé. Surtout qu'ils se trouvaient encore dans l'agglomération de Dallas. Jessie se contenta de suivre Diaz, Spencer derrière elle, respectant la limitation de vitesse tant qu'ils étaient en ville. Ils prirent l'autoroute sur tout le trajet, donc pas de beaux paysages à admirer, mais un simple slalom entre les voitures et les semi-remorques.

Ce n'était pas grave. Jessie avait une nouvelle moto, roulait cheveux au vent, le moteur ronronnant tout autour d'elle, et elle pouvait observer le dos de Diaz devant elle, ce qui lui laissa de longues heures pour réfléchir à beaucoup de sujets.

Pourquoi remettait-il en question sa capacité à gérer cette affaire pour, l'instant d'après, lui acheter une moto toute neuve, et pas une petite. S'il n'avait pas confiance en elle, pourquoi la récompenser d'une bécane aussi belle ?

Et pourquoi lui accordait-il subitement autant d'attention, alors qu'il ne s'était jamais soucié d'elle ? Il n'agissait même pas comme une figure paternelle, ce n'était de toute façon pas le style de Diaz. Non, ça allait plus loin. C'était quelque chose de différent, d'intrigant. D'excitant. Et pourtant il se comportait comme si elle l'énervait tout le temps.

Cet homme la rendait folle.

Diaz mit son clignotant, leur indiquant qu'ils allaient s'arrêter à une station essence/cafétéria, ce qui était une bonne chose, car Jessie commençait à avoir faim. Elle descendit de la moto, se pencha en arrière pour s'étirer les jambes, et vit Diaz froncer les sourcils par-dessus son épaule.

— Quoi ?
— Rien.

Il ne la regardait pas, et elle pivota pour voir deux hommes dans un pick-up qui la reluquaient en se donnant des coups de coude.

— Ils faisaient quoi ?
— D'après ce que j'ai vu, ils mataient ton cul.

Elle afficha un grand sourire.

— Oh, ignore-les. C'est ce que je fais.
— Pas moi.

Il commença à s'approcher d'eux, mais Jessie s'avança, lui barrant le passage.

— Tu es sérieux ? Si tu commences à t'attaquer à chaque mec qui me regarde, le voyage risque d'être long. Laisse tomber, Diaz.

— Ce sont des connards qui n'ont pas le droit de te regarder comme ça.

— Peut-être, mais tous les mecs font pareil, non ?

— Pas tous.

— Sérieusement, fit-elle en haussant les sourcils. Tu n'as jamais maté le joli petit cul d'une fille ?

Il finit par détourner le regard des débiles à la pompe à essence et se tourna vers elle.

— Pas de cette façon.

— Peu importe, dit-elle en levant les yeux au ciel. Allons-y. J'ai faim. Viens me protéger des vilains clients mateurs de la cafétéria.

Spencer s'esclaffa et Diaz se retourna pour décocher un dernier regard du style « je peux encore vous buter si je veux » aux deux hommes avant d'ouvrir la porte à Jessie.

Vu que l'heure du déjeuner était passée depuis environ une heure et demie, la salle de restauration était quasiment vide. Ils s'installèrent à une table dans un coin. Jessie commanda un café quand la serveuse s'arrêta pour leur donner les menus, imitée par Diaz et Spencer.

— On a environ deux heures avant d'arriver à Fayetteville, indiqua Diaz. Si tu nous racontais ce que tu sais sur les *Devil's Skulls* ?

Jessie hocha la tête.

— Pas grand-chose, à vrai dire. Ma vieille bécane était tombée en panne sur une des routes des alentours de Shreveport alors que je faisais une balade matinale. J'étais prête à la pousser jusqu'à la prochaine station essence quand j'ai entendu un groupe de motos s'approcher. Donc je me suis arrêtée dans mon élan. Ils étaient à peu près trente, Crush menait et Rex, son meilleur ami, roulait à côté de lui. Ils ont stoppé tous les deux tandis que les autres poursuivaient leur route jusqu'à la ville suivante. Crush et Rex m'ont aidée à réparer la bécane, puis m'ont escortée en ville. J'ai petit-déjeuné avec eux.

— Tu n'as jamais un portable sur toi ? demanda Spencer.

— Il ne fonctionnait pas dans ce trou perdu, dit-elle. Je pensais marcher jusqu'à ce que je tombe sur une ville ou jusqu'à ce que mon téléphone capte de nouveau.

— Tu n'aurais pas dû prendre la route toute seule, Jess. C'est trop dangereux.

— Oui, maman, répliqua-t-elle avant de tirer la langue à Diaz.

Ce dernier fronça les sourcils.

— Ne m'appelle pas comme ça.

— Alors arrête de me traiter comme une gamine. J'en ai ma claque.

Spencer éclata de rire.

— La ferme, Spencer, ordonna-t-elle.

Il leva les mains en l'air.

— Ben quoi, on ne peut pas s'empêcher de te voir comme la gamine maigrichonne qui était venue nous voir la première fois.

— Je n'étais pas maigrichonne.

— Si, et tu avais cette attitude… Style « je sais tout ».

— Même pas vrai.

— Oh que si ! Tu étais une petite diva et tu n'arrêtais pas de te plaindre. Tu n'avais pas envie d'être ici, pas envie de suivre des cours pour terminer tes études. Tu t'es rebellée contre Grange à chaque étape du parcours.

Il avait raison. Bon sang, elle avait drôlement fait sa mauvaise tête à l'époque ! Elle était tellement perdue. Heureusement, Mac et les autres *Wild Riders* étaient là. Dieu seul savait ce qui lui serait arrivé sinon.

— Je m'étais très bien débrouillée pour voler cette voiture.

— N'importe quoi, protesta Spencer. Tu aurais aussi bien pu appeler la police avant de casser la vitre conducteur. Mac a dit que tu avais fait tellement de bruit que tu avais failli réveiller tout le voisinage. Que s'il ne t'avait pas chopée pour te ramener par la peau des fesses, tu aurais fini en maison de correction.

— Pas du tout. S'il ne m'avait pas fichu la frousse de ma vie en arrivant par-derrière, j'aurais fait démarrer cette Chevrolet et filé à toute allure avant que quiconque puisse me trouver.

Spencer secoua la tête.

— Vantarde, tu te serais fait pincer.

— Bien sûr que non, assura-t-elle avec un petit sourire satisfait. J'aurais déjà disparu, au volant de mon butin.

— Tu te serais fait choper au virage suivant.

Elle marqua une pause et éclata de rire.

— Tu as sûrement raison. Je n'étais vraiment pas mûre.

Et si désespérée.

— Mais regarde un peu tout ce que j'ai appris depuis, ajouta-t-elle.

— Oui, maintenant, tu es une voleuse hors pair, la taquina Spencer.

Elle s'esclaffa et se tourna vers Diaz, qui se contentait de froncer les sourcils. Il ne participait jamais aux plaisanteries de groupe, même quand Jessie était plus jeune. Il gardait toujours ses distances, restait toujours calme. Oh, il se défoulait bien avec les autres gars, mais pas avec elle. Jamais en sa présence. Il regardait les choses de loin, marmonnait quelques mots ici et là. Elle avait toujours pensé qu'il ne l'aimait pas.

Et maintenant ? Elle n'en était plus si sûre.

— D'après nos recherches sur les *Skulls*, ils ont la réputation d'être des fauteurs de troubles. Des bastons ici et là, avec flingues et couteaux, la routine pour un gang, affirma Diaz, pour changer de sujet.

— D'après le dossier que Grange nous a donné, on sait qu'ils sont basés dans l'Arkansas. Mais ils doivent sacrément faire profil bas, parce que je n'ai jamais entendu parler d'eux en mal, et je voyage beaucoup dans l'Arkansas, indiqua Spencer en hochant la tête.

— On a rencontré d'autres groupes de *bikers* quand j'ai roulé avec eux, précisa Jessie. Pas d'altercation. Chacun gardait bien ses distances, mais Crush et son gang n'avaient pas l'air de chercher des noises.

— Et ils ne t'ont pas embêtée non plus, fit remarquer Spencer.

— Non, en effet. Ils m'ont pourtant trouvée sur une route assez déserte, s'ils avaient voulu, ils auraient pu.

Diaz poussa un long soupir. Jessie savait qu'il était agacé par son comportement, sans doute parce qu'il pensait qu'elle prenait trop de risques. Elle devrait sûrement le remercier de s'en faire pour elle, mais elle aurait préféré qu'il ait plus confiance dans sa capacité à se débrouiller toute seule. Elle n'était pas une petite fille de riche surprotégée qui ne savait pas quoi faire dans le monde réel. Elle avait grandi dans la rue, avait vu et vécu le pire. Elle savait comment les choses se passaient et comment éviter les situations dangereuses. Et si elle se retrouvait dans une situation de ce genre, elle savait aussi comment s'en tirer.

— Alors peut-être qu'ils étaient en RTT et avaient décidé d'être sympas, lança Diaz, l'air peu convaincu. Parce que, selon les renseignements qu'on a sur les *Skulls*, ce sont des bastonneurs, ils ont des flingues et des couteaux et passent le plus clair de leur temps dans l'illégalité la plus totale.

— Peut-être que ce n'est qu'une image qu'ils se donnent, argua Jessie. Tu sais comment ça se passe avec les gangs de motards. On peut dire la même chose des *Hells Angels*, et ils font plus de bien que de mal. Parfois, la loi les place du mauvais côté à leur corps défendant.

— C'est vrai, mais il faut qu'on découvre si leur gang est une façade pour un groupe de survivalistes qui achète et stocke un armement illégal. Ce que l'on sait de source sûre, c'est que des livraisons d'armes arrivent en contrebande dans cette région, et, selon nos renseignements, ces armes sont reliées au gang de Crush. Alors, allons les rencontrer pour voir par nous-mêmes si les *Devil's Skulls* sont si mauvais que ça.

Jessie acquiesça. Tout cela était logique, même si ses interactions avec les *Devil's Skulls* n'avaient été que positives. Crush et Rex s'étaient montrés attentionnés envers elle, l'avaient aidée dans un moment où elle en avait eu cruellement besoin.

Cela ne suffisait pas à faire d'eux des gentils, et il fallait qu'elle garde ça en tête. Il fallait qu'elle reste objective, ne pas leur faire trop confiance, ni pas assez.

Diaz faisait les choses à sa façon, et elle à la sienne. Peut-être que la mission pourrait bénéficier de ces deux approches différentes. Cela restait à voir.

Ils terminèrent de manger et reprirent la route en direction du nord pour quelques heures avant d'atteindre Fayetteville. Le rallye avait déjà commencé. Plus de trente mille *bikers* étaient attendus pour les festivités du week-end. Les routes grouillaient déjà de motards, et Jessie était ravie de se retrouver entourée de « collègues ». Seule dans la rue à l'âge de quinze ans, affamée et désespérée, elle n'aurait jamais imaginé un tel avenir pour elle. Grâce à Mac, Grange et aux *Wild Riders*, elle avait une vie excitante devant elle, et elle venait de décrocher sa première mission en tant qu'agent du gouvernement.

Qui aurait cru que ça aurait pu lui arriver, alors qu'elle aurait très bien pu finir morte ou en prison ? Ou, pire encore, rester vivre avec sa mère ?

Il était trop tôt pour s'installer dans les chambres d'hôtel que Grange avait réussi à arracher pour eux ; ils commencèrent donc par aller voir le circuit principal. Les motos étaient garées des deux côtés de la route, bien en rang. Des motards déambulaient, observant les véhicules qui allaient et venaient sur la route. Les gens se saluaient et admiraient les bécanes personnalisées des uns et des autres. C'était une ambiance de cirque ou de fête.

Jessie adorait les rallyes motos et ne manquait jamais une occasion d'y participer. Elle y rencontrait toujours de nouvelles personnes ou retrouvait de vieux amis. Ce rallye serait encore plus excitant, car elle travaillait. Elle ne put retenir le petit frisson d'excitation qui lui parcourut l'échine. Elle se sentait comme James Bond au féminin, une véritable espionne.

À un feu rouge, elle s'arrêta près de Diaz, Spencer se trouvant de l'autre côté.

— On compte sur toi pour tout observer, lui dit Diaz. Vu que tu les as déjà rencontrés, c'est surtout toi qui vas pouvoir repérer Crush et sa bande. Tu nous fais signe quand tu les vois.

Elle hocha la tête et ils démarrèrent quand le feu passa au vert, traversant la ville à une allure tranquille, se mêlant à tous les autres comme s'ils n'étaient que de simples motards curieux de voir ce qui se passait là. Des stands, beaucoup de choses à voir et à faire, ce qui était parfait, car personne ne prêtait attention à eux. Ils pouvaient se fondre dans une telle masse, observer tout le monde et chercher Crush. Au bout de deux heures, il devint évident que Crush et les *Skulls* n'étaient pas là. Ils trouvèrent un endroit où se garer en haut de la colline, près de la fontaine à bière, et ils allèrent prendre une boisson fraîche.

— Tu es sûre que tu ne l'as pas vu ? demanda Spencer.

Jessie secoua la tête.

— Ils sont facilement repérables : ils sont nombreux à porter un blouson où l'on voit le symbole de leur gang dans le dos. Des crânes avec des cornes de démon. On ne peut pas les rater.

— Le rallye commence aujourd'hui, indiqua Diaz. Peut-être qu'ils ne viennent plus.

— Il va venir, déclara Jessie en posant les pieds sur la chaise libre de leur table. Il m'a demandé si je serais là.

— Quand ça ? demanda Diaz en fronçant les sourcils.

— Le jour où il m'a aidée avec ma moto en panne. On s'est arrêtés pour manger ensemble, tu te souviens ? Je lui ai dit que je rentrais chez moi après un rallye moto, et il m'a parlé de celui-ci, à Fayetteville, parce que c'était près de chez moi. Il m'a donné toutes les infos sur les lieux, le déroulement du rallye et les dates, puis il m'a demandé si je viendrais. Je lui ai répondu que oui. J'ai pensé que sa bande serait là aussi, surtout qu'on est sur le territoire des *Devil's Skulls*. Crois-moi, il viendra.

— Il ferait mieux, sans quoi notre mission sera très courte.

— On peut toujours monter dans les collines les chercher, suggéra Spencer.

— On fera ça si nécessaire, acquiesça Diaz, mais je pense qu'il faut que leur rencontre avec Jessie ait plus l'air d'une coïncidence qu'autre chose.

Ils s'assirent sous la tente du bar et burent quelques bières en écoutant le groupe de musique et en regardant les motos défiler sur le circuit principal. Jessie se concentra sur la recherche de Crush ou quiconque porterait l'insigne des *Devil's Skulls*.

Au bout de quelques heures, ils n'avaient rien vu et il commençait à se faire tard. Ils se levèrent et marchèrent un peu, s'aventurant dans la zone d'activité principale, dans les bâtiments et les tentes, espérant y trouver Crush. Lequel n'était pas là.

— On y va, lança Diaz. On prend les motos et on refait un tour pour voir si on arrive à les repérer. Peut-être qu'ils sont tous fourrés dans un autre endroit.

Ils regardèrent partout, firent plusieurs tours et remontèrent les principales artères, mais Diaz finit par y mettre un terme et ils se dirigèrent vers l'hôtel où ils s'étaient enregistrés. Tandis qu'ils parcouraient le couloir menant à leurs chambres, Jessie sentit la déception la gagner.

Son premier jour de mission et rien ne s'était passé, absolument rien. Arrivée devant sa porte, elle se tourna vers ses deux coéquipiers.

— Vous voulez manger quelque chose ?

Spencer secoua la tête.

— Je vais ranger mes affaires et retourner au bar du circuit principal pour garder un œil sur d'éventuels *Skulls*.

— Je vais faire des recherches sur le gang, donc je vais rester ici, déclara Diaz. Jess, tu peux aller avec lui si tu veux.

Des recherches ? Quel genre de recherches Diaz comptait-il faire dans sa chambre ?

— Je me sens fatiguée, je pense que je vais rester ici, répondit-elle.

Spencer hocha la tête et reprit le couloir en direction de sa chambre, tandis que Diaz déverrouillait la porte en face de celle de Jessie.

La jeune femme entra dans sa chambre et referma la porte, puis déballa rapidement ses affaires. Elle s'assit au bord du lit et regarda par la fenêtre. Une angoisse refoulée l'empêchait de se détendre.

Il était tôt. Elle n'avait rien à faire. Elle avait besoin d'action.

Des recherches. Voilà ce qu'elle avait besoin de faire, trouver quel genre de recherches Diaz effectuait.

Elle prit son téléphone, appela le restaurant de l'hôtel et commanda deux sandwichs, puis elle passa rapidement sous la douche et se changea.

Une demi-heure plus tard, elle se tenait devant la porte de Diaz, avec les sandwichs et des sodas. Elle leva la main pour frapper, puis marqua une pause. Et s'il avait une copine dans cette ville, et qu'il avait seulement prétexté des recherches pour passer du temps seul avec elle ?

Non. Quelle idée. Pourquoi mentirait-il ? Parce qu'ils étaient censés travailler et qu'il se la coulait douce à la place ? Quelle différence cela ferait-il ? Si Diaz avait envie de tirer son coup, il n'avait qu'à le dire. C'est ce qu'il ferait, n'est-ce pas ?

Elle sentit son estomac se nouer à cette idée. Ce devait être la faim. De quel droit pouvait-elle se montrer jalouse ? Diaz n'avait aucun compte à lui rendre. Ils ne sortaient même pas ensemble. Il n'y avait… rien entre eux.

Il devait vraiment faire des recherches. Mais sur quoi ? Et comment ? C'est ce qu'elle avait l'intention de découvrir. Et puis, elle lui apportait de quoi dîner, très bonne excuse pour frapper à sa porte.

Oh, allez, arrête de tergiverser et toque, andouille.

Elle donna trois coups, priant très fort pour que ce ne soit pas une femme à moitié nue qui vienne lui ouvrir.

En général, Jessie faisait confiance à son instinct. Diaz serait en train de travailler, et pas en train de baiser une nana à motard.

Jessie ne voulait surtout pas que ce soit la première fois que son instinct la plante.

Chapitre 3

Diaz lâcha un juron quand il entendit frapper à la porte. Il se recula du bureau trop petit, et jura de nouveau quand il se cogna la jambe, puis clopina vers la porte. Il lâcha mentalement un autre chapelet d'insultes quand il vit par le judas qui se tenait dans le couloir.

Jessie.

Il défit l'entrebâilleur et ouvrit grand la porte.

— Quoi ?

— Waouh, fit-elle en haussant un sourcil. Tu es grognon. Besoin d'une sieste ?

— Non, juste d'un peu de solitude.

— Dommage.

Elle se faufila dans la chambre, portant son sac de provisions et ses deux cannettes de soda, qu'elle posa sur la table de chevet près de son lit.

— Je t'ai apporté à dîner. Je me suis dit que tu n'aurais pas pensé à commander quoi que ce soit, vu que tu avais ces fameuses « recherches » à faire.

Elle retira ses sandales et s'installa sur le lit, tirant un oreiller de sous la couverture pour le tapoter et le mettre dans son dos.

— J'espère que tu aimes la dinde.

— Qu'est-ce que tu fabriques ici ?

— Tu n'as rien écouté ? Je t'ai apporté le dîner.

Elle ouvrit le sac et en sortit deux sandwichs qu'elle posa sur la table de chevet, puis elle ouvrit une des deux cannettes de soda.

— Je mets les choses en place, je ne veux surtout pas te déranger.

Trop tard. Un seul coup d'œil et il était distrait. Un mouvement de ses hanches en passant devant lui, ses seins qui effleuraient son torse, et il était définitivement dérangé. Profondément troublé. Elle sentait le soleil, le plein air, et Jessie. Il avait envie de lui lécher le cou.

Comment diable pouvait-il travailler alors qu'elle se trouvait dans la même pièce ?

— Tu as faim, au moins ? demanda-t-elle.

Oui, il avait faim. Mais pas d'un sandwich à la dinde.

— Non.

— C'est un ordinateur portable que je vois là ?

Il tira la chaise et se réinstalla au bureau.

— Dis donc, tu as l'œil, toi.

— Te moque pas. Je dis ça parce que je ne savais pas que tu en avais apporté un. Qu'est-ce que tu fais ?

— Je te l'ai dit : des recherches.

Elle descendit du lit et se posta derrière lui. Il tenta de ne pas s'enivrer de son odeur, mais il ne put s'empêcher de la sentir, juste là. Il percevait la présence de son corps quand elle se pencha par-dessus son épaule.

— Les *Devil's Skulls* ont un site Web ?

— Ouais, parvint-il à prononcer, même s'il n'était plus du tout concentré sur son écran. La plupart des groupes les plus connus ont leurs propres sites Web, pour pouvoir afficher leurs photos, parler de leurs activités, où ça va se passer. Je me suis dit que si les *Skulls* étaient assez nombreux, ils en auraient un, eux aussi.

— Fais voir.

Il fit défiler les pages du site, lui montrant des photos de rallyes motos et de soirées de bienfaisance, des listes de leurs membres, certaines des organisations caritatives auxquelles ils avaient donné.

— Ils ont un calendrier des événements ?

— Oui, confirma-t-il en cliquant dessus. Là, on peut voir le mois en cours, les mois suivants, tout ce qui se passe.

— C'est marqué qu'ils seront au rallye.

— Ouaip.

— Hmmm. Alors je me demande pourquoi ils n'étaient pas là aujourd'hui.

— Aucune idée.

Elle posa une main sur son épaule, se pencha plus, pressant ses seins contre le dos du jeune homme. Pour l'amour de Dieu, le gouvernement pourrait lui demander de servir d'instrument de torture. Elle serait capable de briser un homme en moins de dix minutes en frottant ses seins contre son dos. Il sentit ses testicules frémir.

Diaz s'était toujours enorgueilli de son sang-froid. Lui, torturé ? Très bien. Il pouvait le supporter. Il avait un grand seuil de tolérance à la douleur, pouvait l'ajuster selon les circonstances, diriger toutes ses pensées ailleurs. Bien peu de choses pouvaient le distraire une fois qu'il avait décidé d'accorder toute sa concentration à la tâche en cours.

Il tenta cette technique, se focalisant sur l'écran d'ordinateur, tâchant de recueillir un maximum d'informations sur les *Skulls* pour qu'ils puissent infiltrer ce groupe en ayant toutes les données en tête. Cela ne fonctionnait pas. Jessie taquinait ses cinq sens, et les textes de l'ordinateur n'étaient qu'une masse floue sous ses yeux.

— Eh bien, ça, c'est surprenant, murmura-t-elle, son souffle chaud effleurant sa nuque.

— Quoi ?

Il espérait ne pas avoir loupé d'information importante. Comment pourrait-il expliquer de n'avoir pas vu ce qui se trouvait sous son nez ? *Désolé, mais tes seins ont détourné mon attention ?*

— Toi. Un ordinateur portable. Je n'aurais jamais pensé que tu étais un geek. Tu es toujours en vadrouille, sur ta moto ou en train d'en réparer une. Tu ne passes pas beaucoup de temps dans la salle informatique.

— Tu me connais à peine, Jessie.

Elle recula, ce qui fut un grand soulagement pour lui. Maintenant, il pouvait enfin respirer.

— Eh bien, raconte-moi. Je meurs d'envie d'en savoir plus.

Elle se jeta sur le lit et saisit son sandwich.

— Parle-moi de toi pendant que je mange.

Il pivota sur son siège. Elle plaisantait ou quoi ?

— Mais qu'est-ce que tu crois que je vais te raconter ?

— Oh, je ne sais pas, dit-elle en haussant les épaules. Vu que tu es un vrai mystère pour moi, je pense que tu peux tout me dire, non ?

Découragé, il prit son sandwich à la dinde et en croqua une bouchée qu'il mâcha d'un air pensif. Que pourrait-il bien lui dire pour se débarrasser d'elle ?

— Je suis né, j'ai grandi, j'ai merdé. Tu connais la rengaine. Je suis arrivé chez les *Wild Riders* de la même façon que tous les autres. Ça fait des années que tu me côtoies. Tu sais qui je suis et ce que je fais. Point final.

— Oh, allez. De tous les gars du QG, tu es celui que je connais le moins bien. Comment ça se fait?

— C'est parce qu'il n'y a rien à raconter.

Rien qu'il voudrait qu'elle sache, de toute façon.

— Je ne te crois pas. Tout le monde m'a raconté ce qu'il faisait avant que Grange le traîne chez les *Wild Riders*, les emmerdes dans lesquelles il trempait. Mais je n'ai jamais entendu ton histoire.

— Elle n'est pas très intéressante, fit-il en haussant les épaules.

— Alors tu vas me raconter ça, ou je vais devoir me faire des films et créer mes propres histoires terribles dans lesquelles tu braquerais des banques, faisant régner la terreur sur de petites villes, poursuivi par la police fédérale…

Qu'elle se taise, bon sang! Il était même prêt à lui servir la vérité pour ça.

— J'avais dix-sept ans. J'aimais bien braquer les distributeurs automatiques et prendre la fuite dans des voitures volées.

Elle haussa les sourcils et entrouvrit les lèvres.

— Vraiment? Alors j'avais raison pour les banques. Canaille, va.

Il secoua la tête en l'entendant le taquiner comme ça.

— Certaines des caméras de surveillance des banques et des distributeurs filmaient les véhicules et leurs plaques d'immatriculation. J'avais l'habitude de voler une voiture avant de casser un distributeur.

— C'était assez consciencieux de ta part, dit-elle en hochant la tête. Où est-ce que tu récupérais les cartes bleues ?

— J'étais pickpocket. C'est facile à attraper dans un portefeuille ou un sac, dans les rues les plus animées. Des hommes d'affaires qui discutent entre eux, ou une femme distraite pendant son shopping. Et puis les voitures étaient faciles à choper. Je choisissais de vieux modèles, souvent abîmés, qui étaient laissés ouverts, et assez faciles à faire démarrer sans les clés. Comme je ne les utilisais qu'une fois avant de les abandonner, je n'avais pas besoin de voitures flambant neuves.

— Comment tu faisais avec le code des cartes bleues ?

— Je sais accomplir deux trois trucs avec un ordinateur.

— Tu m'intrigues, dit-elle en haussant les sourcils.

Elle n'avait vraiment aucune idée.

— Je récupérais des infos ici ou là. Je ne me contentais pas de voler des voitures.

— Tu pensais à tout !

— C'est ce que je croyais. Jusqu'à ce que je me fasse arrêter et me retrouve derrière les barreaux. Pas d'argent, le commis d'office n'en avait rien à battre de mon cas et se contrefichait de savoir si j'allais écoper de la perpétuité ou pas. Quand Grange est arrivé pour me proposer son marché, je lui aurais vendu mon âme.

— Tu étais content de te voir proposer une deuxième chance.

— Finalement oui. Mais pas au départ. Tu sais comme c'est. Tu étais pareille. À cet âge, on croit qu'on a tout compris, et qu'aucun adulte ne pourra nous faire échapper à notre destinée. Tout ce qu'on veut, c'est repartir dans la rue, être indépendant, faire les choses à sa façon.

Jessie acquiesça avec un sourire.

— Je m'en souviens. Mais Grange avait de la ressource. Il ne se laissait pas faire.

— Carrément pas. Il m'a bien maté dès le premier jour et il n'a pas lâché l'affaire ensuite. Il m'a dit que soit je l'écoutais, soit j'allais en prison. Pendant les premiers mois, je me suis demandé si la prison n'aurait pas été plus facile.

— Je sais, commenta Jessie en riant. Et il n'a pas été plus indulgent avec moi parce que j'étais une fille. Il m'a fait étudier, bien manger, faire du sport, je me couchais tôt, pas de téléphone, pas d'amis… Toutes ces satanées règles. Et moi qui pensais que j'échapperais à l'école pour le reste de ma vie. C'était encore pire de se retrouver sous son aile.

— Ouais. L'école d'abord, ensuite les entraînements physiques, et puis la mécanique… J'en ai plus appris sur les voitures et les motos que je n'en avais jamais su. On les démontait entièrement, et on les réassemblait. J'ai appris beaucoup.

Au début, ils avaient détesté chaque instant passé sous la coupe de Grange, puis ils avaient commencé à éprouver du respect pour le général Lee. Cet homme dirigeait son équipe d'une main de fer, il ne se laissait pas berner par ces petits malins qu'il avait pris sous son aile. Avec le temps, Diaz en était venu à aimer ces trois repas équilibrés par jour, et il avait appris que, s'il voulait qu'on le respecte, il fallait qu'il le mérite et qu'il montre du respect à son tour. C'était Grange Lee qui lui avait appris à devenir un homme, et non son père.

— Je m'écroulais dans mon lit le soir, à 9 heures, au plus tard, totalement exténuée, dit Jessie.

— Et comme il nous tirait du lit aux aurores, pas étonnant qu'on arrive à dormir à 9 heures, commenta Diaz, qui ne s'était pas couché si tôt depuis l'âge de cinq ans.

Mais, en suivant les règles de Grange, c'était facile.

— J'avais une famille, poursuivit Jessie. Un père qui me menait à la baguette, mais, pour la première fois de ma vie, j'avais enfin une famille qui tenait à moi. Un père et des frères qui veillaient sur moi.

Des frères. Voilà. Ce gouffre qu'il n'osait pas franchir.

— Oui, c'est bon d'avoir une famille.

Il termina son sandwich, froissa sa serviette et la jeta à la poubelle. Puis il se tourna vers l'ordinateur, espérant que Jessie comprendrait qu'il était temps pour elle de quitter la pièce.

Elle ne dit rien pendant quelques minutes, mais il l'entendit ensuite bouger derrière lui, ses seins se pressant une fois de plus contre son dos tandis qu'elle examinait l'écran d'ordinateur.

Il prit une brève inspiration, sentant la chaleur monter dans ses veines. *Bon sang!* Rien que d'être près d'elle, et son corps tout entier s'affolait. Et elle le considérait comme un frère. Quel pervers il faisait! Il fallait qu'il la fasse sortir de sa chambre.

— Je crois que je peux arrêter, maintenant.

Il referma l'ordinateur portable et repoussa la chaise, la forçant à s'éloigner de lui. Jessie recula de quelques pas, affichant une mine surprise.

— C'est tout ? Tu as terminé tes recherches ?
— Oui.

Il se dirigea vers la porte, espérant qu'elle le suivrait. Ce qu'elle ne fit pas.

— Diaz.

Le jeune homme resta près de la porte. *Allez, Jess, ouvre un peu les yeux.*

— Quoi ? lança-t-il.

Elle marcha vers lui, rejetant la tête en arrière pour le regarder dans les yeux. Ses lèvres étaient entrouvertes, ce qui révélait tout juste le bout de sa langue tandis qu'elle le regardait.

Il commençait à transpirer. Sa queue tressaillit. Son cœur se mit à battre à cent à l'heure.

Putain. Il n'avait plus dix-sept ans. Il était un homme de trente et un ans, bon sang, trop vieux pour laisser une jeune femme l'affecter de cette façon.

Elle s'approcha encore, si proche que la pointe de ses seins faillit effleurer son tee-shirt. Il sentit ses genoux faiblir.

— Pourquoi est-ce que tu as tellement peur de moi ?

Il inclina le menton et la dévisagea.

— Quoi ?
— Tu as peur de moi, ça saute aux yeux. Tu ne me parles jamais, quand j'entre dans une pièce tu t'en vas. J'essaie de te parler, et tu marmonnes deux, trois phrases incompréhensibles, mais tu ne relances jamais

la conversation, et ensuite tu cherches une excuse pour t'échapper.

— C'est pas vrai.

— Oh si.

Elle parcourut le corps du jeune homme du regard, des pieds à la tête.

— Et tu mesures combien ? Un mètre quatre-vingt-cinq, quelque chose comme ça ?

— Un mètre quatre-vingt-dix.

— Bien. Je mesure un mètre soixante-cinq. Tu fais une bonne tête de plus que moi. Et tu dois peser une quarantaine de kilos de plus que moi, voire plus, donc je ne pense pas que ce soit mon physique qui te fasse vraiment peur.

T'as pas idée, ma belle.

— Seulement, je n'arrive pas à comprendre poruquoi tu gardes tes distances avec moi comme ça.

— Tu ne me fais pas peur, Jessie.

— Si, je le vois bien.

Elle s'approcha de lui, et il recula d'un pas.

— Sinon, tu ne t'éloignerais pas de moi comme ça. Tu vois, j'ai raison. Tu as peur de moi.

— Je n'ai peur de rien, ni de personne.

Jessie afficha un sourire en coin.

— Ce genre d'esbroufe pourrait être mortelle vu le travail qu'on fait. Tout le monde a peur de quelque chose. Moi, c'est les falaises. Quand je regarde en bas, j'ai horriblement peur de tomber. J'ai le vertige comme pas possible. Oh, et je déteste les araignées de manière générale. Un truc de fille, je sais, mais je ne peux pas m'en empêcher. Et je n'aime pas trop dormir toute seule dans le noir. J'aime bien avoir une lumière allumée. Et toi, alors ? Qu'est-ce qui te fait peur ?

— Je te l'ai déjà dit. Rien.

Il plaqua le dos contre la porte, mais Jessie continuait d'avancer, pressant ses paumes contre son torse et le jaugeant avec un sourire taquin.

— Rien sauf moi. C'est la grande méchante Jessie qui te fait peur.

Elle jouait un petit jeu. Ce qui n'était pas son cas à lui.

— Arrête.

Elle s'arrêta – il n'y avait nulle part où aller, à moins qu'elle ne l'escalade. Il laissa échapper un grognement en se représentant la scène. Elle nue, sa poitrine généreuse compressée contre son torse, ses jambes enroulées autour de sa taille. Lui aurait les mains pleines de son magnifique petit cul tandis qu'elle onduleraient sur sa queue. Sa chatte serait mouillée, serrée, l'agrippant et le serrant jusqu'à ce qu'il jouisse en elle en de puissants jets.

Merde.

— Sors de là, Jess.

— Pourquoi ?

Il prit une inspiration. Grosse erreur. L'odeur de la jeune femme emplissait l'air tout autour de lui. Une senteur entêtante, sensuelle. Il se mit instantanément à bander.

— Parce que tu joues avec le feu, petite.

Les yeux de Jessie devinrent vitreux.

— Je ne suis pas une petite. Et j'aime la chaleur du feu, Diaz.

Tout en elle l'invitait au vice, son visage, son corps. La tentation en personne.

Mais ils n'étaient pas là pour ça. Et c'était Jessie, pas n'importe quelle femme qu'il pouvait baiser. C'était Jessie. Il n'avait pas le droit. Elle leur appartenait à tous, aux *Wild Riders*. Tous ces gars qui comptaient sur lui pour prendre soin d'elle. Parce qu'ils l'aimaient tous.

Comme une sœur.

Il la saisit par les épaules, observant et mémorisant le petit halètement qu'elle laissa échapper. Diaz avait envie de poser ses lèvres sur les siennes, d'avaler son halètement, de glisser sa langue dans sa bouche et de la goûter.

Bon Dieu, il avait trop envie d'elle !

Il la repoussa des quelques centimètres nécessaires pour ouvrir la porte et la fit passer de l'autre côté.

— Retourne dans ta chambre, Jess.

Il lui ferma alors le battant au nez, n'entendant rien alors qu'elle ouvrait la bouche pour dire quelque chose. Il fit glisser l'entrebâilleur, se sentant lâche, ce qu'il était. Le jeune homme se retourna pour s'adosser à la porte, poussant un soupir.

Peur de rien ? Oui, bien sûr. Jessie avait vu juste. Elle lui foutait les jetons.

Il lui fallut quelques minutes pour retrouver la capacité à respirer normalement.

Une femme. Une toute petite femme, et son corps entier était hors de contrôle. Diaz devrait être capable de la gérer, de l'ignorer. Mais il n'y parvenait pas, parce que rien qu'en la regardant, rien qu'en sentant son odeur, il se sentait comme un chien de chasse, à saliver sur une piste juteuse. Comment allait-il pouvoir boucler la mission, être un bon leader, si Jessie le minait comme ça ? Comment allait-il faire pour rester indifférent ?

Il se passa les deux mains dans les cheveux, s'écartant de la porte pour parcourir la petite surface de sa chambre.

Priorités. Son objectif consistait à faire tomber les trafiquants d'armes. Il allait falloir qu'il range Jessie dans une petite case de son cerveau pour oublier son existence. Ou qu'il se masturbe tant qu'il était seul, pour se libérer du stress de l'avoir côtoyée de si près. Sa queue tressaillait, appelant les caresses, mais ce n'était pas ses propres mains qu'elle voulait, c'était Jessie. Ses mains, sa bouche, sa chatte.

Trop dur. Sa queue allait devoir souffrir encore, parce qu'il n'avait pas l'intention de la baiser. Même si elle avait l'air d'en avoir envie. Elle lui avait quand même fait de sacrées avances. N'importe quel autre homme aurait joyeusement pris ce qu'elle offrait de manière si évidente.

Elle jouait décidément un jeu dangereux avec lui. Mais Jessie était une gamine, elle ne savait pas ce qu'elle voulait. C'était à Diaz de faire preuve de retenue.

Il poussa un grognement. Cette mission prenait les airs d'une longue descente aux Enfers.

Chapitre 4

Jessie faisait les cent pas dans sa chambre, les yeux rivés sur l'horloge, attendant le bon moment pour partir à la rencontre de Diaz et Spencer. Le rugissement des moteurs dans la rue la réveilla tôt, mais elle n'avait pas beaucoup dormi de toute façon. Elle avait pensé à Diaz pendant toute la nuit. Elle s'était tournée dans tous les sens, le corps en feu de s'être trouvé si près du sien.

Près, mais pas assez.

Diaz était un homme. Un vrai. Il suintait la testostérone. Elle s'était montrée prête à s'empaler sur lui, et comment avait-il réagi ? Il l'avait mise à la porte, poliment, mais fermement, et l'avait renvoyée dans sa chambre.

Ses joues s'embrasèrent de gêne en songeant au rejet qu'elle avait essuyé.

Peut-être qu'elle ne l'excitait pas, tout simplement.

Non, ce n'était pas ça. Elle avait jeté un coup d'œil entre les jambes du jeune homme, et les contours d'une érection franche s'étaient clairement dessinés à travers son jean. Elle frissonna en pensant à son sexe tout dur qui irait et viendrait entre ses cuisses, caressant cette flamme qui brûlait sans cesse en elle. Elle n'avait fait aucun mystère quant à son désir pour lui, alors pourquoi n'avait-il pas pris ce qu'elle lui avait offert ? Pourquoi s'était-il retenu, pourquoi l'avait-il repoussée ?

Jessie avait bien l'intention de trouver les réponses à ces questions. Elle n'était pas du genre à abandonner facilement.

Elle se retourna en entendant frapper à sa porte. Elle l'ouvrit pour découvrir Spencer, adossé à l'encadrement.

— Diaz a dit qu'il fallait rouler. Tu es prête ?

— Toujours, répondit-elle avec un grand sourire.

Ils se dirigèrent vers le centre-ville et trouvèrent un joli petit restaurant surplombant le circuit principal pour y petit-déjeuner. Là, ils pouvaient observer les motards qui circulaient dans la rue. C'était le lieu idéal pour repérer Crush et son gang si jamais ils arrivaient.

— Tu as vu quelque chose hier soir ? demanda Diaz à Spencer.

— Oui. Des motos. Plein. Et des filles. Plein aussi. Mais pas de *Devil's Skulls* et pas de Crush Daniels.

Jessie esquissa un sourire et prit une autre bouchée de ses œufs brouillés.

Diaz fronça les sourcils, ce qui semblait être son expression favorite.

— Espérons qu'on n'a pas perdu notre temps en venant ici.

— On n'a rien perdu du tout, dit Jessie. Il sera là.

— Comment tu le sais ? la contra Diaz.

— Parce qu'il me l'a dit, et parce que c'était marqué sur le site Web des *Skulls* hier soir.

— Vous êtes allés sur Internet ? demanda Spencer.

— Oui. Diaz a apporté son ordinateur portable.

— Quel geek ! fit Spencer avant de porter sa tasse de café à ses lèvres pour en prendre une grande rasade.

— Il faut bien que quelqu'un s'occupe des recherches.

— Oui, mais quelqu'un comme toi devrait plutôt aller botter des fesses, et pas s'enterrer derrière l'écran d'un ordinateur.

— Je peux aussi botter des fesses. Tu veux que je te montre ?

Jessie secoua la tête. Elle avait l'habitude que les garçons se cherchent de cette façon. C'était plus des bravades et des taquineries qu'une véritable colère entre eux, même si elle les avait vus faire étalage de tout leur machisme sur le ring de la salle de sport des *Wild Riders*, ce qui était un de leurs passe-temps favoris. Rien de tel que de voir des hommes torse nu et en nage en train de se battre, muscles saillants et testostérone au niveau max. *Miam*. Elle considérait la plupart de ces hommes comme sa propre famille, mais le fait était qu'aucun d'entre eux n'avait de réels liens de sang avec elle, et elle n'éprouvait aucun remords à admirer leurs corps sculpturaux.

En réalité, elle veillait toujours à se trouver dans la salle de sport lorsque Diaz s'entraînait avec les autres. Voir son corps en plein effort tandis qu'il soulevait des poids ou faisait de la boxe, son visage et son torse dégoulinant de sueur, les rides de concentration sur son visage alors qu'il donnait tout ce qu'il avait pour atteindre son objectif, quel qu'il soit… Elle en avait l'eau à la bouche. Elle se rendait à la salle sous prétexte d'utiliser des poids, de courir sur le tapis ou de donner quelques coups de poing dans un sac, mais son regard dérivait toujours immanquablement sur Diaz, pour admirer le jeu de ses muscles quand il échangeait des coups sur le ring avec Spencer... pour le fun.

Les garçons boxaient souvent avec elle, mais ce n'était jamais très sérieux, vu qu'aucun d'entre eux n'avait l'intention de la mettre K-O. C'était tout de même un bon entraînement pour travailler son jeu de jambes, son endurance, et apprendre à esquiver un coup de poing et contrer d'un autre coup. Ces hommes étaient des durs et ils lui apprenaient à se montrer encore plus dure qu'elle ne l'avait été dans la rue. Malheureusement, Diaz ne lui proposait jamais de s'entraîner avec lui. Comme d'habitude, il l'évitait.

Jessie était bien décidée à comprendre pourquoi.

Une fois son petit déjeuner terminé, elle sirota son café et regarda par la fenêtre. C'est alors qu'elle repéra un crâne blanc aux yeux rouges démoniaques sur le tee-shirt d'un *biker* qui approchait. Elle se redressa sur son siège et vit d'autres motards passer devant le restaurant.

— Ils sont là, déclara-t-elle à voix basse sans quitter la fenêtre des yeux.

— Où ça ? demanda Diaz.

— J'en ai vu passer quelques-uns.

— Tu as vu Crush ?

— Pas encore.

— On y va.

Ils payèrent l'addition et montèrent sur leurs bécanes, se joignant à la foule des motards qui arpentaient la rue principale. En roulant sur le circuit principal, on pouvait voir et être vu, frimer avec sa moto et chercher des connaissances.

— Reste discrète, fit Diaz à un feu rouge. Si tu repères Crush, dis-le-nous, mais sans que ça se voie trop.

Jessie hocha la tête. Elle prévoyait de s'assurer que Crush la voie, le faire venir à elle.

Les motos roulaient dans les deux sens et Jessie observait tous les mouvements. Les *Devil's Skulls* formaient un grand groupe, et elle avait commencé à voir pas mal de vestes, de blousons et de tee-shirts portant leur insigne. Elle ne mit pas longtemps à trouver Crush à la tête d'un groupe de *bikers*. Elle fit mine de l'ignorer, mais, quand ils passèrent sur la route, il la repéra, lui adressa un signe de la main et fit demi-tour pour rouler près d'elle, l'encourageant à le suivre pour se garer dans une petite rue perpendiculaire. Elle le suivit, tout comme Diaz, Spencer et quelques-uns des *Skulls*. Elle feignit la surprise en le voyant.

— Salut! Je ne pensais pas que toi et ton gang vous seriez là, dit-elle, à califourchon sur sa moto.

Crush était un homme vraiment séduisant, pas le genre qu'on penserait être à la tête d'un gang de *bikers*. Une chevelure d'un noir de jais coupée court avec des pointes, et un visage de toute beauté, des pommettes saillantes, des lèvres charnues et les plus beaux yeux gris qu'elle ait jamais vus. Il avait un corps mince, des vêtements toujours impeccables… Il ne ressemblait en rien aux survivalistes qui vivent en ermites dans les forêts. Mais que pouvait-elle bien en savoir, après tout? Elle n'y connaissait pas grand-chose.

— On avait d'autres obligations hier, alors on est venus tôt ce matin. On a raté beaucoup de choses?

— Pas vraiment, pas mal de *bikers* sont arrivés hier, mais c'était calme la nuit dernière. Il y a beaucoup plus de mouvement ce matin.

Jessie se demanda en quoi consistaient ces « autres obligations », et si elles pouvaient être en rapport avec des armes illégales. Elle décida de réserver son jugement à ce sujet. Elle pointa les pouces derrière elle pour désigner Diaz et Spencer et les présenter à Crush.

Ce dernier haussa un sourcil.

— Ce sont tes amants, ces deux-là ?

Elle étouffa un rire en pensant à un ménage à trois de ce genre. Bon sang, elle serait déjà contente d'avoir un seul homme, alors deux… Elle décocha plutôt un grand sourire à Crush.

— C'est une possibilité.

— Vous faites partie d'un gang ?

— Non, répondit Diaz. On voyage seuls.

— Vous roulez souvent ensemble, tous les trois ?

Diaz acquiesça et dit :

— Mais on pense à s'intégrer à un groupe de motards. On roule beaucoup ensemble, on aime voyager. On aime bien la région des Ozarks, alors peut-être qu'on va chercher un groupe dans les environs, pour s'y installer.

Crush observa Diaz et Spencer.

— Ici, il y a beaucoup de parasites. Vous devriez faire attention en roulant seuls. Si vous voulez protéger votre copine, vous devriez rejoindre un gang. En groupe, c'est toujours plus sûr.

— Je crois qu'on peut parfaitement s'occuper de Jessie nous-mêmes, répliqua Diaz.

Spencer acquiesça en direction de son ami, mais son sourire se tournait vers Jessie.

— Je crois que Jessie peut se débrouiller toute seule.

La jeune femme sourit en entendant le compliment de Spencer, et se demanda ce que Diaz cherchait à parler comme ça. N'étaient-ils pas censés faire ami-ami avec Crush ? Mais peut-être que ce serait vu comme un signe de faiblesse qu'ils admettent ne pas pouvoir s'en sortir seuls.

Elle avait encore beaucoup à apprendre.

— Je suis sûr que vous vous occupez très bien les uns des autres. Mais j'ai grandi dans le coin et je peux vous assurer que ce n'est pas prudent de voyager dans certaines zones tous les trois.

— C'est une invitation à rejoindre les *Devil's Skulls* ? demanda Diaz.

— C'est une possibilité, répondit Crush en esquissant un sourire sensuel. Mais, pour nous rejoindre – à condition que je vous invite –, il faut passer par une initiation. Et ce n'est pas facile. Vous pensez que vous avez assez de cran pour ça ?

— Carrément, répondit Spencer du tac au tac.

Diaz ne sourit même pas en disant :

— On peut gérer ça.

— Et Jessie ? demanda Crush, sans la regarder cette fois, mais en s'adressant plutôt à Diaz. Est-ce qu'elle pourrait gérer ?

Pourquoi n'était-elle pas plus surprise que ça ?

— J'ai besoin de personne pour répondre à ma place, et je suis capable de gérer tout ce que tu me demanderas, Crush.

Le chef de gang posa lentement les yeux sur elle, et il acquiesça, entrouvrant les lèvres.

— Je m'en doute.

Il la défiait, la provoquait. Après avoir passé le plus clair de sa jeunesse dans un groupe de durs à cuire, de mecs de la rue, elle n'était en rien impressionnée par Crush Daniels. Elle lui adressa un sourire. Mais Diaz semblait prêt à descendre de sa moto pour étrangler Crush.

Intéressant. Elle l'aurait presque cru jaloux si elle ne le connaissait pas si bien.

— Vous pouvez rouler avec nous ces prochains jours. Qu'on fasse connaissance. Ensuite, vous déciderez si vous avez les couilles de le faire ou pas. À la fin du week-end, on vous dira quelles seront vos épreuves d'initiation.

— Ça me va, acquiesça Diaz.

Crush observa Jessie.

— Nouvelle bécane, hein?

— Oui.

— Elle te va à la perfection. Tu as choisi la bonne.

Elle se sentit gagnée par une vague de chaleur. Diaz avait choisi la bonne moto – la bonne pour elle. Mais elle n'en dit rien à Crush.

Le chef de gang démarra et lança:

— Roulons!

Ils le suivirent, se mêlant aux membres de son gang, qui semblaient sortir de nulle part, et être de plus en plus nombreux à mesure qu'ils entraient sur le circuit principal. Au moment où ils sortirent de la zone du rallye moto, les *Devil's Skulls* avaient étonnamment dépassé la cinquantaine de membres. Diaz, Spencer et Jessie restaient à l'avant, près de Crush et de quelques autres. Il les mena hors de la ville, en direction du nord-est, en évitant les principales autoroutes.

La route était belle, c'était la journée idéale pour laisser courir cette brise sur sa peau. C'était ce que Jessie préférait dans le fait d'être une motarde : passer du temps avec d'autres personnes qui aimaient la moto tout autant qu'elle, et profiter de la liberté d'être sur la route, au grand air. Ça ne se limitait pas au fait de voir les arbres défiler le long de la route, de les voir se pencher comme pour saluer. C'était aussi le fait de les sentir : l'odeur acidulée des pins quand on passait devant, les senteurs musquées de la terre, et, lorsqu'on s'arrêtait, d'entendre le bruissement des eaux vives des rivières alentour. C'était la nature dans toute sa splendeur, et c'étaient des détails qu'on ratait complètement en voyageant en voiture. Il n'existait rien de mieux que d'être à moto sur cette terre. Elle adorait cette vie-là.

Crush emprunta les petites routes menant aux collines, des sentiers sinueux où l'on pouvait vraiment se faire plaisir dans les virages. Ils s'arrêtèrent à une station-service pour faire une pause. Une des *Skulls* vint voir Spencer et commença à lui parler. Cela fit sourire Jessie qui secoua la tête. Dès qu'il y avait une fille célibataire dans les parages, elle était toujours attirée par Spencer. Il était un véritable aimant à minettes. Bien sûr, vu sa taille, son corps de rêve et sa gueule d'amour, il n'était pas étonnant que les femmes s'attroupent autour de lui. C'était un grand charmeur.

— Je suis content qu'on se soit retrouvés.

Jessie se retourna pour voir Crush face à elle.

— Oh, moi aussi. J'avais peur de te louper.

— Je t'avais dit que je serais là pourtant, non ?

— Oui, c'est vrai. Mais on ne sait jamais, il peut y avoir des empêchements.

— Je ne suis pas aussi débordé que ça, répondit-il dans un sourire.

— Alors, qu'est-ce que tu fais dans la vie, Crush ?

Même si elle connaissait déjà son passé d'après les renseignements des *Riders*, elle voulait l'entendre parler de lui.

— Des choses diverses et variées. Surtout dans la mécanique. Mon frère et moi, on est propriétaires d'un garage. Là, on travaille sur les voitures et tout ça.

— Vraiment ? Du coup, ça te laisse pas mal de temps libre pour faire de la moto ?

— Ouais. C'est lui qui bosse le plus dur.

— Et toi, tu t'occupes des investissements ? le taquina-t-elle, espérant qu'il révèle ainsi des éléments sur sa situation financière.

Crush éclata de rire.

— Je travaille quand je veux, mais mon frère est assez casanier. Moi, je suis plus nomade. Donc j'investis beaucoup de ma part des bénéfices dans la boutique, comme ça, il est content de travailler dur.

— Et pendant ce temps tu fais de la moto.

— Exactement.

— Une vie de rêve, tant qu'on en a les moyens.

— Et toi, Jessie ? Tu as les moyens de faire de la moto quand tu veux ?

— Je fais ce que je peux, répondit-elle en haussant les épaules. Je prends des boulots ici ou là. Je n'ai pas trop de mal à joindre les deux bouts.

La jeune femme sentit la présence de Diaz derrière elle.

— Quoi de neuf? demanda-t-il.

— On ne fait que parler, répondit Crush.

— On discute de la façon dont on s'organise pour avoir le temps de faire de la moto, expliqua Jessie, avant de raconter à Diaz que Crush possédait un garage avec son frère.

Elle espérait que Diaz comprendrait ainsi qu'elle était en pleine pêche aux informations.

— Ah, sympa.

— Et toi, Diaz? Tu fais quoi dans la vie? demanda Crush.

— Je suis financièrement indépendant. Je n'ai pas besoin de travailler.

Crush haussa un sourcil, examina Diaz pendant une minute, puis il rejeta la tête en arrière et éclata de rire.

— Elle est bien bonne, celle-là!

Diaz était sciemment resté évasif. Crush avait sûrement aimé ça. Et, s'il était réellement impliqué avec les survivalistes qui se cachaient dans ces collines, c'était la réponse idéale. Le jeune homme avait bien joué ce coup-là.

Ils roulèrent vers l'est pendant la demi-journée, s'arrêtèrent dans une cafétéria pour déjeuner, puis reprirent la route. La nuit était déjà tombée, et ils profitèrent des festivités organisées par les sponsors du rallye moto. Il était minuit passé quand Jessie,

Spencer et Diaz se séparèrent enfin de Crush et son gang, promettant de se retrouver le lendemain pour reprendre la route.

Quand ils rentrèrent à l'hôtel et garèrent leurs motos, Spencer déclara :

— Écoutez. Il y a une fille qui est assez proche des membres les plus importants du gang de Crush. Elle était la petite amie de Rex, le second de Crush ou quelque chose de ce genre. Enfin, tout ça pour dire qu'elle m'a remarqué et que je vais poursuivre cette piste.

— Pour les affaires ou le plaisir ? le taquina Diaz.

Spencer afficha un grand sourire.

— Sûrement un peu des deux.

Jessie se mit à rire.

— Plus de plaisir pour toi, pas vrai, Spencer ?

— Hé, il faut bien qu'il y ait des avantages à ce boulot, poupée, lui répondit-il avec un clin d'œil. Mais, à ce que j'ai entendu, Crush et les autres pensent que vous êtes en couple, tous les deux.

— Pourquoi ? s'écria Diaz.

— Aucune idée, répondit Spencer en haussant les épaules, mais c'est ce qui se dit. Alors vous devriez peut-être pousser le jeu dans ce sens. En plus, ça fera une protection pour Jessie, elle ne sera pas seule.

Oh, elle attendait avec impatience d'entendre la réponse de Diaz. Maintenant qu'il était sur la sellette, pas de machine arrière envisageable.

— Ça me semble une bonne idée, indiqua-t-elle.

— Peut-être, fit Diaz en fronçant les sourcils.

— Il faudrait qu'on partage une chambre dans ce cas. Les couples ne font pas chambre à part. Je vais libérer la mienne pendant que tu préviens l'accueil que je m'installe dans la tienne.

Avant que Diaz n'ait pu objecter quoi que ce soit, elle dit bonne nuit à Spencer, qui précisa qu'il allait retourner dans le circuit principal pour retrouver Stéphanie. Puis elle monta dans sa chambre pour faire ses bagages. Quand elle ouvrit la porte pour en sortir, elle tomba nez à nez avec Diaz.

— Quoi ? demanda-t-elle. J'allais venir.

— J'ai échangé les chambres.

— Pourquoi ? demanda-t-elle en penchant la tête sur le côté.

— Il n'y avait qu'un seul lit dans ma chambre.

— Et alors ?

— Allez, tu sais bien, fit-il, levant les yeux au ciel et prenant son sac de voyage.

Quand il ouvrit la porte de la nouvelle chambre, elle étouffa un petit rire.

Deux grands lits. Elle jeta son sac sur un des lits et se tourna vers lui.

— C'est quoi, le problème, Diaz ? Tu as peur de dormir dans le même lit que moi ?

Il s'avança vers elle, un pas lent après l'autre, tandis qu'elle admirait la fluidité de ses mouvements. Puis il s'arrêta, à seulement quelques centimètres d'elle.

— Jessie, si j'occupais le même lit que toi, il ne serait pas vraiment question de dormir.

Oh, là, là. On y était, précisément ce qu'elle avait envie d'entendre. Son cœur tambourinait dans sa poitrine, et elle eut l'impression que son corps tout entier était en train de fondre. Elle ne parvenait pas à reprendre son souffle, et elle sentit ses orteils se crisper. Quelle galère ! Il avait sorti la phrase de rêve et elle avait perdu sa voix, incapable de répliquer.

— Oh.

C'était tout ? Elle n'avait rien trouvé de mieux à lui dire ?

Les yeux de Diaz, si noirs, si sexy, qui se posaient sur elle comme ça… *oui, comme ça*… en disaient très long. Mais il recula de quelques pas et se retourna, brisant l'instant sensuel et magique qui venait de s'installer entre eux.

Elle finit par relâcher son souffle.

Bon, ça avait l'air d'un début prometteur. Mais il s'était arrêté, et ce n'était pas bon signe. Il était temps de faire monter la pression. Elle défit son sac et prit quelques affaires.

— Je vais prendre une douche.

Vu l'expression sur le visage de Diaz, on aurait pu croire qu'elle venait d'annoncer qu'elle allait procéder à une opération de neurochirurgie dans la salle de bains. Il avait le teint verdâtre. Elle ferma la porte de la salle de bains, se déshabilla et fit couler l'eau, prenant son temps pour se savonner, espérant que Diaz était en train de l'imaginer sous l'eau.

Elle se mit même à fredonner une chanson, juste assez fort pour qu'il puisse l'entendre. Elle s'assurait ainsi qu'il prête attention à elle, et qu'il n'oublie pas qui elle était et où elle était. Jessie termina sa douche, se sécha et s'habilla, puis elle prit un tube de crème et sortit de la salle de bains.

Diaz s'était mis au bureau, dos à elle. La jeune femme se dirigea vers le lit, s'approcha du placard à côté de lui et s'assit, posant le tube sur la table. Elle prit une noisette de crème qu'elle étala ensuite sur ses jambes.

Peu de temps après, Diaz leva la tête, inspira et la regarda lentement par-dessus son épaule, comme s'il avait eu peur de ce qu'il pourrait voir.

Il fronça les sourcils de plus belle.

— Qu'est-ce que tu fabriques ? demanda-t-il d'un ton plus accusateur que curieux.

Elle marqua une pause.

— Euh… je mets de la crème ?

Il plissa encore les yeux.

— Pourquoi ?

— Parce que j'aurai la peau sèche, sinon.

Jessie dut lutter pour ne pas éclater de rire quand il la regarda comme si elle était une espionne internationale qui lui mentait au visage.

— Tu pourrais te rhabiller un peu ? Bon sang, Jessie ! La jeune femme baissa les yeux sur son short en éponge et son débardeur.

— Quoi ? C'est ma tenue pour dormir.

— On voit presque tout.

— Vraiment ?

Elle baissa les yeux. Elle était pourtant couverte, bon, pas de beaucoup, d'accord, mais c'était le but recherché.

— Je ne vois rien, moi, objecta-t-elle.

— Ton short est tellement court qu'on dirait une invitation. Et ton haut couvre à peine tes… tes…

— Seins ? termina-t-elle pour lui, se mordant la joue pour réprimer un rire.

— Oui. Ça. Bon Dieu, Jess, tu dormirais toute nue que ça ne ferait pas une grosse différence, dit-il avant de se retourner pour faire face à son ordinateur portable.

— C'est ce que je fais d'habitude, dit-elle en regardant le dos du jeune homme.

Ses doigts s'immobilisèrent au-dessus du clavier d'ordinateur.

Je t'ai eu.

Jessie refusait qu'on l'ignore. Ils partageaient la même chambre, c'était une occasion en or. Il allait la remarquer, qu'il le veuille ou non, et elle était prête à s'exhiber toute nue s'il le fallait. Elle espérait tout de même ne pas en arriver là, mais, s'il continuait à l'éviter comme la peste, elle allait devoir prendre des mesures drastiques. Parce que si l'initiation des *Skulls* ressemblait à ce qu'elle pensait, elle aurait besoin de demander un service à Diaz.

Un grand service très intime. Du genre qu'elle n'avait jamais demandé à personne, parce qu'elle voulait laisser à Diaz cet honneur.

Elle se leva, se pencha au-dessus du lit et posa un pied sur le matelas, puis rajouta de la crème dans ses mains, le derrière en direction de Diaz. Quelques secondes plus tard, elle entendit la respiration du jeune homme. Une respiration lourde. Il s'éloigna ensuite du bureau et passa devant elle pour prendre son blouson.

— Où est-ce que tu vas ?

— Dehors.

— Attends un peu, je vais m'habiller.

Elle se précipita sur le placard près de l'entrée, l'empêchant de passer, ce qui sembla l'ennuyer profondément. Il jeta son blouson sur son épaule.

— Je sors seul, Jess.

Elle ferma la porte du placard et leva les yeux vers lui.

— Pourquoi ?

— Parce que j'ai besoin d'air.

— Ce n'est pas ce qu'on est censés faire. Il faut qu'on soit vus ensemble. On est censés former un couple.

— Les couples aussi se laissent un peu d'espace. On n'a pas besoin de rester collés l'un à l'autre.

— D'accord, mais on n'a pas encore montré à tout le monde qu'on était en couple. Pourquoi tu ne me laisserais pas une seconde, que je me change pour sortir avec toi ?

— Non.

Cette réponse semblait assez définitive, et irrévocable. Jessie se hérissa quand Diaz tenta de passer devant elle. Elle s'adossa à la porte et croisa les bras.

— Bouge, lui dit-il.

— J'ai pas envie. Pas avant que tu me dises ce qui va pas pour toi ce soir.

— J'ai pas la tête à ça, Jess. Maintenant, laisse-moi passer.

— C'est débile. Parle-moi, Diaz. Laisse-moi sortir avec toi. Qu'on fasse notre boulot ensemble.

— Ce n'est pas une question de boulot.

— Alors c'est une question de quoi ?

— C'est une question de... Bouge, s'il te plaît, ou alors c'est moi qui te ferai bouger. J'ai besoin de sortir.

C'était une question de relation entre eux.

— Alors fais-moi bouger, vas-y.

— Bon sang, Jessie !

Diaz avait quasiment murmuré ces paroles, mais il plaqua les mains contre la porte, de part et d'autre des épaules de Jessie, l'immobilisant entre la porte et son corps massif.

La tension se sentait, palpable, brûlante, elle planait entre eux. Jessie sentit son estomac se nouer, son sexe frémissant de se trouver si près de lui. Elle déglutit, sa gorge s'étant desséchée tandis que son corps enregistrait les moindres mouvements de Diaz, son odeur. Elle ressentit le besoin de tendre le bras et de le toucher. Elle avait les nerfs à fleur de peau.

Elle avait envie de ça, elle voulait qu'il se penche vers elle et la prenne. Était-il aveugle au point de ne pas voir tous les signaux qu'elle émettait ?

Vas-y, Diaz. Prends ce que tu veux. Parce qu'elle savait très bien qu'il la désirait, qu'il luttait contre cela. Elle le sentait quand elle voyait les muscles de son torse enserrés dans son tee-shirt, la façon dont il se mouvait, se rapprochant d'elle de seulement quelques millimètres. Elle rejeta la tête en arrière, son regard croisant celui de Diaz sans équivoque.

J'ai envie de toi. Oh, bon sang, ne pouvait-elle pas simplement le dire ? Mais elle ne parvenait pas à activer les muscles de sa bouche, elle était incapable d'articuler ces quelques mots. Elle savait pourquoi : parce qu'elle voulait que ce soit *lui* qui le fasse, elle avait besoin que ce soit lui qui fasse ce premier pas.

Quand il frôla de la main ses épaules, elle trembla d'excitation.

Puis elle fut frappée par la déception quand il se contenta de l'écarter de son chemin, ouvrit la porte et la referma derrière lui.

Elle contempla cette porte pendant quelques longues minutes, abasourdie par le fait qu'il venait de renoncer à elle, à eux, à ce qu'ils auraient pu vivre ensemble.

Pour la deuxième fois, ils avaient été très près de passer à l'acte, et il lui avait claqué la porte au nez.

Bon Dieu, qu'est-ce qui clochait chez cet homme ?

Diaz roulait sur sa moto comme si des démons tout droit sortis des Enfers étaient à ses trousses.

Peut-être étaient-ils vraiment là.

Il avait rattrapé quelques *bikers* auprès desquels il roula, puis il se trouva sur un segment de route déserte. Là, il mit les gaz et se lâcha, tâchant de se vider la tête. Il roula pendant plus d'une heure, puis fit demi-tour pour rentrer, ralentissant alors qu'il approchait de la ville. Il trouva un bar devant lequel il gara sa moto, s'installa dans un coin sympa de la salle et commanda une bière, content de s'absorber dans de la musique forte sans que personne vienne l'embêter.

Mais, à vrai dire, il était quand même embêté.

Quand il avait fermé la porte au nez de Jessie, il s'était mis à trembler. À trembler ! Un homme comme lui n'était pas censé partir en sucette sous prétexte qu'une gamine remuait les fesses sous son nez. Qu'était-il arrivé à son *self-control* ?

Apparemment, il était introuvable quand Jessie était dans les parages.

Quand elle paradait autour de lui à moitié nue, à l'allumer comme ça. Est-ce qu'elle se comportait comme ça avec tous les hommes qu'elle rencontrait ?

Pense à autre chose. Il n'avait pas envie d'imaginer Jessie avec d'autres hommes, il n'avait aucune envie de savoir ce qu'elle avait pu faire avec eux. Dans l'esprit de Diaz se trouvaient déjà les images de toutes les choses qu'il aimerait faire avec elle. Il n'en avait pas besoin de supplémentaires. Se balader en érection perpétuelle était déjà assez compliqué comme ça. Il allait devoir trouver un moyen de survivre à cette mission.

De survivre à Jessie.

Ce soir, il avait failli la prendre, lui arracher le peu de tissu qui recouvrait son corps et lécher chaque centimètre carré de sa peau, à commencer par ses orteils pour finir avec sa petite bouche, douce et coquine.

Mon Dieu, tout ce qu'il aimerait faire avec la bouche de Jessie !

Son sexe tressaillit. Il grogna et avala une autre rasade de bière, espérant que la boisson glacée refroidirait un peu sa libido avant qu'il retourne à l'hôtel.

Et qu'il se couche dans la même chambre qu'elle.

Là où il pourrait l'entendre gigoter sous sa couette, là où il sentirait son odeur, là où il la verrait, serait presque assez près d'elle pour la toucher. Il avait vraiment envie de la toucher. Et il voulait lui faire bien plus que ça.

Il voulait la baiser.

Et il n'en était pas question. Demain, il allait parler sérieusement avec Jessie, mettre les choses au clair. Il ne savait pas à quel genre de jeu elle jouait, mais il allait falloir que ça s'arrête.

Ils étaient en mission, et il n'était pas question de baiser en mission. Du moins pas entre *Riders*. Ni avec personne d'autre, d'ailleurs.

Putain. Il ne savait plus ce qu'il disait. Son cerveau était réduit en bouillie. Il était censé diriger les opérations, trouver une stratégie, observer Crush et son gang. Au lieu de ça, il se planquait dans ce bar qui ressemblait à une sombre grotte, et il sirotait une bière, évitant une femme sexy en diable parce qu'elle l'obsédait.

Oui, il fallait vraiment qu'ils parlent.

Demain. Ça pouvait attendre demain.

Il éclusa sa bière et en commanda une autre à la serveuse.

Chapitre 5

Diaz n'avait pas encore eu l'occasion de lancer sa discussion avec Jessie. Quand il avait regagné leur chambre la veille, elle était endormie, enfouie sous la couette, ce qui lui convenait parfaitement. Il s'était déshabillé avant de se glisser dans son lit, sombrant rapidement dans le sommeil. Le lendemain, elle s'était levée et était partie avant son réveil.

Peut-être était-elle en colère contre lui. Bien. Si elle décidait de l'éviter, il ne pouvait pas rêver mieux. Il pourrait se concentrer sur leur mission et n'aurait plus à se soucier d'elle.

Parce que les hommes ne sont pas multitâches, c'est bien connu.

Il la trouva en train de petit-déjeuner avec Spencer, qui les renseigna sur Stéphanie, la fille avec qui il avait passé la soirée. Non seulement elle était l'ex de Rex, mais aussi la cousine de Crush. Pensant que Stéphanie pourrait lui permettre d'infiltrer les *Devil's Skulls*, Spencer leur annonça qu'il comptait se rapprocher d'elle et passer beaucoup de temps avec la jeune femme, qui était actuellement célibataire et semblait avoir un faible pour lui.

Rien de surprenant. Toutes les femmes semblaient avoir un faible pour Spencer. Et Spencer semblait avoir un faible pour toutes les femmes. Si cela pouvait les aider dans leur mission, tant mieux.

Au cours du petit déjeuner, Jessie adressa à peine la parole à Diaz. Elle se montra polie, mais pas particulièrement amicale. Elle évita de le regarder dans les yeux, éloignant sa chaise de lui.

Oui, elle lui en voulait.

Il aurait dû s'en réjouir. Bizarrement, il n'en était rien. Il tenta de plaisanter, mais elle prit sa veste, l'enfila et donna un coup de hanche à Spencer en le taquinant sur sa dernière conquête, ignorant superbement Diaz tandis qu'ils passaient tous deux la porte pour se diriger vers les motos.

D'accord. Elle voulait la jouer comme ça. Et dire qu'elle avait reproché à Diaz son attitude, sous prétexte qu'ils devaient donner l'impression d'être en couple ! Il leva les yeux au ciel.

Crush les trouva rapidement alors qu'ils se baladaient près des tentes et des diverses animations du rallye. Jessie eut l'air vraiment heureuse de le revoir, nouant ses bras autour de lui, marchant à ses côtés, penchant sa tête à la chevelure blond platine vers les cheveux de jais de Crush, chuchotant et riant.

— C'est quoi, ce bordel ? marmonna Diaz.

— Elle se débrouille bien pour se rapprocher de lui, commenta Spencer. Il a l'air d'accrocher avec elle.

— Il est assez vieux pour être son…

— Il a à peu près ton âge, espèce de débile, lança Spencer en souriant.

— Va te faire.

Spencer éclata de rire.

— T'es jaloux, hein ? (Il recula et observa Diaz.) Je ne te connaissais pas comme ça.

— Tu as vraiment envie qu'on se bastonne ici, Spencer ?

— Tu veux vraiment que je te mette encore une pâtée ? rétorqua Spencer en haussant un sourcil.

— Encore ? C'est toi qui as eu un bras cassé, je te signale.

— Et toi des points de suture. C'est pour ça que tu as une sale tête.

Diaz montra les dents. Spencer n'avait pas son pareil pour lui changer les idées.

— J'ai eu des points à la nuque.

— C'est pour ça que tu délires complètement.

— Tu fais le malin, l'accusa Diaz en riant. Allez, on y va. Je veux garder un œil sur eux.

— Vas-y, toi. Je dois voir Stéphanie. Je vais à une pêche aux infos toute personnelle.

— La drague n'a rien à voir avec la pêche aux infos.

— Ça, c'est ce que tu crois. Tu serais étonné de savoir ce qu'une femme est prête à dire quand tu lui donnes un orgasme, répliqua Spencer en lui adressant un clin d'œil avant de se diriger vers la petite rouquine qui leur faisait signe au loin.

Diaz se retrouva donc seul derrière Jessie et Crush, comme un chiot abandonné, dans une posture qu'il n'appréciait pas du tout. Jessie ne lui avait pas vraiment laissé le choix vu qu'elle ne lâchait pas Crush d'une semelle tandis qu'ils parcouraient les différents stands, riant et se murmurant des choses. Elle ne se retourna pas une seule fois pour voir s'il les suivait bien.

Et ce n'était pas comme ça que la mission devait se passer.

Bon, d'accord, ils allaient l'avoir, cette conversation. Et ils allaient parler de beaucoup de choses, à commencer par l'incapacité de la jeune fille à suivre les ordres. Elle devait laisser ses sentiments à l'hôtel. Si elle en voulait à Diaz pour quoi que ce soit, c'était le cadet de ses soucis. Ils étaient en mission. Ils devaient avoir l'air d'un couple. Et, à ce moment précis, elle jouait affreusement mal son rôle.

Ils tournèrent à un endroit et Crush remarqua Diaz.

— Salut, Diaz! Jessie était justement en train de me parler de toi.

Le jeune homme s'approcha d'eux, feignant d'être surpris de les voir.

— Vraiment? Et qu'est-ce qu'elle disait?

Jessie afficha un sourire, mais il n'avait rien d'heureux.

— Elle me racontait que tu bricolais toi-même tes motos.

— Un peu, oui, répondit Diaz en haussant les épaules.

— Ce n'est pas ce qu'elle m'a dit. Elle m'a assuré qu'elle t'avait vu démonter une moto entièrement pour la remonter en partant de zéro. C'est vrai?

Diaz adressa un froncement de sourcils à Jessie qui continuait à plaquer un grand sourire sur son visage.

— Faut croire. Je m'occupe.

— Tu sais, si tu cherches un boulot, notre garage pourrait avoir besoin d'un gars comme toi.

— Merci. Je garderai ça en tête. On ne sait jamais.

Mais qu'est-ce que c'était que tout ça ? Et qu'est-ce que Jessie avait bien pu lui dire d'autre ? Il fallait qu'il éloigne la jeune femme de Crush et qu'il ait cette conversation avec elle, qu'il lui explique ce qu'elle pouvait et ne pouvait pas dire. Il pensait pourtant qu'elle connaissait les règles.

Malheureusement, Jessie avait décidé de coller aux basques de Crush. Elle repéra un autre stand, et l'entraîna avec elle. Le chef de gang adressa un regard impuissant à Diaz et lui emboîta le pas. Diaz restait à bonne distance, rageant intérieurement. Il ne pouvait pas vraiment arracher Jessie des bras de Crush. Mais n'était-il quand même pas censé être son… petit ami, ou quelque chose dans le genre ? N'était-il pas censé se montrer jaloux ou possessif en la voyant passer tout son temps avec Crush, se rapprocher autant de lui ?

Merde. Tout cela n'était pas son fort. S'ils devaient jouer la comédie, il était temps qu'il s'y mette.

Il s'avança vers eux et prit Jessie par le bras.

— Il faut qu'on parle.

Elle tourna la tête, son regard indéchiffrable derrière ses lunettes de soleil.

— Je suis occupée.

Elle se retourna, mais il la contraignit à lui faire face.

— Tout de suite, Jessie.

Ignorant Crush, qui se contentait de sourire et hocher la tête, il éloigna Jessie du stand. Elle ne se laissait pas faire. Dès qu'ils furent assez loin des oreilles indiscrètes, il s'arrêta.

— Bon sang, tu fais quoi, là ?

Elle remonta ses lunettes de soleil dans ses cheveux.

— Je faisais des achats. À ton avis ?
— Tu flirtais avec Crush.
— Absolument pas, répondit-elle en haussant un sourcil. Je recueillais des informations. Ce n'est pas ce qu'on est supposés faire ici ?
— Pour moi, tu étais plutôt en train de flirter.
— De flirter.
— Oui. Avec Crush.
— Ce n'est pas vrai.
— On est censés être en couple, tu sais.
— Oh oui, s'esclaffa-t-elle. Et ces trucs de couple, tu t'y connais tellement bien, pas vrai, Diaz ?

Elle commença à tourner les talons, mais il l'arrêta.
— Jessie, on est en mission, murmura-t-il, jetant un regard alentour pour s'assurer que personne ne les entendait. N'oublie pas. Et, dans notre couverture, on est censés être en couple. Si tu traînes trop avec Crush, on n'aura pas l'air d'être vraiment ensemble.
— Crush et moi, on est en train de devenir amis. Il est à l'aise avec moi. On parlait. C'est tout. Maintenant, si ça ne te dérange pas, je vais continuer ce que j'avais commencé et voir si j'arrive à lui soutirer des confidences. Sauf si tu crois qu'il faut que je te tienne la main, que je ne parle qu'à toi, et que je ne reste qu'avec toi tout le temps, ce qui ne nous mènera vraiment nulle part.

Elle croisa les bras et le dévisagea, comme si elle le mettait au défi de la contredire.

Putain. Qu'elle aille faire la belle avec Crush si elle le voulait. Diaz s'en fichait, et, si cela finissait par leur fournir des informations, que demandait le peuple, hein ?
— Fais-toi plaisir.

Elle hocha la tête et s'éloigna pour rejoindre Crush et lui adresser un grand sourire. Ils se parlèrent à l'oreille et Crush lança un regard en direction de Diaz. Jessie ajouta quelque chose, et le jeune homme rejeta la tête en arrière pour rire. Diaz se doutait que cette plaisanterie le concernait directement.

Il sentit sa pression artérielle grimper, les battements de son cœur dans ses tempes, une migraine commençant à se former.

Diaz chercha le stand de bière, bien décidé à laisser Jessie procéder à sa « pêche aux infos ». Il observerait les autres *Skulls*, pour voir si l'un d'eux semblait faire quoi que ce soit de douteux.

Ce qui se révéla un fiasco total. Mais, au moins, Crush finit par le retrouver et voulut boire une bière en sa compagnie. Jessie n'eut d'autre choix que de le suivre, ce qui n'avait pas l'air de la combler de bonheur.

— Tu t'amuses bien ? lui demanda Crush tandis que Jessie s'excusait pour aller aux toilettes.

Diaz marmonna une réponse évasive.

— Ta copine a l'air de t'en vouloir, aujourd'hui.

— On dirait bien.

— Tu sais, j'ai bien compris que tu ne voulais pas qu'on y touche. On ne fait que parler.

Diaz haussa les épaules, mais il bouillait de rage.

— Je respecte ce qui appartient aux autres. Tu n'as aucun souci à te faire, insista Crush.

C'est ça, bien sûr. Une femme comme Jessie qui se jetait au cou de Crush et lui faisait comprendre qu'elle était disponible et intéressée ? Dès que Diaz aurait le dos tourné, Crush se jetterait sur elle.

— Elle a passé tout son temps à me parler de toi, ajouta encore Crush.

Diaz fit glisser ses lunettes de soleil sur le bout de son nez.

— J'en doute.

— Je te promets. Elle m'a raconté comment tu assemblais des motos, comme tu conduisais bien et t'y connaissais en mécanique, à quel point elle admirait tes compétences, à la fois intellectuelles et physiques, qui font que, quand tu regardes une moto, tu sais exactement comment elle est montée. Elle adore vraiment ces Harley. Et elle est carrément folle de toi, mec. Elle n'arrête pas de parler de toi. C'est un peu soûlant, même, par moments, conclut Crush avec un petit sourire narquois.

Diaz n'avait aucun commentaire à faire là-dessus.

— J'admire qu'une femme reste fidèle à son homme, même quand elle lui en veut à mort.

Diaz n'avait vraiment rien à répondre à ce commentaire, surtout que Jessie était revenue entre-temps. Elle s'assit à côté de Crush, bien évidemment. Elle sourit au chef de gang et avala une grande rasade de bière.

— Il fait chaud, dit-elle. Je ne m'attendais pas à ce que la température monte à ce point.

— Les nuits sont fraîches, fit remarquer Crush.

— Tu fais ce rallye tous les ans ? demanda Diaz.

Crush acquiesça.

— On participe à pas mal d'événements moto, mais, celui-ci, on ne le rate jamais, vu que ça se passe chez nous, ou presque. On fait pas mal de week-ends de rallyes dans différents Etats, mais, celui-ci, c'est notre plus gros de l'année. Après ce week-end, on va partir vers l'est, dans les Ozarks, pour prendre les routes de montagne et passer du temps près du lac, profiter des belles couleurs de l'automne.

— Oh, ça va être sympa, commenta Jessie. J'ai regardé les routes sur la carte. Ce doit être une super balade.

— Ça l'est. Certains virages sont de vrais pièges.

— C'est le genre d'aventures que j'adore, des balades un peu folles et sauvages, indiqua Jessie en souriant.

Crush hocha la tête.

— Peut-être que tu as trouvé le gang qu'il te fallait, alors. C'est vraiment notre style.

— Si on survit à l'initiation, on pourra faire cette route avec vous après le rallye? demanda Jessie.

— Oui. Enfin, si on vous invite à l'initiation.

— Alors il va falloir qu'on soit irréprochables, pas vrai? lança Jessie en adressant un regard lourd de sous-entendus à Diaz.

— J'en ai marre d'être assis là, décréta Crush. Roulons.

Ils traversèrent le rallye, Crush rassemblant les membres de son gang, puis ils se dirigèrent vers les collines du Nord, prenant quelques sentiers sinueux où ils pouvaient vraiment décrire de grands virages. Diaz était content de se retrouver derrière Jessie, vu que la plupart des routes étaient à deux voies et qu'ils devaient avancer en file indienne. Ainsi, il pouvait garder un œil sur elle tout en observant les alentours.

Ils se trouvaient sur le territoire des *Skulls*, et il avait déjà rattrapé Spencer pour lui dire de repérer tout ce qui pourrait lui sembler suspicieux. Jusqu'ici, il n'y avait que le ruban d'asphalte qui se déroulait devant eux, et des forêts qui longeaient la route. Quelques maisons étaient parsemées sur le chemin, mais ils roulaient dans une zone assez isolée, dans une forêt dense. C'étaient surtout des cabanes ou des chalets, le genre de logements que les gens achetaient pour passer les vacances. C'était une zone trop éloignée de toute commodité pour qu'on songe à y vivre en permanence, à moins d'être à la retraite et de bien aimer la vie sauvage.

Tandis que la brise soufflait, Diaz prit une inspiration. L'air était boisé, l'odeur des pins et de la terre était prédominante. Il adorait rouler dans la nature, depuis toujours. Même quand il était petit, il aimait monter sur son vélo pour prendre les chemins de traverse près de chez lui, pour se perdre, aussi loin et aussi vite que possible. De la poussière et de la terre se déposaient sur son visage, et il accélérait dans les montées pour prendre son élan, faire des sauts et tout oublier. Là, il pouvait se détendre, et prétendre qu'il était ailleurs. Quelqu'un d'autre. Quelqu'un de libre.

Bien sûr, à cette époque, il finissait par rentrer chez lui, retourner à la réalité.

Maintenant, c'était ça, sa réalité. C'était son boulot.

Il avait une sacrée chance, et, tout cela, c'était grâce au général Lee. Il passa une vitesse et fit rugir son moteur en dépassant plusieurs *bikers*, y compris Jessie, afin de rattraper Crush, qui hocha la tête quand ils se trouvèrent à rouler côte à côte sur quelques kilomètres.

Diaz repéra une traînée de fumée dans les sous-bois. Il la désigna du doigt à Crush, qui acquiesça. Quand ils s'arrêtèrent devant un bar quelques kilomètres plus loin, il décida de mettre Crush à l'épreuve.

— Tu as vu la fumée là-bas ?

— Oui, fit Crush en plissant les yeux. Et alors ?

— Tu crois que c'était quoi ?

— Des campeurs, sûrement, répondit-il en haussant les épaules.

— Dans une forêt aussi dense ? Comment ils ont pu arriver là ? Je n'ai vu aucun chemin.

— Bon sang, j'en sais rien, moi. Peut-être que c'est des randonneurs à vélo. Il me faut une bière.

Intéressant de noter que Crush l'envoyait sur les roses. Diaz avait aperçu un drapeau. Peut-être était-ce une sorte de signalisation. Mais ils étaient passés devant drôlement vite.

Il avait aussi relevé le kilométrage de cet endroit, car ils auraient peut-être besoin d'y revenir pour mener l'enquête dans cette zone. Il s'agissait peut-être d'un camp secret de survivalistes caché dans les bois. L'endroit était idéal – avec des sentiers peu fréquentés, au cœur de la forêt, sans chemin visible. Dommage qu'ils ne puissent pas faire ces recherches maintenant, mais ils ne pouvaient vraiment pas s'éclipser sans éveiller les soupçons de Crush, et il était vital qu'ils restent en bons termes avec lui.

Jessie s'était surpassée sur ce point.

Elle n'avait pas fini, d'ailleurs, poursuivant ses efforts pour ignorer Diaz et rester avec Crush. Peu importait. Elle pouvait bien faire ce qu'elle voulait, tant que cela ne compromettait pas la mission. Diaz avait l'intention de s'installer confortablement, de boire sa bière et d'observer tout ça.

Il s'était placé près de la porte, qui s'ouvrit brusquement. Il se redressa, tous les sens en alerte, pressentant le danger.

Un groupe de *bikers* entra d'un pas nonchalant, et la première chose que Diaz remarqua, ce fut la mine renfrognée de Crush. Puis les autres *Devil's Skulls* se retournèrent lentement.

Dans la salle, la tension se fit palpable, et le petit bar fut tout à coup surpeuplé. Sur les blousons en cuir du gang fraîchement arrivé, on pouvait lire le nom « *Dust Riders* ». Ce qui n'augurait rien de bon. Les *Dust Riders* étaient un gang texan à la mauvaise réputation. Diaz les connaissait bien. La moitié de ses membres avait fini en prison à chaque rallye auquel ils avaient participé, et ils avaient pour habitude de ne jamais manquer une occasion de se bastonner avec d'autres *bikers*.

Les *Dust Riders* n'étaient pas du genre à la jouer réglo.

Il fallait que Diaz récupère Jessie, qu'il s'assure qu'elle soit en sécurité. Elle se tenait près de Crush, mais Spencer était de l'autre côté. Un bref mouvement de tête de son ami signifia à Diaz que c'était une mauvaise idée de se faire remarquer maintenant. Au moins, il serait là pour assurer la sécurité de Jessie. Diaz s'empara de sa bouteille de bière, son corps tout entier paré à l'action.

— Mes gars veulent une bière, et vous êtes sur notre chemin.

Cette déclaration provenait d'un homme grand et solidement charpenté. Il avait l'air d'un catcheur, tout en muscles, avec une épaisse barbe rousse et des cuisses qui ressemblaient à des troncs d'arbre.

Crush se pencha sur le bar et haussa les épaules, l'air indifférent.

— Personne t'en empêche, Meat.

Meat ? Ce type s'appelait Meat, comme la viande en anglais ? Diaz résista à l'envie d'éclater de rire. Sûrement pas une bonne idée.

— Toi, tu m'en empêches, Crush. Toi et toutes ces mauviettes qui aiment bien se faire appeler les *Skulls*.

Crush ne bougea pas d'un pouce, ignorant l'insulte.

— Te lance pas dans un merdier que tu peux pas gérer, Meat.

— Je peux gérer n'importe quel merdier, et tu le sais bien.

— Tu veux une bière ou tu veux te battre ?

Meat afficha un grand sourire. Avec quelques dents en moins sur la rangée supérieure. *Joli.*

— Je crois qu'on va surtout commencer par se rincer le gosier.

— Bon, je vais demander à tout le monde de régler ça dehors, lança le propriétaire et tenancier du bar, assez costaud pour gérer la situation. Sinon, j'appelle le shérif, et personne ne pourra lever le petit doigt, ajouta-t-il.

Tout cela allait mal finir. Diaz chercha Spencer du regard, espérant qu'il saurait bien lire dans ses pensées. Il voulait que Jessie sorte de là, et tout de suite. Spencer s'approcha de Jessie. Cette dernière fronça les sourcils, puis lança un regard mutin à Diaz, comme pour lui indiquer qu'elle savait très bien se débrouiller toute seule.

Elle pouvait être furax contre Diaz, mais il était hors de question qu'il la laisse se faire blesser. Il y avait de la castagne dans l'air.

Crush inclina légèrement la tête.

— Pas de problème, Bill. Venez, les *Skulls*, on sort.

Diaz bondit de sa chaise et se dirigea vers la porte. S'ils devaient passer par une initiation, il fallait qu'ils prouvent qu'ils le méritaient. En plus, il avait assez de rage en lui pour se faire le plaisir de se lâcher un peu et de donner du poing dans le tas.

La moitié du groupe était à peine sortie que les premiers coups fusèrent. Meat avait poussé Crush dans le dos, l'envoyant valser au sol, soulevant un nuage de poussière derrière lui. Crush roula sur le côté et leva un pied pour enfoncer sa botte dans le gros bide de Meat et, d'un grand coup de pied, il l'envoya s'écraser sur le porche du bar, bloquant momentanément le passage de la porte.

Ensuite, tout s'accéléra, et Diaz ne put plus se concentrer que sur lui-même, car on le poussait par-derrière et certains sautaient par-dessus lui. Un poing s'écrasa sur le côté de son crâne, ce qui déclencha chez lui un accès de fureur enragée. Il virevolta pour voir son assaillant et lui envoya un coup dans le nez. Du sang jaillit, le gars tomba, immédiatement remplacé par un autre.

Ils se rendirent rapidement compte que les *Dust Riders* n'étaient pas du genre à s'affronter à la loyale. Cela ne dérangeait pas Diaz. Il avait grandi en se battant dans les rues. L'absence de règles était justement ce qui rendait les bastons plus intéressantes.

Il était tellement occupé qu'il ne s'arrêta même pas pour regarder Jess. Tout ce qu'il pouvait faire, c'était espérer qu'elle aurait eu la bonne idée de rester à l'intérieur, même s'il avait de sérieux doutes à ce sujet. Dans le parking, des femmes se tiraient les cheveux, se mordaient, se donnaient des coups de pieds et se griffaient.

Il connaissait Jessie. Elle n'allait sûrement pas rester docilement à l'intérieur, comme une lâche, parce qu'elle aussi avait grandi dans la rue. Elle voudrait se trouver au cœur de l'action.

Les combattants commencèrent à faiblir. Halètements et gros soupirs d'épuisement avaient remplacé les cris de guerre du début.

Quand il devint évident que les *Skulls* n'allaient pas renoncer au bar, les *Dust Riders* commencèrent à monter sur leurs motos, renfrognés, traînant leurs blessés avec eux. Dès qu'ils furent partis et que les tourbillons de poussière soulevés par leur départ furent retombés, Diaz chercha Spencer. Il le trouva près du porche, affichant une lèvre ensanglantée et un grand sourire.

— C'était vraiment l'éclate, lança Spencer en regardant Diaz. Rien de cassé ?

Diaz lécha le sang à la commissure de ses lèvres. Il avait quelques bleus et éraflures, mais, en dehors de cela, tout allait bien.

— Mais non. C'étaient des lavettes.

Spencer éclata de rire.

— Tu as vu Jessie ?

— J'étais trop occupé à botter des fesses, répondit Spencer en secouant la tête.

— Moi aussi, répondit Diaz qui tournait sur lui-même, cherchant Jessie du regard, puis la voyant enfin s'avancer vers eux.

Couverte de poussière, elle avait le visage sale, les cheveux ébouriffés, et affichait un grand sourire.

— Tu leur as fait avaler leurs dents, poupée ? fit Spencer en passant le bras autour des épaules de la jeune femme.

Elle rejeta la tête en arrière et adressa à Spencer un sourire auquel Diaz n'avait pas eu droit de la journée.

— Tu sais bien que oui.

Spencer l'embrassa sur le front. Diaz poussa un soupir, puis dissimula ses émotions en voyant Crush s'approcher d'eux.

— Vous vous battez bien, tous les trois, commenta le chef de gang en tendant le bras pour leur serrer la main.

— Ouais, c'était sympa, dit Spencer. Quand il n'y a pas un peu de grabuge, on s'ennuie.

Crush éclata de rire.

— Ah, j'aime entendre ça.

Ils retournèrent dans le bar, se nettoyèrent un peu et profitèrent pleinement de leur bière. Une fois le soleil couché, ils retournèrent au rallye et son circuit principal, faisant rugir leurs moteurs sur la piste, pour le plus grand plaisir des spectateurs sur les trottoirs. Des milliers de *bikers* roulèrent encore au cœur de la nuit, s'arrêtant de temps à autre pour faire escale dans un bar – s'ils parvenaient à se garer. Crush et son gang semblaient être contents de rouler et se faire regarder, tout simplement. Diaz avait presque l'impression que Crush cherchait quelque chose, ou peut-être quelqu'un, mais ils finirent par s'arrêter lorsque la foule se dispersa. Ils remontèrent la rue, les *Devil's Skulls* figurant parmi les derniers gangs à partir.

— Il faut que je trouve Rex, déclara Crush. Avec quelques gars, il est parti vers le nord. Il a dit qu'il y aurait un concours de jolies filles dans un des bars. Vous voulez venir ? leur demanda Crush.

— Ça m'a l'air génial, répondit Spencer.

— À moi aussi, glissa Jessie avec un sourire taquin. Mais seulement s'il y a aussi un concours de mecs.

Diaz secoua la tête. Elle n'en avait pas eu assez pour la journée, ou elle tentait délibérément de le provoquer ? Connaissant Jessie, il se doutait que c'était la seconde option.

Crush éclata de rire.

— Je n'en mettrais pas ma main à couper. Je crois qu'il n'y a que des filles, mais il y aura plein de mecs en train de les regarder.

— Ça me suffit, alors. Je viens avec vous, lança-t-elle.

Diaz n'avait d'autre choix que de stopper Jessie dans son élan.

— Je ne crois pas, non.

— Tu ne viens pas avec nous, Diaz ? demanda la jeune fille.

— Non. Je veux dire que c'est toi qui ne viens pas.

— Euh… j'ai plus de vingt et un ans, aux dernières nouvelles. Et tu n'es pas mon père.

— Et je vais profiter de cette occasion pour filer en vitesse, avant qu'on n'ait droit à un autre bain de sang. En route ! lança Crush avant de partir avec le reste de son gang, laissant Diaz et Jessie se regarder dans le blanc des yeux dans une petite rue.

— Retournons à l'hôtel.

— Je pense que je devrais accompagner Crush, objecta-t-elle en secouant la tête.

— Je pense que Spencer fera très bien le boulot. Toi et moi, il faut qu'on parle.

— C'est un ordre ?

Elle poussait vraiment le bouchon un peu trop loin, mais si c'était comme ça qu'elle voulait la jouer…

— Maintenant que tu le dis, oui, c'est un ordre.

Elle haussa les épaules, démarra sa moto, et ils rentrèrent à l'hôtel.

Jessie ne lui adressa pas la parole sur le chemin, ni dans l'ascenseur menant à leur chambre. Dans le couloir, elle préféra rester quelques pas devant lui, sortant sa propre clé pour ouvrir la porte. Elle posa ses affaires sur le bureau sans un seul regard dans la direction de Diaz. À chaque pas silencieux qu'elle faisait, la colère de Diaz montait.

— Ça suffit, Jessie.

L'ignorant, elle retira sa veste et s'assit sur le lit, ôtant ses bottes d'un mouvement de pieds qui retint toute son attention. Elle n'accorda pas même un regard à Diaz. Le jeune homme enleva son blouson et le lança sur une chaise, croisant les bras en se plantant devant elle, voulant qu'elle le regarde dans les yeux.

Elle n'en fit rien. Elle prit plutôt de quoi se changer et s'enferma dans la salle de bains. Puis il entendit le bruit de la douche.

Très bien. Ils avaient tous les deux bien besoin de se laver après cette bagarre dans le bar. Il l'attendrait, mais il n'avait pas l'intention de la laisser s'en tirer comme ça. Il se mit à faire les cent pas dans la chambre, tâchant de repousser les images qui se formaient dans son esprit. Il la voyait nue sous la douche, la vapeur de l'eau chaude faisant apparaître des gouttelettes ruisselant sur son corps, dévalant sur la mousse du gel douche apposé sur sa peau laiteuse.

Bon, tout cela ne l'aidait en rien. Elle aurait du mal à le prendre au sérieux quand il s'exprimerait comme son supérieur hiérarchique s'il avait une érection du tonnerre. Il se concentra sur leur mission, sur tout ce qu'ils avaient découvert, sur les questions qui demeuraient sans réponse. Comme ce drapeau et cette fumée qu'il avait repérés dans la journée.

Jessie ouvrit la porte. L'odeur de son shampooing envahit la chambre tandis qu'elle s'avançait. Il sortit des vêtements propres du tiroir et gagna à son tour la salle de bains, prit une douche bien chaude qu'il termina par un filet d'eau froide pour s'éclaircir les idées. Quand il sortit, elle était assise sur le lit, le regard plongé dans l'obscurité du dehors.

— Il faut qu'on parle.

Pas de réponse. Elle se leva et le contourna, se dirigeant vers la salle de bains de nouveau. Oh non, elle n'allait pas se cacher encore une fois. Il la saisit par le poignet avant qu'elle ne puisse l'esquiver.

— Jessie.

Elle s'arrêta, inclina la tête pour le regarder dans les yeux.

— Quoi?
— Assieds-toi.
— C'est pour le boulot?
— Oui.
— Alors d'accord.

Elle s'assit au pied du lit.

— Qu'est-ce qui ne va pas chez toi ? lança Diaz.

Elle se leva et se dirigea vers la salle de bains.

— Bon, c'est fini.

Il l'empêcha de passer.

— Ce n'est pas fini. Assieds-toi.

— Tu as dit qu'on parlerait boulot. Et ce que tu viens de me balancer, c'est pas du boulot.

— Bien sûr que si, bon sang ! Maintenant, assieds-toi.

Elle fit un pas en avant, mais il refusa de bouger. Elle ne recula pas.

— Je ne suis pas un chien, Diaz. Tu ne peux pas me donner des ordres comme ça.

— Sur cette mission, je suis ton supérieur, et si je te demande de grimper au mur, tu le fais, et c'est tout. Compris ?

Elle lui adressa un salut militaire.

— Oui, chef ! Je peux y aller maintenant ?

— Non. Il faut qu'on parle.

Bon Dieu, qu'elle lui rendait les choses difficiles ! Comment aurait-il pu se douter que Jessie avait un tel caractère ?

Elle croisa les bras et s'adossa au chambranle de la porte.

— Alors parle.

Elle voulait qu'il parle ? Elle allait l'entendre.

— Qu'est-ce que tu fichais avec Crush, aujourd'hui ?

— Euh… on parlait, pourquoi ?

— De quoi vous parliez ?

— J'essayais d'apprendre à le connaître, pour gagner sa confiance. Il m'aime bien, alors j'ai tenté de jouer là-dessus. Je te l'ai déjà expliqué. Pourquoi est-ce qu'on revient encore dessus ?

— J'ai plutôt eu l'impression que tu essayais de faire plus que ton travail avec lui.

— Tu pourrais préciser ?

— Je crois que Crush te plaît et que tu espères développer une relation avec lui.

— Bon sang, Diaz ! fit-elle en levant les yeux au ciel.

— Cette mission ne nécessite pas que tu couches avec Crush, Jessie.

Elle leva les bras au ciel.

— Tu es vraiment bête à ce point-là ? Coucher avec Crush ne m'intéresse pas le moins du monde. Je voulais faire connaissance, essayer de voir comment il fonctionnait, s'il pouvait me faire confiance. Certains hommes aiment parler aux filles parce qu'ils les jugent inoffensives. Il y a pas mal de chances qu'il m'en dise plus qu'à toi ou Spencer, je me suis dit que je devais tenter le coup.

— On est censés travailler en équipe.

Elle leva le menton, n'appréciant clairement pas la tournure que prenait la conversation.

— J'ai testé une tactique différente, et ça a très bien marché.

Diaz se pencha vers elle.

— Tu es la plus jeune de cette équipe, Jess. Si tu veux la jouer tactique, il faut que tu m'en parles d'abord. Et arrête un peu de draguer Crush.

Jessie refusait de l'écouter plus longtemps. Il la malmenait et la réprimandait pour une erreur qu'elle n'avait pas commise. Bon, elle s'était peut-être un peu servi de Crush parce qu'elle était en colère contre Diaz. Mais elle avait été honnête avec lui. C'était aussi une ruse pour voir si elle pouvait dégoter des infos sur lui et les *Devil's Skulls*. Elle voulait faire un bon boulot sur cette mission, et ne pas être un simple boulet que Grange aurait imposé à Diaz. Elle tenait à se montrer productive, et ça avait été le cas.

Mais cela allait plus loin que ça. Diaz avait joué au con, et elle en avait ras le bol.

— Pourtant, ça n'a pas l'air de te déranger que Spencer utilise Stéphanie pour obtenir des informations.

— C'est différent.

— Ah bon ? Comment ça ?

Il n'avait pas de réponse à lui offrir, exactement comme elle s'y attendait. Cela n'avait rien à voir avec la mission et tout à voir avec ce qui s'était passé – ou plutôt pas passé – entre Diaz et elle. Et vu qu'il avait commencé…

— Arrête de me rejeter.

— Quoi ? fit Diaz en s'écartant d'elle.

— Tu as très bien entendu. Arrête de me rejeter. Arrête de partir en courant dès qu'on se rapproche.

— Je ne vois vraiment pas de quoi tu veux parler.

— Ah non ? Qu'est-ce qui te fait fuir à ce point, Diaz ? Je ne suis pas si laide que ça, et mon corps n'est pas trop mal.

Maintenant, c'était au tour de Jessie de s'avancer vers lui. Il battit en retraite.

— Mais ça commence à me fatiguer que, chaque fois qu'on se rapproche, tu me claques la porte au nez.

— Ouais. Et j'ai bien vu aujourd'hui à quel point tu avais le cœur brisé.

Les hommes pouvaient se comporter comme de vrais bébés. C'était lui qui avait initié ce petit jeu. Dommage pour lui, il n'aimait pas quand les règles changeaient, mais Jessie en avait marre.

— Peut-être que si tu avais vraiment quelque chose entre les jambes et que tu savais t'en servir, je n'aurais pas eu besoin d'aller chercher le matos chez Crush.

Diaz plissa les yeux, le regard sombre. Elle sentait la fureur émaner de lui par vagues, elle voyait la façon dont ses muscles se contractaient sous son tee-shirt. Il avança vers elle, et Jessie recula d'un pas, se rendant compte qu'elle venait peut-être de faire une gaffe.

Chapitre 6

Jessie voyait bien que Diaz était furax, car il continuait d'avancer vers elle, son visage exprimant une fureur sans nom.

Ne jamais critiquer les attributs d'un homme. Grossière, énorme erreur.

Oh, merde. Elle longea le mur jusqu'à ce qu'elle sente ses genoux toucher le lit. Elle se retrouvait coincée, sans aucune issue.

— Diaz, ce n'est pas ce que je voulais dire, je te promets. Il n'était pas question de sexe avec Crush, pas du tout. Mais il faut que tu comprennes que quand tu me rejettes, je…

Elle n'eut jamais l'occasion de terminer sa phrase. Diaz l'attira violemment à lui, la serrant contre son corps puissant en même temps qu'il plaquait ses lèvres sur les siennes pour lui administrer un baiser à couper le souffle. Elle haleta à leur premier contact et perdit toute capacité à respirer normalement après cela.

Oh, mon Dieu, il l'embrassait. Et c'était… oh, là, là… très chaud. Il y avait tant de fureur et de passion dans son baiser – elle le sentait bouillant – qu'il lui communiquait toute sa chaleur. Pourtant il la tenait dans une étreinte douce, rien de colérique. Il avait passé son bras autour de sa taille, et, de l'autre, il lui tenait la main, entrelaçant ses doigts avec les siens, d'une façon qui fit fondre la jeune femme.

Les neurones de Jessie étaient en ébullition, mettant tous ses sens en éveil, et elle peinait toujours à respirer. Impossible, vu la façon experte dont il faisait glisser ses lèvres sur les siennes, la contraignant à entrouvrir la bouche pour pouvoir y insérer sa langue et la laisser serpenter contre la sienne.

La jeune femme sentit son cœur tambouriner dans sa poitrine quand il lécha sa langue de façon délibérément lente, pour qu'elle se résigne à s'abandonner.

Se résigner? Inutile de se résigner. Elle avait sorti le drapeau blanc à la seconde où il l'avait touchée. Pensait-il qu'elle lutterait? Hors de question. Elle était à lui, tout à lui. Quand il se serra encore contre elle pour les faire basculer tous les deux sur le lit, elle faillit pousser un cri de victoire, parce que c'était tout ce qu'elle avait voulu depuis le début. Sentir le corps de Diaz contre le sien, qu'ils soient allongés tous les deux, côte à côte, les lèvres chaudes et sensuelles du jeune homme s'emparant des siennes.

Il la fit rouler sur le dos et se positionna au-dessus d'elle, sa bouche dévorant celle de Jessie, ravissant tous ses sens. Il était tellement costaud, et pourtant il y avait une telle douceur dans ses gestes, dans la façon dont il se retenait de l'écraser de son poids tout en se pressant contre elle. Elle sentit sa queue frotter contre sa hanche, percevant toute sa chaleur et son épaisseur à travers le tissu de son jean, et elle s'imaginait toutes les promesses que cela signifiait. Elle tendit le bras, passant la main dans les cheveux de Diaz, n'en revenant pas d'être réellement en train de le caresser. Mais c'était bel et bien la réalité, cela se produisait enfin, pile au moment où elle pensait que cela n'arriverait plus. Peut-être que, en le poussant au-delà de ses limites, elle avait tout changé. Elle l'ignorait et ne s'en souciait pas. Ils étaient là, maintenant, et rien ne pourrait les arrêter.

Diaz avait envie d'exploser, mais pas de colère cette fois, ce n'était plus ça. Toute l'irritation que Jessie avait pu provoquer en lui s'évapora à l'instant où il la toucha, l'embrassa, posa les mains sur elle.

Ce n'était pas une bonne idée. Pas du tout. Il n'aurait pas dû être en train de faire ça, il n'aurait pas dû être allongé dans un lit à l'embrasser. Mais, bon sang, ce que c'était bon ! Elle avait une bouche chaude et acidulée, à l'image de la femme qu'elle était. Et les courbes de son corps, douces et fermes, firent durcir sa verge en un clin d'œil.

La partie logique de son cerveau lui intimait de sortir de ce lit et d'expliquer à Jessie toutes les raisons pour lesquelles ils devraient s'abstenir. Comme le fait qu'ils soient quasiment comme frère et sœur. Ils étaient en mission, il était le chef de Jessie, et ça représentait un conflit d'intérêts gros comme une maison. Et les autres *Riders* lui mettraient une raclée s'il touchait à un seul cheveu de Jessie. Son boulot consistait à la protéger, pas à la baiser.

Malheureusement, la seule partie de son corps qui pensait encore en cet instant était sa queue, et elle n'était pas près d'entendre raison.

Et puis merde. Jessie était une trop belle tentation pour qu'il y résiste, et il en voulait encore un peu. Plus tard, il s'arrêterait, quand les choses iraient trop loin. Il avait assez de contrôle sur la situation.

Il écarta ses lèvres de celles de Jessie et baissa les yeux sur elle. Ses grands yeux d'un vert sombre étaient mi-clos, emplis de désir et d'autre chose – une pointe de peur peut-être, ou d'innocence ?

S'il avait vu juste, il ne pourrait jamais continuer ce qu'il avait commencé. Pas Jessie. Pas vu comment elle s'était jetée à son cou. Elle avait forcément de l'expérience, elle savait exactement ce qu'elle voulait et où elle mettait les pieds. Il refusait de croire ce qu'il avait vu à l'instant. Pourtant, sa conscience l'empêcha de poursuivre. Pas jusqu'à ce qu'il soit certain des intentions de la jeune femme.

— Tu es sûre de toi ?

— Évidemment, murmura-t-elle, rapprochant la tête de Diaz de son cou.

Aucune hésitation.

Il enfouit son visage dans le doux creux de sa gorge et inhala son parfum – un peu sauvage, terreux, une odeur de nature. Il lécha l'endroit où il sentait son pouls s'affoler, et elle gémit, soulevant ses hanches contre lui, comme pour le supplier de lui en donner plus.

Oui, il avait bien plus à lui donner. Son sexe turgescent n'avait qu'une envie : entrer en elle. Rien qu'en étant allongé près d'elle, il savait que leurs corps s'emboîteraient parfaitement.

Attends. Pas encore. Jamais de la vie. Retiens-toi. Caresse-la, joue un peu. C'était tout ce qu'il pouvait s'autoriser. Quoi qu'il fasse avec elle, il fallait qu'ils gardent leurs vêtements. Sans quoi, il ne pourrait résister à l'envie d'aller jusqu'au bout.

Il s'imaginait parfaitement ce qui se passait sous les vêtements de Jessie. Il bougea contre elle, empoignant ses fesses et glissant sa cuisse entre ses jambes. Elle gémit et frotta ses hanches contre lui. Il sentit une moiteur à travers son jean.

— Tu mouilles ta culotte, Jessie ?

— Je suis trempée, Diaz, répondit-elle d'une voix rauque contre son cou en se frottant sur sa cuisse de nouveau. Fais quelque chose.

Bon Dieu, il était abasourdi de la voir aussi crue dans l'expression de ses désirs. Ça faisait palpiter sa verge, ses testicules devenaient douloureux. Il fit glisser sa main sur les hanches de la jeune femme, sentant sa chair sous ses doigts, satisfait de ce simple contact. Mais il savait que ça ne lui suffirait pas. Pas maintenant que son haut était remonté, exposant en partie son ventre bronzé ultra-sexy. Il la fit rouler sur le dos, passant un bras sous sa nuque, et il admira le corps de Jessie.

Ses seins étaient compressés dans son haut moulant, suffisamment pour qu'il remarque qu'elle ne portait pas de soutien-gorge. Son tee-shirt était dans un de ces tissus en Lycra qui retiennent tout. Il posa la main à plat sur son ventre, faisant cheminer ses doigts vers le haut pour soulever son haut et découvrir ses côtes, le piercing émeraude qu'elle avait au nombril. Trop sexy. Il aurait voulu la voir nue, ne portant rien d'autre que ce bijou au ventre.

— Quand est-ce que tu t'es fait faire ça ? demanda-t-il.

Elle leva la tête pour regarder son piercing.

— Quand j'ai eu dix-huit ans.

— J'aime bien.

Elle esquissa un petit sourire machiavélique.

— J'aime bien sentir tes mains sur moi.

Il glissa la paume sous son tee-shirt, sentant sa peau, douce comme de la crème, comme le cuir au grain le plus fin. Il passa la main sur son ventre, remonta ses côtes et arrêta ses doigts juste en dessous de ses seins. Il sentait que Jessie avait le cœur qui battait la chamade ; il la regarda tandis qu'elle se léchait les lèvres, sans le quitter des yeux.

— Caresse-moi, murmura-t-elle. Ça fait tellement longtemps que j'ai envie de ça, Diaz.

La franchise de Jessie allait signer la perte de Diaz. Si seulement il pouvait se montrer aussi honnête avec elle ! Mais il y avait trop d'incertitudes, trop de choses qu'il ne pouvait pas dire.

Il ne devrait pas aller plus loin. S'il cédait, il ne serait pas sûr de pouvoir s'arrêter. Le simple fait de passer la main sur la peau de Jessie était une torture pour lui. Ses testicules étaient contractés, et il avait le sexe en feu.

Mais cette décision ne lui revint plus à partir du moment où Jessie souleva son tee-shirt, révélant une poitrine parfaite, deux seins ronds agrémentés de tétons couleur pêche qui se pointèrent sous ses yeux, ne semblant attendre que lui. Il grogna, s'avança et en couvrit un de sa main, l'autre de sa bouche. Tant pis, elle ne resterait pas tout habillée.

Sa poitrine avait un goût aussi agréable que son aspect le promettait, doux et chaud. Elle se cambra, glissant son téton un peu plus loin dans la bouche de Diaz, appuyant l'autre contre la paume de sa main. Il se débarrassa de ses bottes et grimpa sur le lit pour mieux se positionner au-dessus d'elle, se repaître de son corps, lécher, sucer et taquiner ses seins jusqu'à ce qu'elle gémisse contre lui. Plus il s'occupait de sa poitrine, plus elle se cambrait contre lui, passant ses doigts dans ses cheveux et s'accrochant à lui comme si sa vie en dépendait.

Ne lâche pas. Il aimait bien la voir s'agripper à lui, semblant avoir besoin de ce que lui seul pouvait lui donner. C'était comme si elle attendait désespérément ses caresses, et il adorait ça, parce qu'il avait bien plus à lui offrir.

Il aida Jessie à se redresser pour soulever son tee-shirt au-dessus de sa tête, avant de la laisser se reposer sur le lit. Elle était nue jusqu'à la ceinture… Bon sang, elle était si belle, ses cheveux courts encadrant son joli petit minois, ses yeux si grands et beaux qu'il en étudia le moindre mouvement. Il prit son visage entre ses mains, se pencha pour goûter ses lèvres de nouveau, glissa sa langue entre ses dents pour lécher le velouté de sa langue. Se lasserait-il un jour de la douceur de cette bouche ?

Tandis qu'il explorait sa bouche, il tendit une main vers la boucle de la ceinture de Jessie, la défit et s'attaqua au bouton de son jean avant d'abaisser sa braguette. Quand il glissa sa main contre sa culotte en satin, elle soupira doucement. Il écarta ses lèvres des siennes pour baisser le regard. Sa culotte était blanche, taille basse, mais il voulait mieux la voir. Il saisit son jean et le fit descendre le long de ses jambes pour le lui enlever.

Jessie avait les plus belles jambes du monde, toniques grâce aux entraînements intensifs qu'elle suivait à la salle de sport. Il remonta en faisant glisser ses mains sur la peau douce de ses chevilles, ses mollets, ses cuisses, puis il se releva pour lui écarter les cuisses et inspecter sa culotte dans les moindres détails, le dernier bout de tissu qu'elle portait encore.

— Ce n'est pas juste, haleta-t-elle.

— Comment ça ?

— Tu es encore tout habillé.

Oui, et heureusement, parce que, sinon, il serait déjà en elle. Ce petit morceau de satin ne représentait pas un obstacle pour lui. S'il avait été nu, il aurait déchiré sa culotte et aurait plongé sa queue en elle en l'espace de quelques secondes. Il était dur à en avoir mal, palpitant du besoin de la baiser. Donc oui, heureusement qu'il était encore habillé.

— Je veux seulement te regarder, te toucher, Jessie.

— Je veux te voir aussi.

— Plus tard.

Jamais. Trop d'enjeux. Ça suffisait… Il faudrait que ça suffise. Il s'avança vers elle, s'asseyant sur le lit pour rester le plus près possible. Il inhala l'odeur musquée du désir de Jessie. L'odeur du sexe, le meilleur aphrodisiaque qui soit. Ses sens étaient envoûtés, ses testicules se contractaient contre son corps, sa queue frémissait d'anticipation.

Il avait beau se sentir impatient, il ne pouvait que taquiner Jessie.

Il posa la paume de sa main sur le satin, entre ses deux jambes. Une chaleur moite l'accueillit. Elle souleva les hanches, pressant son sexe doux contre sa main.

— Diaz.

La façon dont elle murmurait son nom – à la fois admirative et implorante – serait une torture insupportable pour n'importe quel homme.

— Je vais te faire jouir, Jessie.

Les lèvres de la jeune femme s'entrouvrirent et elle laissa échapper un léger halètement de surprise, écarquillant encore les yeux de cette manière qui semblait si innocente. Il fronça les sourcils, puis n'y pensa plus. Peut-être était-ce plutôt un air d'agréable surprise.

Il pressa la paume de sa main contre le mont de son sexe, le massa vers le haut, puis le bas, appréciant cette moiteur, la façon dont elle se mouvait pour épouser les mouvements de sa main. Elle rejeta la tête en arrière et poussa un gémissement. Elle empoigna le drap, enfonça ses talons dans le matelas.

Il avait envie de plus que ça. Cette barrière de satin l'embêtait.

— Attends, beauté.

Il fit jouer les petites ficelles sur les côtés de la culotte, et, d'un coup, le tissu tomba. Jessie releva brusquement la tête quand il le retira complètement.

— Oh, mon Dieu, souffla-t-elle.

Elle était entièrement nue.

Nue. Totalement. Diaz déglutit, aperçut le petit anneau d'argent sur son clitoris et faillit s'effondrer en pleurant.

— Bon sang, Jessie. Quand est-ce que tu t'es fait faire celui-là ?

— Pour mon vingt et unième anniversaire.

Il avait envie de tuer le fils de pute qui avait dû la toucher à cet endroit.

— C'était une femme, précisa-t-elle en réaction à sa mine renfrognée. Une amie à moi qui fait des tatouages et des piercings.

Bien. Il ne s'attendait pas à ce qu'elle soit vierge, mais l'idée que quelqu'un soit passé là avant lui le rendait décidément très… agité.

Et il n'avait aucun droit légitime de se retrouver dans cet état. Elle avait vingt-trois ans, ce n'était plus une gamine.

— T'aimes bien ? lui demanda-t-il.

Elle lui adressa un demi-sourire ponctué d'un haussement de sourcils.

— C'est… amusant de jouer avec.

Il imaginait très bien cela.

— Voyons un peu comment on peut s'amuser avec ça.

Elle était humide, luisante. Il effleura ses lèvres, puis remonta, lentement, avec sensualité, la laissant s'habituer à ces caresses intimes. Elle tremblait, tendue, puis faillit bondir du lit quand il se servit de la pulpe de son pouce pour décrire des cercles autour de son clitoris. Il dut poser une main sur son ventre pour la maintenir en place.

— Chut, Jess, tout va bien, murmura-t-il, s'approchant encore d'elle pour mieux la tenir.

Bon Dieu, ce qu'elle était sensible !

— Je ne suis… c'est que, je n'ai pas… Merde.

Toutes sortes de signaux d'alarme se déclenchèrent dans la tête de Diaz. Il retira sa main et s'assit.

— Tu n'as pas quoi ?

— Rien. Je n'ai pas joui depuis longtemps, c'est tout.

Elle s'empara du poignet de Diaz et posa sa main sur son sexe.

— Ne t'arrête pas.

Diaz n'était pas né de la dernière pluie. Ce n'était pas ce qu'elle avait voulu dire. Il s'écarta d'elle et prit un oreiller pour s'installer contre la tête de lit, puis il attira Jessie à lui.

— Faisons une petite pause.

Elle lui adressa un regard incrédule.

— Tu te moques de moi ? Tu t'arrêtes maintenant ?

— Ben oui, on s'arrête maintenant. Dis-moi ce que tu n'as pas fait, Jessie. Qu'est-ce que c'est ?

Les joues de la jeune femme s'enflammèrent. Elle baissa les yeux, puis les releva pour le regarder par-dessous ses cils, sans franchement croiser son regard inquisiteur.

Il ne voulait pas connaître la réponse, n'est-ce pas ? Mais il fallait qu'il sache. Il lui releva le menton, la forçant à le regarder. Il avait besoin qu'elle le lui dise.

— Jess, dis-moi.

— Je n'ai jamais fait ça avant.

Il s'immobilisa, chaque muscle de son corps tendu.

— Tu n'as jamais fait quoi ?

— Euh... rien.

Bordel de merde. Merde, merde, merde. D'instinct, il le savait déjà. Quelque chose dans ses yeux le lui avait dit. Cette innocence qu'il n'avait cessé de remarquer n'était pas un jeu d'actrice. C'était réel.

Il glissa au bas du lit, se passa une main dans les cheveux et commença à faire les cent pas dans la chambre.

— Bon sang, Jessie ! Comment peux-tu avoir vingt-trois ans et être encore vierge ?

— Diaz, répondit-elle en levant les yeux au ciel, je suis avec les *Riders* depuis mes quinze ans. Grange me surveille et me protège comme une mère poule. Il ne m'a jamais quittée des yeux. Et, quand ce n'était pas lui, c'était un des gars. J'ai suivi mes études au QG, et, en dehors de ça, je m'entraînais à faire partie du gang. Ça m'a pris tout mon temps. Je n'ai jamais eu de vie normale. Quand est-ce que j'aurais pu aller à des rencards ou rencontrer un homme, hein ? Je n'allais pas me balader au centre commercial et en ramener un à la maison. Et, si j'avais tenté le coup, vous lui auriez tous sauté dessus. Il n'aurait pas eu la moindre chance.

Elle n'avait pas tort. Ils n'auraient jamais laissé un mec approcher Jessie. Encore aujourd'hui, Diaz n'était pas sûr qu'ils le feraient. Pas étonnant qu'elle n'ait jamais osé leur présenter de mecs.

— Quand tu es devenue majeure et que tu as commencé à rouler toute seule ?

Toutes ces fois où Jessie disparaissait, à moto, toute seule ? Il pensait que ce petit goût de liberté lui aurait donné l'occasion de rencontrer un homme ou deux… de se faire une expérience. Bien sûr, ils le pensaient tous.

Elle haussa les épaules.

— J'étais… exigeante. À cette époque, je comparais tous les hommes que je rencontrais à toi… à vous, les gars.

Elle baissa les yeux avant de relever le regard.

— Personne n'était à la hauteur. Je n'allais pas me jeter au cou du premier mec disponible sous prétexte qu'il avait une queue. D'où mon dilemme : vingt-trois ans et toujours pucelle.

Diaz n'arrivait pas à se faire à cette idée. Pas avec la façon dont elle s'habillait, dont elle se comportait… si audacieuse, directe, comme si elle savait exactement ce qu'elle voulait.

— Et ces piercings, alors ?

— Quoi ? fit-elle. C'est du body art, ça n'a rien à voir avec une expérience sexuelle.

— L'anneau clitoridien ?

— Je me masturbe, Diaz, dit-elle en levant les yeux au ciel. Je suis peut-être vierge, techniquement, mais ça ne veut pas dire que je ne sais rien faire. La masturbation est ma seule échappée sexuelle pour l'instant. Et l'anneau clitoridien décuple mon plaisir sexuel. Vu que personne ne le fait pour moi, je me rends service.

Il n'aurait pas dû avoir cette conversation avec elle. Il n'aurait pas dû se trouver dans cette chambre avec elle. Il y avait beaucoup de choses qu'il n'aurait pas dû être en train de faire, des choses qui concernaient sa tête, et son corps. Son érection revint de plus belle. L'image de Jessie, nue, les jambes écartées sur le lit, en train de jouer avec ce petit piercing sur son clito, en train d'atteindre l'orgasme…

Malgré ce qu'il savait, il avait toujours envie de la jeter sur ce lit et de lui bouffer la chatte jusqu'à ce qu'elle hurle de plaisir. Et c'était précisément ce qu'il ne fallait pas penser. Pas maintenant. Ni même jamais.

— Je n'arrive pas à y croire.

Il arpenta le tapis de bout en bout, en proie à une intense frustration. Comment cela avait-il pu lui échapper ? Bien sûr, personne n'avait jamais parlé à Jessie de sa vie sexuelle auparavant. Elle n'était pas entourée de beaucoup de femmes. Jusqu'au moment où Lily était arrivée, et c'était assez récent. Lily était-elle seulement au courant ? Même si c'était le cas, elle n'allait pas organiser une réunion pour en parler avec les autres gars.

Jessie croisa les bras sous ses seins, semblant inconsciente de sa nudité, ou du moins ne s'en souciant pas le moins du monde.

— Je suis désolée de ne pas avoir géré ma virginité avant. Ce n'est pas idéal pour toi ce soir.

— Tu sais que ce n'est pas ce que je veux dire, rétorqua Diaz.

Ou peut-être que ça l'était. Bon sang, c'est vrai que ce n'était pas idéal. Il pensait qu'elle avait de l'expérience.

Est-ce que cela aurait allégé sa culpabilité pour ce qu'ils allaient faire ? Probablement.

Il s'approcha de la fenêtre, tirant un peu le rideau pour jeter un coup d'œil dehors, détourner son regard et ne plus voir le corps tentateur de la jeune femme.

— Si j'avais su… je ne t'aurais jamais touchée.

— Alors tant mieux pour moi.

Il virevolta pour lui adresser un regard ébahi.

— Tu veux vraiment faire ça ?

— Je ne serais pas assise là, toute nue, si ce n'était pas le cas.

— Je croyais que tu étais exigeante, répliqua-t-il en fronçant les sourcils.

— Je le suis.

— Mais tu es là, avec moi.

— Pfff, fit-elle en levant les yeux au ciel.

— Tu n'es pas assez exigeante, apparemment. Tu ne devrais pas être avec moi.

— Pourquoi ça ? C'est toi que je veux. Je suis une adulte, Diaz. Je suis capable de choisir l'homme avec lequel je vais faire l'amour.

Lui ? L'homme à qui elle offrirait sa virginité ? *Bon Dieu*. Il fallait que ce soit lui. Il pensa que personne d'autre n'avait touché sa… Et avec son comportement d'homme des cavernes… Ça ne collait pas si mal, non ? Et il devait admettre que, au fond de lui, il avait envie de hurler « Oh oui, alors ! », rien qu'en pensant qu'aucun homme n'avait touché Jessie avant lui.

Il délirait ou quoi ? Il ne pouvait pas faire ça.

— Je ne vais pas prendre ta virginité, Jessie.

— Pourquoi pas ? soupira-t-elle. C'est plus une question de concept que de physique, d'ailleurs. J'ai déjà utilisé des vibromasseurs.

Il baissa le menton contre son torse, ferma les yeux, et les images jaillirent de nouveau dans son esprit. Jessie avec un *sex toy* fourré entre les jambes, en train de se masser le clito, de soulever ses fesses du lit en se faisant plaisir. Ses yeux fermés, sa respiration saccadée pour arriver jusqu'à l'orgasme…

Putain. Sa queue lui disait une chose et sa conscience une autre. Et ça commençait à lui donner la migraine.

Il ouvrit les yeux et regarda Jessie.

— Parce qu'il faut que tu te trouves un mec génial, dont tu tomberas amoureuse, avec qui tu pourras construire une relation. Et je ne suis pas ce genre de mec.

— Tu es un mec génial, Diaz.

Elle en savait si peu sur lui. Si elle le connaissait mieux, elle se serait déjà rhabillée et serait partie en courant.

— Non, c'est faux. Et je ne vais pas débattre de ça avec toi. Je suis flatté que tu aies pensé à moi, mais je vais devoir décliner l'offre. Je pense vraiment que tu devrais trouver un autre homme.

Elle se renfonça dans le lit.

— Quelqu'un comme Crush ?

— N'y pense même pas, lui décocha-t-il avec un regard menaçant.

— Ce n'est pas à toi de me dire qui je dois baiser. Si ce n'est pas toi, alors je vais choisir quelqu'un d'autre.

— Pour une fille qui se targue d'être exigeante, tu es subitement devenue bien tolérante.

Elle prit une inspiration et lâcha le morceau.

— Bon, d'accord, je n'ai pas envie de faire l'amour avec Crush. C'est frustrant. Tu m'as chauffée, excitée, et là tu me laisses un peu en plan, Diaz. Ce n'est vraiment pas juste.

Il ouvrit la bouche. Elle avait raison.

— Oui, c'est vrai. J'en suis désolé.

Elle s'étendit sur le lit, posa ses pieds à plat et écarta les cuisses, y faisant glisser ses doigts, les posant sur son sexe, si près de ce piercing envoûtant. Elle le tapota doucement du bout des doigts, attirant l'attention de Diaz sur les lèvres lisses de sa chatte, et son clitoris encore gonflé.

— Alors, si tu ne me baises pas, on pourrait au moins se détendre un peu, non ?

Cette femme aurait sa peau.

Chapitre 7

Jessie s'était toujours considérée comme une femme courageuse, audacieuse et sexy.

Elle savait aussi ce qu'elle voulait. Et vu qu'elle était déjà nue et qu'ils étaient arrivés jusque-là avec Diaz, elle avait bien l'intention d'aller jusqu'au bout. Elle l'y pousserait s'il le fallait. Elle le forcerait même, si besoin, et cette pensée la fit sourire. Il faisait facilement deux fois sa taille. Elle aurait beaucoup de mal à le jeter sur le lit pour le forcer à lui faire l'amour.

Mais l'image qui se formait dans son esprit n'était pas dénuée de charme.

Malheureusement, elle était fatiguée d'imaginer. Ou de se débrouiller toute seule. Elle était nue, allongée dans un lit. Diaz était dans la chambre avec elle, et, vu la mine qu'il arborait, cela l'intéressait clairement. Si elle pouvait trouver un moyen d'abattre les remparts de sa galanterie, ou quelle que soit cette notion d'honneur complètement faussée qui le poussait à rester à l'autre bout de la pièce alors qu'il pourrait être dans le lit avec elle.

Et peut-être, alors peut-être que…

— Jessie.

La voix du jeune homme était devenue rauque, comme s'il luttait contre son indécision. Il se tenait, comme enraciné, les yeux rivés sur elle, sur l'endroit où elle avait posé ses doigts, juste au-dessus de son sexe. Bon. Au moins, il ne lui avait pas fermé la porte au nez, cette fois. Il y avait du progrès.

— Viens ici, Diaz. Je sais que tu en as autant envie que moi.

— Tu ne sais rien de ce que je veux. Ni même de ce que tu veux. Réfléchis un peu, Jess. C'est une erreur.

C'était lui qui ne savait pas ce qu'il voulait. Enhardie par le regard enflammé qu'il lui adressait, la façon dont il ne pouvait détacher ses yeux d'elle, Jessie fit glisser ses doigts plus bas, écartant davantage les jambes. Son clitoris trembla, car elle savait qu'il la regardait. Elle était à la fois gênée et excitée. Elle n'avait jamais fait ça devant un homme auparavant. Elle n'avait jamais *rien* fait devant un homme auparavant. Mais quand Diaz porta la main à sa queue et commença à se masser en la regardant, elle entrouvrit les lèvres et haleta, se sentant fondre de part en part. Soudain, elle peinait à respirer, sa gorge était sèche, sûrement parce que toute sa moiteur était partie en trombe vers son vagin. Elle sentait cette chaleur humide et abaissa la main pour décrire des cercles autour de son sexe avant d'y plonger le bout de ses doigts pour les humidifier.

Diaz émit un grognement à demi étouffé, et c'est ainsi qu'elle sut qu'il n'allait pas la laisser tomber cette fois-ci. Elle fit remonter ses doigts, humidifiant ses lèvres, décrivant des cercles autour de son clitoris, faisant aller et venir ses doigts.

Il s'avança vers elle.

— Tu fais ça souvent ?

— Comment ça ? M'allonger toute nue dans une chambre d'hôtel avec un mec qui me regarde ?

— Non. Te caresser.

— Tous les jours. Parfois plus d'une fois par jour.

— Bon Dieu, Jessie.

— J'en ai marre de me caresser. Il est temps que j'apprenne des choses nouvelles. J'ai besoin de toi, Diaz.

Il retira son tee-shirt, et elle enfonça les talons dans le lit pour pouvoir s'adosser aux oreillers et le regarder.

Son torse était lisse, bronzé et musclé. Quelques cicatrices constituaient les seules imperfections sur ses contours ciselés, et encore, cela ajoutait à sa beauté masculine. Il ressemblait à un guerrier, avec ses larges épaules, son torse robuste, sa taille fine et ses abdos saillants. Elle voulait le lécher jusqu'à ce sombre amas de poils qui disparaissait dans son pantalon. Il défit la boucle de sa ceinture, et Jessie déglutit, le regard rivé sur sa braguette, sur l'érection plus que visible qui se manifestait contre son jean. Elle suivit des yeux les doigts de Diaz qui baissait sa braguette, se rendant compte qu'il ne portait carrément pas de sous-vêtement. Elle retint son souffle quand il porta la main à la taille de son pantalon pour le faire glisser sur ses cuisses, puis elle poussa un soupir de pure appréciation.

Il avait des jambes musclées, et un duvet sombre entourait son sexe. Elle s'avança à quatre pattes pour tendre les bras et entourer sa verge de ses mains. Diaz prit une inspiration et émit un son guttural, presque comme s'il prononçait une malédiction. Elle rejeta la tête en arrière pour croiser son regard. Il avait l'air en colère, le regard noir.

— Laisse-moi faire, dit-elle.

— Ce n'est pas le but du jeu.

— Laisse-moi faire quand même. J'ai envie de t'explorer.

— Bon sang, Jessie !

Elle prit cette réponse pour un « oui » et laissa sa main posée sur sa queue, tout en s'asseyant au bord du lit. Diaz s'approcha, ses genoux touchant le matelas. Il écarta un peu plus les cuisses, lui offrant ainsi un meilleur accès à ses trésors intimes.

Bon sang, c'étaient vraiment des trésors, surtout à cet endroit ! Il était tellement viril, même son odeur l'était. Ça sentait l'air du dehors, frais et musqué, avec une note animale. Elle prit une profonde inspiration tout en commençant à le caresser dans toute sa longueur dans des mouvements doux, explorant ce qu'elle tenait en main, hypnotisée par la sensation de cette peau incroyablement douce qui entourait une chair dure comme fer. Elle sentit sa chatte frémir, comme par instinct, devinant les plaisirs que pourrait lui procurer cette verge.

Techniquement, elle avait perdu sa virginité bien longtemps auparavant avec tous ces vibromasseurs. Mais c'étaient des jouets sans vie, sans aucune émotion, froids, inexpressifs. La queue de Diaz était chaude, épaisse, palpitante de vie. Et réactive aussi – elle s'agita dans sa main quand Jessie passa le pouce sur son large gland, faisant perler quelques gouttes blanchâtres. Elle captura le liquide sous son pouce, le porta à sa bouche et lécha, surprise de découvrir cette saveur acidulée. Elle le caressa, l'approcha d'elle et lécha sa douce extrémité.

— Jessie.

Son prénom roulait sous la langue dans un murmure étouffé. Elle aimait bien ces sons, alors elle le lécha une nouvelle fois, goûtant un peu plus de sa saveur salée, sentant sa queue réagir sous sa langue. Il tendit le bras pour passer les doigts dans les cheveux de Jessie, en agrippant une poignée tandis qu'il vacillait sous sa langue. Elle referma ses lèvres autour de sa chair ferme et le prit plus entier dans sa bouche.

— Oh oui, suce-moi.

Qui aurait cru que sucer un homme pourrait être aussi excitant ? Elle avait vu des films et pensait qu'on ne le faisait que pour faire plaisir à l'homme. Jessie n'aurait jamais imaginé qu'elle serait aussi excitée de voir Diaz à sa merci de cette façon. Mais plus elle lui donnait de plaisir, plus le sien montait. Et elle devait bien s'y prendre, vu qu'il s'agrippait à ses cheveux et commençait à donner des coups de reins entre ses lèvres, doucement d'abord, puis plus intenses quand elle suça plus fort. Elle tendit une main pour saisir ses testicules et les masser doucement, puis il frémit.

— Si tu continues comme ça, je vais jouir dans ta bouche.

Il prononça ces mots d'une voix dure, tout en enfonçant sa queue au plus profond de sa bouche. Bon Dieu, ce que c'était excitant, de le sentir perdre le contrôle de cette façon-là ! Elle se rendit compte que c'était exactement ce qu'elle voulait. Le faire jouir, le sentir submergé.

Il préféra se retirer, l'étendre sur le lit et l'embrasser langoureusement, pénétrant sa bouche en profondeur, léchant et suçant sa langue. Elle voulait protester, dire qu'elle n'avait pas terminé, qu'il n'avait pas joui. Mais il se positionna au-dessus d'elle, et de le sentir nu lui donna l'impression d'être au paradis. Ses protestations se muèrent en gémissements frémissants. Ça faisait tellement longtemps qu'elle en avait envie, et son rêve se réalisait enfin. Le sexe de Diaz, encore humide de son passage dans sa bouche, se frottait contre son clitoris, lui procurant des éclairs de plaisir qui parcouraient toutes ses terminaisons nerveuses. Elle se souleva, car elle en voulait plus, que ces sensations ne s'arrêtent jamais, qu'il l'emmène au bord du gouffre du plaisir.

Mais Diaz bougea, saisissant les poignets de Jessie pour les poser au-dessus de sa tête, les tenant là d'une main pendant que l'autre caressait sa joue, son cou, sa poitrine. Était-ce normal que son simple contact la rende folle à ce point ? Il posa le bout de ses doigts sur sa mâchoire, se servant de son pouce pour caresser sa lèvre inférieure. Il baissa les yeux sur elle, un regard si sombre, si chaud, si intense.

— Tu es belle, dit-il. Et ta bouche… Bon sang, Jessie ! Tu as une bouche de folie.

Elle lui sourit en entendant cela, heureuse de lui avoir fait plaisir.

— Je voulais que tu jouisses dans ma bouche.

Il glissa son pouce entre ses lèvres, la laissant le lécher et le sucer. Elle sentit son vagin se contracter, se souvenant de la sensation qu'elle avait eue en suçant sa queue, des réactions que cela avait provoquées en lui. Elle le voulait encore dans sa bouche, elle voulait lui donner ce plaisir, pour que ça l'excite, elle aussi.

Le regard de Diaz s'assombrit encore.

— Tu me tues, Jess. J'en ai envie aussi. Mais, d'abord, il faut que toi, tu jouisses.

Elle aimait bien cette idée. Elle se sentait tendue, pleine de désir, contractée, embrasée. Elle voulait beaucoup de choses à la fois et elle les voulait tout de suite. Est-ce que le sexe faisait toujours cet effet ? L'impression de courir vers une ligne d'arrivée tout en ayant envie que ça prenne le plus de temps possible ? Elle avait envie de tant de choses, mais, en même temps, elle voulait que ça dure une éternité.

Toute pensée rationnelle la quitta quand Diaz posa une main sur son sein. Puis il titilla son téton en l'effleurant à peine. Elle se sentit secouée d'un spasme, se souleva pour presser plus fort son sein contre sa paume rugueuse. Il abaissa la main, décrivant de lents cercles avec la paume de sa main. Les sensations fusèrent en Jessie, elle serra ses jambes pour tenter de provoquer une friction. Elle aurait voulu avoir les mains libres pour se caresser le clitoris.

— Non, ma belle. Tu as voulu que je m'en occupe, alors c'est moi qui décide.

Elle ne savait pas si c'était une bonne idée, vu que Diaz avait l'air déterminé à faire les choses lentement, tandis qu'elle était prête à jouir, à expérimenter cette magie explosive sur-le-champ. Il préféra descendre le long de son corps et capturer son téton durci entre ses dents, puis il le lécha, l'aspira et joua encore un peu avec, jusqu'à ce qu'elle en devienne folle de désir. Il prit son autre sein dans une main, enserra son téton entre deux doigts et le fit rouler doucement. Elle ignorait que les seins étaient si sensibles que ça. Elle avait un peu joué avec eux toute seule, quand elle se masturbait, mais elle ne leur avait pas porté beaucoup d'attention, comparé à ce que Diaz était en train de faire. Et, oh, surprise, ses tétons étaient étroitement liés à son clitoris. Peut-être que tout cela ne tenait qu'à Diaz, ses mains, sa bouche. Partout où il la touchait, elle avait l'impression que ça avait un impact sur sa chatte. Elle ne cessait de frémir, gémir sous ses baisers et ses caresses.

Diaz ne s'arrêta pas à ses seins. Il libéra ses poignets, enfin, mais seulement pour aller un peu plus bas et déposer des baisers sur ses côtes, son ventre, s'attardant sur le piercing de son nombril, jouant avec du bout de la langue jusqu'à ce qu'elle se mette à rire. Puis il descendit encore un peu, écarta ses cuisses pour s'installer là, passant ses bras en dessous.

Il était si brun – sa tête entre ses cuisses, ses cheveux effleurant sa peau… Elle se tendit, dans l'attente, pouvant à peine respirer tandis que la bouche de Diaz s'approchait de sa peau. Il embrassa et lécha l'intérieur de sa cuisse.

— Tu sens bon, Jess.

Elle rougit, sentit sa peau s'embraser, sachant ce qui allait suivre, l'anticipant, le voulant, pour la première fois de sa vie. Quand elle sentit ses lèvres humides contre son sexe, elle en trembla, puis plaça un oreiller sous sa tête pour voir sa bouche couvrir son clitoris, frémissant quand sa langue toucha son piercing. Il joua avec l'anneau d'argent, en lécha le pourtour, puis tendit la langue sur son clitoris et la mena si près du but qu'elle empoigna les draps de toutes ses forces. Mais il s'écarta, laissant sa langue glisser le long de ses lèvres, en bas, puis en haut, évitant son clitoris, puis y revenant, la faisant chaque fois presque jouir avant de repartir. Il semblait savoir exactement jusqu'où il pouvait aller avant qu'elle s'emballe.

Cet homme la rendait folle, et les sensations étaient de plus en plus intenses, son plaisir grandissant, s'élevant vers une extase enfiévrée. Rapidement, elle souleva les fesses du lit pour rapprocher son sexe de son visage. Il s'agrippa à elle et tenta de la faire se rallonger, mais elle était incontrôlable, ne pensant qu'à l'orgasme qu'il allait lui procurer.

— Diaz, je t'en supplie.

Elle sentit ses doigts s'approcher de sa chatte, et oh, est-ce qu'il allait le faire ?

Oui, il glissa un doigt en elle tout en continuant de lécher ses replis. Puis deux doigts, l'étirant, amorçant un va-et-vient tout en léchant et aspirant son clito, sa bouche et sa langue chaudes et humides. Jessie se laissait submerger par ces deux sensations. Mais elle ne pouvait en supporter plus. Elle partit en vrille, comme une fusée qui aurait pris feu.

— Je vais jouir, Diaz, je vais jouir ! cria-t-elle en se soulevant du lit tout en vivant l'orgasme le plus fou qu'elle ait jamais connu.

Il resta agrippé à elle, ses doigts poursuivant leur va-et-vient en elle jusqu'à ce que ses spasmes de plaisir cessent. Il se retira, embrassa son mont et remonta le long de son corps pour embrasser sa bouche, la laissant découvrir son propre goût. Elle lécha la bouche de Diaz, aspira sa langue. Il la fit passer au-dessus de lui et elle l'embrassa langoureusement, tâchant d'y mettre toutes ses émotions, encadrant son visage entre ses mains. Puis elle se redressa pour le regarder.

— Merci, dit-elle.

— De rien. Et merci à toi. J'ai bien aimé aussi.

Elle lui adressa un sourire puis fit glisser sa chatte qui était maintenant complètement trempée le long de sa queue. Il serait tellement facile de le baiser maintenant, de se laisser aller sur lui et le chevaucher. Elle frémit à cette idée.

— Non, Jess.

— Mais pourquoi ? fit-elle en fronçant les sourcils.

Il la prit par les hanches, la souleva, et cette sensation était incroyable.

— Parce que tu as besoin d'une vraie relation, d'un petit ami, pas d'un sex friend.

— J'ai envie de te baiser.

Rien que d'imaginer de l'avoir en elle, elle en avait la chair de poule.

Il l'écarta, et ils roulèrent tous deux sur le côté pour se faire face.

— Non, ce n'est pas vrai. Tu veux quelqu'un qui soit là pour toi, tout le temps. Tu veux de la tendresse, de la compagnie, tous ces trucs émotionnels qu'il y a dans une vraie relation. Et ça, ce n'est pas moi.

— Tu es toujours là quand j'ai besoin de toi, comme les autres *Riders*.

— Et c'est précisément là où je veux en venir, Jess. Moi, les autres *Riders*, commença-t-il en se passant une main dans les cheveux. On n'aurait même pas dû aller aussi loin. C'est mal.

Il se releva pour s'asseoir au bord du lit.

Diaz se faisait des idées sur elle, sur eux deux, sur les *Wild Riders* et le rôle de Jessie dans toutes ces relations. Il fallait vraiment qu'elle lui mette les points sur les *I*.

Elle se glissa jusqu'au bord du lit pour se placer à côté de lui, et elle lui prit la main. Celle-ci était si grande que la sienne semblait minuscule à côté. Elle entrelaça ses doigts avec les siens.

— Ton problème, c'est que tu m'as toujours connue, depuis que je suis une gamine, depuis que Grange et les autres m'ont en quelque sorte « adoptée ». Ça fait des années que tu me vois comme une petite sœur.

Il tourna la tête pour la regarder.

— Oui, c'est ça, exactement.

— Tout allait bien à l'époque. Mais, aujourd'hui, ce n'est plus pareil. Enfin, ça l'est et ça ne l'est plus. Je considère tous les *Riders* comme ma famille, et Grange aussi. Il est comme le père que je n'ai jamais eu. Il s'est montré bon envers moi. Les *Riders* se sont tous comportés comme des frères pour moi, à un moment de ma vie où j'avais plus besoin d'une famille que de quoi que ce soit d'autre.

— Tu vois ? C'est pour ça que c'est mal.

Elle secoua la tête.

— Non, laisse-moi terminer. C'était merveilleux à l'époque, mais je ne suis plus une enfant, depuis un bon moment. J'ai grandi, et j'ai commencé à remarquer les hommes autour de moi. Ou plutôt un homme en particulier : toi.

— Moi ? fit-il en haussant un sourcil. Pourquoi ?

— Je ne sais pas, répondit-elle en haussant les épaules. On pourrait qualifier ça d'attirance, ou que sais-je, mais soudain je t'ai vu comme quelqu'un qui n'était plus tout à fait de la «famille». Les autres *Riders*? Oui, ils sont restés des frères pour moi. Ils sont drôles, un peu débiles, ils peuvent m'attraper et me faire des câlins, et je ne ressentirai jamais rien de plus qu'une chaleur humaine, une proximité fraternelle. Mais avec toi? C'est différent. Je te regarde et je ressens des choses qui n'ont rien à voir avec la famille. Ça me chatouille à l'intérieur, j'ai les muscles qui se tendent, et j'ai trop chaud. Tu es un homme sexy, désirable, et je t'ai voulu pendant des années. Je me suis contentée d'attendre que tu te réveilles et me remarques enfin en tant que femme.

Il écarquilla les yeux.

— Ma belle, ça fait des années que je te remarque en tant que femme. Et ça m'a toujours posé un énorme problème.

— Vraiment?

Cette idée la séduisait.

— Arrête de sourire. J'ai dit que c'était un souci.

— Ah, désolée. Mais, en réalité, ce n'en est pas un.

Pourquoi est-ce qu'il compliquait autant les choses?

Diaz poussa un soupir.

— Si, c'en est un. Je ne vais pas faire ça, Jess. On ne va pas former un couple. Je ne vais pas te baiser et ruiner ta vie.

Elle leva les yeux au ciel.

— Si tu me fais l'amour, ça ne va pas ruiner ma vie, Diaz. Je ne m'attends pas à ce que tu me demandes en mariage après. Je suis une grande fille. Je peux gérer.

Il l'embrassa sur le bout du nez.

— Mais moi, je ne peux pas. Savoir que je t'ai pris quelque chose que tu aurais dû offrir à quelqu'un de spécial.

Elle posa sa paume sur sa joue.

— Je te trouve spécial.

— Ça devient très dur à gérer.

Elle se rapprocha de lui, posant la main sur son sexe en semi-érection.

— Pas si dur que ça, mais ça pourrait le devenir.

Il éclata de rire.

— Bon sang, Jessie! J'essaie d'être sérieux là.

— Moi aussi. Je suis hyper sérieuse quand je parle de te reprendre dans ma bouche. Ne m'en empêche pas.

Avant qu'il ne puise objecter quoi que ce soit, elle se laissa glisser vers le bas du corps du jeune homme. C'était l'occasion de l'explorer, et elle priait pour qu'il ne l'en empêche pas. Pas maintenant qu'elle avait la chance de toucher et d'embrasser son torse robuste et son ventre musclé, qui se contracta quand elle y passa les deux mains. Elle le poussa doucement pour qu'il s'étende sur le dos et elle grimpa sur ses cuisses, effleurant ses côtes, pour voir s'il était chatouilleux.

Rien. Cet homme était un roc. Un véritable tronc d'arbre, rien que du muscle et une volonté d'acier. Elle devait le faire ployer, le faire suer, éprouver ses limites et le faire s'effondrer.

Elle allait bien s'amuser. Comment pourrait-il en être autrement, maintenant qu'elle avait champ libre pour découvrir le corps de Diaz? Il ne bougeait pas, se contentant de la regarder, l'air incertain. Elle adorait son regard – sombre, insondable, elle aurait pu se perdre dans ses yeux. Mais pas maintenant. Maintenant, elle partait à la découverte de sa peau. Elle se pencha en avant et embrassa son épaule, puis enfonça ses dents dans sa chair, le mordillant tout doucement. Elle sentit la chair de poule le gagner, mais il ne frissonna pas. Elle se déplaça le long de son torse, lui faisant les mêmes choses qu'il lui avait faites – passant la paume de ses mains sur ses tétons, décrivant des cercles autour d'eux jusqu'à ce qu'ils durcissent comme des petits cailloux sous ses doigts.

Oh, qu'elle aimait ça ! Elle saisit chaque téton entre le pouce et l'index, tira dessus, le pinça, puis se pencha pour les prendre chacun leur tour dans sa bouche, passant la langue sur l'un, puis l'autre, satisfaite d'entendre Diaz haleter brusquement. Alors comme ça… il aimait qu'on joue avec ses tétons, lui aussi. Elle sentit son sexe s'humidifier.

Elle fit jouer sa langue sur ses côtes, puis plus bas, en direction de ses cuisses. Bon sang, il était tellement grand et robuste sous elle, cela lui rappelait à quel point elle était petite et avec quelle douceur il l'avait traitée. Il se trompait vraiment quant aux besoins de Jessie. Il pensait ne pas pouvoir être le genre d'homme qu'elle voudrait ? Il était exactement tout ce qu'elle voulait. En cet instant, la patience de Diaz l'impressionnait. Si tout ce qu'il voulait était un trou à baiser, il ne l'aurait jamais laissée l'explorer de cette façon.

Son sexe durci se tendait contre le ventre de la jeune femme, puis contre ses seins tandis qu'elle laissait glisser sa langue sur ses hanches, se délectant de son goût, appréciant tout ce qui faisait la différence entre leurs deux corps. Elle enfouit son nez dans le duvet rêche qui surplombait son sexe, inspirant ses senteurs musquées, se rendant compte que cette odeur primitive l'excitait. Elle passa la langue au creux de la cuisse de Diaz, puis descendit un peu plus bas, là où ses testicules reposaient contre son anus. Elle le lécha là aussi, joua avec la séparation des deux boules, et Diaz émit un grognement, les muscles de ses cuisses se contractant au moment où elle prit un de ses testicules dans sa bouche pour le lécher entièrement, avant de le libérer pour passer à l'autre.

Jessie avait envie de toucher, goûter, jouer avec toutes les parties de son corps, sans exception. Elle saisit son sexe d'une main et le lécha par en dessous, de la base vers la pointe, suivant une veine comme un chemin menant vers son gland. Elle croisa le regard de Diaz, sexy en diable, complètement enflammé. Quand elle prit son gland dans sa bouche sans le quitter des yeux, quand elle le recouvrit tout en enroulant sa langue tout autour, les flammes du regard de Diaz devinrent un véritable brasier. Il s'appuya brusquement sur ses coudes, poussa ses hanches en avant et avança son sexe entre les lèvres avides de la jeune femme.

Jessie saisit sa verge entre ses deux mains, jouant avec lui, le serrant et le caressant tout en le suçant, observant la façon dont il ondulait sous ses mains, dont il levait les yeux au ciel dès qu'elle passait la langue sur le bout de son gland avant de le reprendre entièrement dans sa bouche. Puis elle relâcha un peu son emprise sur lui et le laissa s'enfoncer en profondeur, jusqu'à sa gorge, heureuse de le laisser s'adonner à un va-et-vient.

Elle était guidée par l'instinct, et elle entreprit de le caresser plus intensément quand elle sentit ses muscles se tendre sous elle, comprenant qu'il approchait de l'orgasme quand il l'empoigna par la nuque pour guider ses mouvements. Elle sentit la moiteur de la sueur sur ses jambes, reconnut la tension de l'orgasme approchant, cet instant où rien d'autre ne compte que d'atteindre l'extase.

Jessie voulait le mener jusque-là. Elle resserra les lèvres, l'aspira de sa bouche, et un gémissement rauque jaillit brusquement de la gorge de Diaz quand il éjacula, lui offrant son doux sperme. Elle resta agrippée à son sexe et à son corps tandis qu'il frissonnait violemment, poursuivant ses mouvements dans sa bouche. Elle avala, s'accrochant encore à lui tandis qu'il se vidait, elle avala jusqu'à ce qu'il n'ait plus rien à lui donner et s'effondre sur le dos, tous ses muscles enfin relâchés.

Elle posa la tête sur sa cuisse, caressa sa jambe, s'humecta les lèvres et sourit. Diaz fit courir ses doigts sur les cheveux de la jeune femme, et elle écouta sa respiration, d'abord saccadée, puis revenant doucement à la normale. Le cœur de Jessie s'était emballé, lui aussi. Tout ça l'avait autant excitée que lui, elle sentait ses tétons durcis, son propre sexe frémissant et moite. Lui donner du plaisir était aussi agréable que d'en prendre. Elle avait tant à apprendre sur le sexe. Et elle s'était dégoté un professeur hors pair.

Elle leva la tête.

— Merci encore.

— Pour quoi ? fit-il en levant la tête.

— Pour cette nouvelle leçon. C'était marrant. Je n'aurais jamais pensé que ça m'exciterait autant de te faire jouir.

Il poussa un soupir et secoua la tête, avant de s'écarter, se relevant du lit pour se diriger vers la salle de bains et faire couler la douche. Elle le suivit.

— Ça sert à rien de se laver. Enfin, pas encore, lança-t-elle, espérant que son message soit clair.

— Si, parce qu'on en a fini.

— Non, pas du tout. On ne fait que commencer.

Il ouvrit la porte de la cabine de douche et y entra. Ne se laissant pas démonter, Jessie le suivit et referma la porte derrière elle.

— Diaz, ne fais pas ça.

Il mit la tête sous l'eau de la douche, puis la secoua, faisant voler des gouttelettes d'eau partout, avant de se tourner pour lui faire face.

— Je crois que j'en ai déjà assez fait.

— Pas du tout.

— C'est trop, Jess. Il n'y aura rien de plus. Je t'ai déjà dit que je ne te baiserai pas.

Il s'éloigna du jet d'eau pour s'emparer du savon, laissant la place à la jeune femme pour qu'elle se glisse sous l'eau chaude.

Elle ne se fit pas prier, mouillant ses cheveux et son corps, puis prenant le savon de la main qu'il lui tendait.

— Tu ne crois pas qu'on a déjà dépassé le seuil ? Qu'est-ce qui t'empêche d'aller plus loin ?

— Ce n'est pas moi que tu veux, répondit-il en se savonnant. Je ne sais pas comment te le dire pour que ce soit plus clair.

Jessie commençait à en avoir marre qu'il lui dise tout le temps ce qu'elle voulait ou ne voulait pas.

— Je crois que je peux décider de ça par moi-même.

— Mais tu me connais à peine. Tu ne sais que ce que tu as vu. Tu ne sais rien du reste.

Elle plongea sous le jet d'eau pour rincer son corps, puis se déplaça pour laisser Diaz faire de même.

— Quel reste ?

Il sortit de la cabine de douche, et elle éteignit l'eau avant de prendre la serviette qu'il lui tendait alors qu'elle en sortait.

— Mon père battait ma mère tous les jours, Jess. Il était monstrueux. Tu sais ce que ça donne quand je me mets en colère ? C'est un tempérament abominable qu'on a dans la famille. J'ai déjà vu ce que ça faisait. Bon Dieu, tous les *Wild Riders* en ont déjà été témoins.

Jessie s'enroula dans la serviette et s'avança vers lui, ressentant le besoin de le toucher. Elle l'enlaça, le tint contre elle un moment avant de reculer pour le regarder. Au moins la laissait-il le tenir dans ses bras.

— Je suis désolée pour ta mère, tout ce qu'elle a dû endurer, Diaz. Ça a dû être affreux pour elle.

— Ça l'a été. Mais ce n'est pas là que je voulais en venir.

— Tu voulais en venir où ?

— Je ne suis pas le genre de gars qu'il te faut. Je suis une bombe à retardement.

— À cause de ton père.

Il hocha la tête.

La jeune femme sourit et secoua la tête.

— Mais tu n'es pas comme lui.

— Tu ne me connais même pas.

Diaz sortit de la salle de bains.

Jessie le suivit. Une fois de plus.

Il était temps qu'elle lui explique une ou deux choses sur elle. Elle s'assit sur le lit.

— Je n'ai jamais su qui était mon père. Ma mère l'ignorait probablement aussi. Un de ses clients, j'imagine.

Diaz s'immobilisa, se tourna vers elle.

— Je ne savais pas. Grange ne nous a pas…

— Bien sûr qu'il ne vous a rien dit. Il voulait me protéger. Aucun d'entre vous ne sait rien sur moi. Ma mère était une pute accro au crack. Elle a essayé de me vendre, de me faire bosser dans la rue pour gagner l'argent dont elle avait besoin pour ses doses. Quand elle est devenue tellement moche qu'elle a été incapable de se faire du fric en écartant les cuisses, elle a essayé de me pousser à le faire à sa place pour se payer sa drogue. Sa drogue était plus importante que moi, Diaz. Elle aurait été capable de vendre ma virginité pour une dose.

Diaz plissa les yeux, contracta les mâchoires, le choc et la fureur se dessinant sur les traits de son visage.

— Putain. Il n'y avait personne pour t'aider ?

— Pas vraiment, répondit-elle en haussant les épaules. Ce n'est pas comme si j'avais une famille débordante d'affection. Et elle était obsédée par sa drogue. Quand elle a compris que j'étais jeune et jolie, et que les mecs me repéraient pas mal, elle se voyait déjà faire fortune sur mon dos.

— Bon sang, Jessie. Est-ce qu'elle a réussi à…

— Non, répondit-elle en secouant la tête. J'étais plus rapide, et à jeun. Je savais m'esquiver quand il le fallait et j'avais d'excellentes cachettes.

Il appuya la tête contre le mur.

— Ce que tu as vécu avec elle…

— Je suis passée à autre chose, déclara-t-elle en haussant les épaules. Ça m'a pris du temps, mais j'y suis arrivée. Dès qu'elle a commencé à vouloir se servir de moi de cette façon, elle n'a plus rien été à mes yeux.

— Bon sang, Jessie ! Je suis désolé.

Il s'approcha d'elle, mais elle se leva et s'écarta, croisa les bras, détestant cette incursion qu'elle venait de faire dans son passé.

— Ne sois pas désolé pour moi. N'aie pas pitié de moi. Je ne me suis jamais apitoyée sur mon sort. J'ai survécu. Et toi aussi. On n'est pas enchaînés à notre passé, Diaz. On est des survivants. On est des durs. Et c'est pour ça que Grange nous a choisis. Je me suis très bien débrouillée quand Mac m'a sortie de là pour me mener chez les *Riders*. Et toi, c'est pareil. Alors ne me sers pas l'excuse de ressembler à ton père. C'est un prétexte bidon pour ne pas faire l'amour avec moi, et je ne te laisserai pas t'en tirer comme ça.

Il la dévisagea un très long moment, et Jessie se demanda s'il avait envie de partir en courant ou de la prendre dans ses bras. Elle attendit. Puis il prit ses vêtements, enfila son pantalon, un tee-shirt, il mit ensuite ses chaussettes et ses bottes, lui tournant le dos jusqu'à ce qu'il soit entièrement couvert.

Habillé. Comme revêtu d'une armure. S'il portait des vêtements, ça le protégerait de cette grande méchante Jessie. Elle aurait éclaté de rire si tout ça n'avait pas été si triste.

Quand il finit par se tourner vers elle, il avait enfilé son blouson et tenait ses clés en main.

— C'est la seule excuse que j'aie, Jess. Je suis désolé.

Cette fois, quand il partit, elle ne tenta même pas de le retenir.

Chapitre 8

Diaz était bien décidé à se concentrer sur le boulot et à ne pas penser à Jessie. Il avait fait une grossière erreur la veille, qu'il n'avait pas l'intention de reproduire. D'un autre côté, il ne pouvait pas en vouloir à Jessie. Elle lui avait peut-être mis la pression comme pas possible, mais il aurait très bien pu dire non, tout stopper avant que ça devienne incontrôlable. Enfin, niveau incontrôlable, il était pas mal servi.

Une tasse de café noir entre les mains, il attendait que Spencer et Jessie le rejoignent dans le restaurant de l'hôtel. Il avait brièvement appelé Jessie sur son portable pour lui indiquer qu'ils feraient une réunion au petit déjeuner. Elle avait l'air d'aller bien, pas spécialement en colère, et elle lui avait répondu qu'elle descendait rapidement.

Il espérait vraiment que Jessie lui pardonnerait un jour ce qu'il lui avait fait : l'avoir induite en erreur comme ça. Ça aurait pu être pire. Il aurait pu carrément la baiser. Bon, sa virginité n'existait peut-être plus tout à fait, physiquement parlant, mais cela voulait quand même dire quelque chose pour lui. Et pour elle aussi, assurément. Elle ne l'avait donnée à personne d'autre, et s'il y avait bien une chose dont il était convaincu, c'est que ce ne serait pas lui qui la lui prendrait. Ça sentait trop la catastrophe à plein nez. Heureusement, il s'était ressaisi juste au bon moment, même s'il avait failli succomber.

Diaz l'avait désirée. Pour tout dire, il la désirait encore. Il avait eu beau passer la nuit dans la chambre de Spencer, cela n'y changeait rien.

Quand il avait appelé Spencer sur son portable pour lui dire qu'il comptait squatter sa chambre, Spencer avait répondu qu'il était fou. Il avait probablement raison, mais il avait eu la décence de ne pas lui poser de questions. Diaz n'était pas sûr de détenir les réponses.

Il leva les yeux en entendant le bruit des portes de l'ascenseur qui s'ouvraient. Des clients de l'hôtel en sortirent, traînant des valises ou des ordinateurs portables avec eux. Jessie se tenait derrière la foule, vêtue d'un jean moulant, d'un autre de ses tee-shirts près du corps et très décolleté, révélant une grande partie de sa poitrine. Elle n'avait pas le sourire, ses lèvres charnues restant pincées le temps qu'elle rejoigne Diaz. Il sentit sa queue réagir en se souvenant de ce que ça faisait de la toucher, de la goûter. Elle n'avait eu droit qu'à un petit échantillon, et ça ne lui avait pas suffi. Loin de là.

Dur. Mais il allait falloir faire avec, parce qu'il était hors de question qu'il fasse quoi que ce soit de plus.

Elle posa son sac sur la chaise.

— Je vais chercher mon petit déjeuner. Je reviens tout de suite, annonça-t-elle.

Il hocha la tête, avalant une autre longue gorgée de son café tout en la regardant garnir son plateau.

— Tu ne peux même pas la quitter des yeux, hein ? fit Spencer en s'installant sur la chaise à côté de celle de Diaz.

— Tu ne sais pas de quoi tu parles.

— Oh si : de Jessie, de toi en train de mater son cul. C'est limite si tu baves. Je vais devoir sortir mon K-Way si je veux manger à côté de toi.

Diaz tourna la tête vers Spencer, la mine renfrognée.

— Espèce de débile. Je ne bave pas.

Spencer s'adossa à sa chaise et afficha un grand sourire.

— C'est tellement évident. C'en est presque pathétique. Tu as cet air de petit chiot perdu. Est-ce qu'elle t'a déjà mis un *cockring*, histoire d'y attacher une laisse pour te balader ?

Diaz plissa les yeux et parla d'une voix plus basse.

— Sérieux, je serais toi, j'éviterais les provocations, parce que, sinon, je te mets ta race ici, dans ce restaurant bondé.

Spencer se contenta de s'esclaffer, puis il se leva de sa chaise.

— C'est ça, ouais. Tu es bien trop occupé à mater des culs de filles pour mettre sa race à qui que ce soit. Tu ferais mieux de te remettre les couilles en place pendant que je suis pas là !

Diaz aurait été furax s'il n'avait pas connu Spencer aussi bien. Il le taquinait toujours de cette façon avec Jessie, comme s'il y avait quelque chose entre eux.

Spencer avait tort. Il avait *tout faux*. Il n'y avait absolument rien entre eux.

Plus maintenant.

Il regarda Spencer s'avancer derrière Jessie et lui pincer les flancs amicalement. Elle sursauta et lui donna un coup de coude au ventre, avant d'éclater de rire. Spencer passa les bras autour de Jessie et lui fit la bise. Un échange chaleureux et affectueux. Comme un frère et une sœur. Diaz ne percevait aucune tension entre eux.

Rien à voir avec ce qui se passait quand Diaz était avec Jessie. Là, il y avait un maximum de tension, et c'était surtout sexuel.

Comme elle le lui avait dit la veille, Jessie se comportait différemment avec lui qu'avec les autres *Riders*.

Il esquissa un sourire. Il ne pouvait pas s'en empêcher. Même s'il savait que c'était mal, son côté viril le poussait à apprécier le fait qu'il soit spécial... différent... pour elle.

Spencer et Jessie revinrent avec leurs plateaux et se mirent à manger. Diaz était debout depuis l'aube et ça faisait un bail qu'il avait pris son petit déjeuner. Il se resservit de café et les écouta discuter, surtout de la femme avec qui Spencer avait commencé à sortir, Stéphanie.

— Est-ce qu'elle sait des choses ? demanda Diaz.

Spencer haussa les épaules.

— Elle connaît bien Rex, le bras droit de Crush. Mais là, elle reste sur ses gardes. Je crois que le fait que Rex l'ait larguée l'a blessée. J'essaie de ne pas trop la brusquer pour avoir des infos. Je ne veux pas qu'elle se mette à avoir des soupçons. Je fais comme si j'étais un petit nouveau qui s'intéresse à elle, mais ne veut pas trop en savoir sur son ex-petit ami.

— C'est une bonne idée, indiqua Jessie. C'est mieux d'apprendre à la connaître petit à petit, de lui faire penser que tu veux seulement passer du temps avec elle et que tu n'essaies pas de lui soutirer des secrets.

— On est sur la corde raide avec Crush et son gang, leur rappela Diaz. Nous devons nous montrer extrêmement prudents. Il ne faut surtout pas tout faire foirer.

— Je lui fais simplement croire que je ne m'intéresse qu'à son physique, précisa Spencer dans un sourire.

Jessie leva les yeux au ciel.

— Ça ne devrait pas être trop compliqué pour toi, pas vrai ?

— Du tout.

— Pendant que tu joues ton propre rôle auprès de Stéphanie, essaie de voir si tu peux récolter des informations. On est en mission, dit Diaz.

Spencer lui adressa un hochement de tête.

— Ouais, je vais faire ça. De ton côté, vois si tu arrives à détacher les yeux de Jessie assez longtemps pour t'en souvenir.

Jessie devint rouge comme une écrevisse et baissa les yeux sur son assiette. Diaz dévisagea Spencer, qui affichait un sourire innocent. Diaz mourait vraiment d'envie de lui mettre une raclée.

Dès que cette mission serait terminée… il aurait sa revanche. Diaz et Spencer iraient s'entraîner tous les deux à la salle de sport. Sur le ring. Alors il le lui ferait payer comme il faut.

Spencer devait lire dans les pensées de Diaz, car il lui adressa un grand sourire en hochant la tête.

— Quand tu veux, mon pote.

Heureusement qu'ils étaient amis, parce que sinon ils risquaient de s'entretuer.

— Il y a bien trop de testostérone à table ce matin, déclara Jessie en prenant son plateau. Il faut que je remonte prendre mes affaires pour la journée. Je vous retrouve ici dans une minute.

Diaz acquiesça et la regarda partir. Dès que les portes de l'ascenseur furent refermées, il se tourna vers Spencer.

— Lâche l'affaire.
— Quelle affaire ?
— Tes sous-entendus sur Jessie.
— Pourquoi ? On dirait que ça ne la dérange pas, elle. Tu es le seul à avoir l'air gêné. Comment ça se fait, ça ?

Diaz se ferma comme une huître.

— Tu es tendu, mec, fit Spencer. Toi et moi, on a déjà fait ça auparavant, ces petites joutes verbales. Ça ne t'avait jamais affecté à ce point.

Diaz prit une inspiration, expira, tâchant de relâcher les nœuds de tension qui s'étaient formés dans ses épaules.

— Tu as raison, désolé.
— Hé, moi, ça ne me fait rien. Je gère ça très bien. Mais il se passe quelque chose entre Jessie et toi, ça saute aux yeux.

Diaz se passa lentement une main dans les cheveux.

— Putain, non, y a rien. C'est pas possible.

Spencer éclusa son café et posa sa tasse sur le plateau.

— Et pourquoi pas ?
— Parce que c'est évident.

Spencer éclata de rire.

— Diaz, c'est une adulte, maintenant. Elle est belle, intelligente, le genre de femme que n'importe quel homme aurait de la chance d'avoir, et ce qui est super dans tout ça, c'est que tu lui plais. À moins que tu ne sois stupide et aveugle, tu devrais t'en rendre compte.

— Oui, je le vois bien.

— Alors où est le problème ? demanda Spencer en haussant les épaules. Vous êtes deux adultes consentants. Vas-y.

Si seulement c'était aussi simple.

— On est censés la protéger.

— Et c'est ce qu'on va faire, comme on l'a toujours fait, dit Spencer en se levant et en prenant son plateau. Je ne vois pas de mec mieux pour elle.

Diaz observa son ami, abasourdi, ses dernières paroles le laissant sans voix.

— Mais si tu lui fais du mal, il faudra que je te tue.

Diaz le regarda s'éloigner, se rendant compte qu'il se retrouvait dans une impasse avec Jessie. Il avait tellement envie d'elle qu'il ne pouvait même pas remettre de l'ordre dans ses pensées. En général, sa solution pour ce genre de problèmes était assez simple : tu la baises, et tu l'oublies.

Mais c'était Jess, et elle était spéciale. Ce n'était pas un trou parmi tant d'autres.

Ce qui voulait dire qu'il ferait mieux de se ressaisir et d'oublier Jessie et toute sa féminité, se consacrer à cette mission, et rester aussi loin d'elle que possible ensuite. Il convaincrait Grange de ne pas les mettre sur les mêmes missions à l'avenir, il lui dirait qu'il y avait un conflit entre eux. Cela fonctionnerait, s'il parvenait à mener cette mission à bien.

Il sortit avec Spencer, rejoignant Jessie dehors.

— Je crois qu'on devrait essayer d'aller voir dans ces bois devant lesquels on est passés hier, suggéra-t-il. J'aurais juré y voir un campement.

— On ne devrait pas retrouver le gang de Crush ? demanda Jessie.

— Pas forcément. Je ne préfère éviter de paraître trop collants, à le suivre partout comme si on n'avait rien d'autre à faire. Ce qu'on veut, c'est être invités à l'initiation, mais j'aimerais qu'il nous voie comme des motards indépendants, pas des suiveurs. Laissons-le se demander ce qu'on fabrique aujourd'hui.

Jessie hocha la tête.

— Oh, bonne idée. Alors où est-ce qu'on est censés être aujourd'hui, au cas où il poserait la question ?

— Vu qu'on se dirige vers l'est, on va lui dire qu'on est allés au nord. Une fois qu'on aura examiné les bois, je prendrai une des routes du nord pour qu'on puisse en parler et répondre à d'éventuelles questions. Souvenez-vous : nous sommes chez lui, il ne faut surtout pas qu'il nous surprenne en train de mentir.

Jessie grimpa sur sa moto et regarda Diaz.

— T'es pas bête comme gars, toi.

Diaz se pencha vers elle, sourit et effleura le bout du nez de la jeune femme.

— C'est pour ça que c'est moi qui commande.

Ils démarrèrent leurs bécanes et sortirent de la ville, se dirigeant vers l'est par les petits chemins qu'ils avaient empruntés la veille. Diaz se souvenait clairement du kilométrage où il avait aperçu la fumée et le drapeau. Quand ils arrivèrent au virage à proximité, il chercha une trace de fumée quelque part, mais ne vit rien. Il était en tête du groupe et ralentit pour s'arrêter sur le bord de la route.

— C'est ici ? demanda Spencer.

— Oui. Je ne veux pas attirer l'attention sur nous si jamais quelqu'un nous observe.

Diaz se plia en deux pour regarder sa moto comme s'il avait un problème technique.

— Mais par-dessus mon épaule gauche, à environ huit heures, il y avait de la fumée, et je crois que j'ai vu un drapeau blanc avec une marque rouge plus loin dans le bois.

— Fais comme si tu réparais ta moto, lança Spencer. Je vais traverser la route et aller dans les bois pour pisser et jeter un coup d'œil.

— Alors je reste ici, dit Jessie en faisant rapidement demi-tour pour rejoindre Diaz.

Elle s'accroupit en dessous de lui et leva les yeux.

— Qu'est-ce qu'on fait si on repère quelque chose ?

— Comme un campement, tu veux dire ?

— Oui.

Il sortit une clé Allen de sa sacoche.

— Tiens cet écrou pour moi. Je ferais bien de le resserrer, histoire d'avoir l'air de vraiment faire quelque chose. Pour ce qui est du campement, si on fait nos recherches et qu'on voit quelque chose... rien pour l'instant. On n'a pas les effectifs ou la force de frappe nécessaire pour combattre un camp entier de survivalistes. Et on ne saurait même pas si c'est le bon.

— Il y en a plus d'un ?

— Ma belle, il peut y avoir des centaines de survivalistes dans des campements différents rien que dans cet État. Impossible de savoir pour sûr. Ils s'installent dans les collines comme des colonies de fourmis, en restant bien à l'abri des organisations du gouvernement.

— Ils n'aiment pas qu'on leur dise ce qu'ils ont à faire, hein ? fit-elle en fronçant le nez.

— Ni comment le faire, précisa Diaz, la mine grave. Ils fabriquent leurs propres lois, font tout à leur façon. Ils ne tolèrent aucune ingérence du gouvernement, quelle qu'en soit la forme. Et ce n'est rien comparé à leurs autres… courants de pensée.

— Vendre des armes est quand même illégal.

— Et si on les trouve, on va travailler avec le gouvernement pour les arrêter. C'est pour ça qu'on est ici.

Spencer arriva derrière eux.

— Il y a un sentier. Il est assez bien camouflé, mais il est bien là. Je n'ai pas vu de fumée, ni aucun drapeau, mais je crois avoir entendu des brindilles craquer, il est possible qu'on soit observés en ce moment. On devrait faire un peu de bruit sur cette découverte, et ensuite on reprend la route, pour voir ce qui se passe.

Jessie croisa le regard de Diaz.

— C'est risqué, non ?

— Reste avec moi, dit-il en acquiesçant, et prépare-toi à filer à toute vitesse s'il faut qu'on parte en catastrophe. Pas de discussion, d'accord ?

— D'accord.

— Ouvre grand les yeux et les oreilles. Pour l'instant, on est seulement des motards qui font du tourisme et explorent un peu hors des sentiers battus, point final.

Diaz jeta la clé Allen dans sa sacoche.

— La moto est bonne pour rouler maintenant ? lança Spencer assez fort pour qu'on l'entende de l'autre côté de la route.

— Elle est nickel.

— Génial. Parce que je crois que j'ai trouvé une piste par là, indiqua Spencer en désignant le sentier de la tête et maintenant le volume habituel de sa voix tout en s'assurant que quiconque les écouterait l'entendrait.

— Ah bon ? Allons voir ça.

Ils démarrèrent leurs motos et firent demi-tour pour s'engager sur le sentier que l'on devinait à peine. Spencer avait raison. Le chemin était bordé de buissons et de feuillages le dissimulant des regards indiscrets qui pourraient s'attarder sur la route principale, mais il était assez simple à suivre une fois qu'on était dessus. Le courant d'air créé par la moto de Diaz soulevait les feuilles du chemin, dégageant la voie dans son sillon. Le chemin serpentait et tournait autour d'une épaisse végétation constituée d'arbres et de buissons.

Bon sang. Qu'il était facile de se cacher sur la colline ! Un petit virage et vous étiez perdu. La route se vrillait dans des directions multiples. Ils auraient sûrement dû penser à laisser des miettes de pain derrière eux pour retrouver leur chemin par la suite.

Un mouvement soudain sur la gauche attira l'attention de Diaz. Il s'arrêta et coupa son moteur.

Spencer et Jessie l'imitèrent, positionnant leurs motos près de la sienne.

— Qu'est-ce qu'il y a ? demanda Spencer.

— Du mouvement sur la gauche. Je voulais couper les moteurs pour écouter.

Ils mirent pied à terre et regardèrent alentour. Le calme était hallucinant. Les oiseaux, les bruissements de la végétation bougeant au gré du vent. Quelques clapotis au loin. Mais aucun bruit de pas.

Jusqu'à ce que le craquement d'une branche attire leur attention. Diaz pivota, posant la paume sur l'arme accrochée à sa ceinture. Il ne voulait pas la dégainer si ce n'était pas nécessaire, évitant ainsi d'éveiller les soupçons. Alors il attendit, tâchant de maintenir une posture détendue tout en se plaçant devant Jessie au cas où quelqu'un viendrait, ou, pire, leur tirerait dessus.

— Il y a quelqu'un derrière un arbre, murmura Spencer en s'approchant de Diaz par-derrière.

— Où ça ?

— À environ dix heures. Il ne se cache pas très bien. Je distingue ses mouvements. Tu n'as qu'à regarder.

Diaz le vit aussi. Qui que ce soit, il se tenait bas.

— D'accord, ouvre l'œil et sois paré à tout, même sauter sur les motos pour ficher le camp d'ici à vitesse grand V si jamais on se retrouve en infériorité numérique.

— Il y a quelqu'un ? finit par demander Jessie assez fort pour être entendue.

Un petit garçon d'environ huit à dix ans sortit de derrière l'arbre, suivi d'une femme. Rien à voir avec ce que Diaz pensait trouver, mais, au fond, il n'était pas si surpris qu'ils utilisent une femme et un enfant pour affronter le danger. Et cette femme avait de quoi faire peur, avec une casquette, un pantalon marron, un sweater, le tout très ample. Et sa mine n'avait rien d'amical. Toute sa tenue était destinée à dissimuler son apparence. Diaz aurait été incapable de décrire son physique, la couleur de ses cheveux ou de ses yeux.

— On vous a eus, lança le petit garçon avec un grand sourire.

Son visage était sale et ses cheveux ébouriffés. La mère ne semblait pas beaucoup plus soignée.

— Désolée si on vous a fait peur, dit la femme. Mon fils voulait jouer à cache-cache.

Des conneries, pensa Diaz. Ces deux-là étaient des leurres. Il le voyait bien à l'air las et suspicieux de la femme. Elle ne se faisait pas de souci pour le gosse. Elle était en train de protéger quelque chose, ou quelqu'un. L'instinct de Diaz lui disait qu'ils n'étaient pas seuls. Il sentait d'autres regards posés sur eux.

— Vous étiez en train de jouer ? lança Jessie en s'accroupissant tandis que le garçon s'approchait d'elle.

— Ouais. À cache-cache.

— C'est marrant, comme jeu.

Pendant que Jessie discutait avec l'enfant, Diaz observa les alentours.

C'est sûr, ils n'étaient pas seuls. Il ne voyait personne, mais il sentait la présence d'autres non loin. Bien cachés, mais proches, en train de les observer. Et il était prêt à parier sa moto qu'ils étaient armés. Il garda une main à la taille, son pistolet à portée. Il jeta un rapide coup d'œil en direction de Spencer qui tenait la même posture, paré à tout.

Diaz fouilla la végétation des yeux, mais il ne vit pas le moindre mouvement.

Ces gens étaient doués.

— Ce terrain est à vous ? demanda Diaz.

La femme secoua la tête.

— On fait du camping.

Diaz acquiesça.

— Alors, c'est ta maman qui est là ? demanda Jessie au petit garçon.

L'enfant tourna la tête vers la femme, qui hocha la tête.

— Euh… oui. C'est ma maman.

Encore un mensonge.

— Ça se passe comment le camping ? demanda Diaz.

— Bien, répondit la femme. Toute notre famille est ici. On s'est installés dans le sous-bois. On aime être tranquilles, seuls. Vos motos sont bruyantes et effraient les poissons.

Le message était clair : « Ne vous approchez pas. »

— Désolés de vous avoir dérangés, dit Spencer. On a trouvé un chemin et on a voulu l'explorer.

— Jolies motos, fit remarquer le garçon. Elles sont à vous ?

— Bien sûr que oui, indiqua Jessie. Tu fais de la moto, toi ?

— Non. On n'a même pas de voiture.

— Bobby.

Un seul mot de cette femme et le petit garçon recula d'un pas.

— Mais si, on a une voiture, dit-elle en posant les mains sur les épaules du garçon. Elle est à mon frère. La nôtre est en réparation, donc on est venus dans son mobil-home. Vous savez, pour le camping.

— Oui, madame, dit Diaz. On va vous laisser retourner à votre jeu, et on va y aller. Désolés de vous avoir dérangés.

La femme hocha la tête et s'éloigna, emmenant le garçon avec elle. Diaz remarqua que ni l'un ni l'autre ne leur tourna le dos en partant, ils marchèrent à reculons, sans quitter Diaz, Jessie et Spencer des yeux tandis qu'ils remontaient sur leurs motos. Ils partirent et ne s'arrêtèrent que lorsqu'ils atteignirent une station essence à une trentaine de kilomètres de là.

— Intéressant, comme rencontre, déclara Spencer. Qu'est-ce que t'en penses ?

— Il doit y avoir un camp de survivalistes, là-bas. Ces gens ont quelque chose à cacher, et ça saute aux yeux qu'ils ne veulent pas qu'on s'en approche.

— Tu as repéré d'autres personnes ? demanda Jessie.

— Non, mais ils étaient tout autour. Cette femme et ce garçon n'étaient pas là tout seuls. Ils étaient des leurres destinés à… nous dissuader d'aller plus loin.

— Et si on avait voulu poursuivre notre chemin ? demanda-t-elle.

— Ils nous auraient arrêtés. Ce n'est pas le genre de groupe auquel on aurait pu se frotter à nous trois.

— Ce qui explique notre retraite, ajouta Spencer.

Diaz acquiesça.

— Il nous suffit de savoir qu'il y a un campement à cet endroit. Je vais prévenir Grange, voir s'il peut obtenir des renseignements par satellite et infrarouge, histoire de savoir ce qu'il y a là, qui et combien ils sont. Peut-être pourra-t-il nous confirmer l'existence de ce camp.

— Et ensuite ? demanda Jessie.

— Alors on saura. Il est peut-être lié à Crush et son gang, mais peut-être pas. Dans tous les cas, nous pourrons surveiller les lieux. C'est un début. Nous pouvons observer les allées et venues de cette zone, voir si Crush y retourne, surtout si on participe à l'initiation.

Jessie pâlit en entendant ces paroles.

— Tout va bien ?

— Oui, assura-t-elle.

Elle mentait. Il faudrait qu'il lui pose la question plus tard.

— OK, retournons en ville pour voir ce qui se passe.

Quelques heures plus tard, ils firent rugir leurs moteurs sur le circuit principal et se mêlèrent aux autres *bikers*. Le gang de Crush était déjà là, la plupart d'entre eux dans un bar de la grande rue. Diaz s'arrêta pour parler à Crush qui sortait du bar au moment où ils passaient devant.

— Salut, vous étiez où aujourd'hui ? demanda Crush.

— C'était une super journée pour une balade, alors on a décidé de délaisser les festivités pour se mettre un peu au vert, déclara Diaz.

— Ah oui ? Vous êtes allés où ?

— Vers le nord. On a roulé près du Beaver Lake.

Crush acquiesça.

— C'est joli par là, belle balade.

— Il s'est passé des choses intéressantes aujourd'hui ?

— Des filles à moitié nues en jambières de cuir, beaucoup, de la bière et de la bouffe, et des cylindres. Comme d'hab', fit Crush en souriant.

Diaz se mit à rire.

— On va faire un feu de camp dans la brousse ce soir, reprit Crush. Vous voulez venir ?

— Pourquoi pas.

Diaz savait que s'ils cachaient un peu leur enthousiasme, Crush s'intéresserait plus à eux. Les chefs de gangs de *bikers* ne voulaient pas trop de suiveurs ; ils respectaient plus ceux qui avaient leur indépendance. Diaz voulait faire en sorte qu'ils soient invités à l'initiation lorsque le rallye serait terminé. C'est seulement là qu'ils pourraient se rapprocher des *Devil's Skulls* et en découvrir les coulisses pour trouver en quoi Crush et son gang étaient impliqués dans le trafic d'armes de cette région, s'ils l'étaient vraiment.

Et, pour y parvenir, il fallait savoir jouer le jeu.

— Tu es bien silencieuse aujourd'hui, Jessie, fit remarquer Crush en regardant par-dessus l'épaule de Diaz.

— Je vous écoute. Et puis je me suis couchée tard hier soir, fit-elle en lançant une œillade à Diaz.

Crush haussa les sourcils puis afficha un grand sourire.

— Je vois, dit-il en hochant la tête en direction de Diaz. T'es un sacré veinard.

Diaz regarda Jessie, puis Crush.

— Je sais.

Dommage que ce ne soit qu'une comédie, que sa « relation » avec Jessie ne soit qu'une couverture pour la mission. Son estomac se noua quand il se souvint de ce que ça lui faisait de la tenir dans ses bras, de la caresser, de l'embrasser. Ça l'avait bien aidé de se concentrer sur la mission aujourd'hui, mais Jessie occupait toujours une petite place dans ses pensées. Ils avaient laissé tant de choses en suspens.

Il lui avait claqué la porte au nez, la veille. Une fois de plus. Pour quelqu'un de fort, il trahissait quelques signes de lâcheté. Mais il fallait qu'il la protège.

De lui.

Ils se promenèrent dans les rues un moment, puis ils se rendirent au bar où s'étaient installés les *Devil's Skulls* jusqu'à ce que le crépuscule étende son ombre sur le circuit principal, dans les dernières lueurs du couchant.

— Je vais rassembler tout le monde, lança Crush avant d'indiquer le chemin du feu de camp à Diaz. On se retrouve là-bas vers 10 heures.

Diaz acquiesça. Spencer partit avec Stéphanie et leur annonça qu'il les retrouverait plus tard. Une fois seuls, Diaz et Jessie enfourchèrent leurs motos et rentrèrent à l'hôtel, surtout parce que Diaz voulait être un peu tranquille pour faire son rapport à Grange et lui faire part de leur découverte de l'après-midi. Ils mangèrent un morceau puis montèrent dans la chambre. Diaz appela Grange immédiatement, lui racontant tout ce qu'ils avaient trouvé.

— Je m'y mets tout de suite et je vous dirai demain matin tous les renseignements que j'aurai pu glaner sur cette zone, assura Grange.

— Super.

— Comment Jessie se débrouille-t-elle ?

— Bien.

— Voilà un rapport qui n'est pas très détaillé.

Étant donné que Jess se tenait juste à côté de lui, dans leur chambre commune, Grange devrait s'en contenter.

— C'est tout ce que je peux dire pour le moment, précisa Diaz.

— Est-elle compétente ?

— Oui.

— Elle ne vous perturbe pas trop ?

— Pas du tout.

— C'est un bon élément, Diaz. Donnez-lui une chance.

— C'est bien ce que je fais, Grange.

— Bien, je reviens vers vous demain matin.

Diaz raccrocha et se tourna vers Jessie.

— Il va établir une connexion satellite sur cette zone, voir ce qu'ils peuvent trouver.

— Parfait.

Jessie se dirigea vers le placard, ouvrant une porte pour poser un regard vide à l'intérieur.

— Jess, qu'est-ce qui ne va pas ? Tu n'as pas décroché un mot depuis que j'ai parlé de l'initiation.

— Non, non, rien. Je vais bien.

— Tu veux qu'on parle d'hier soir ?

Il lui devait des excuses pour l'avoir quittée si brusquement une fois de plus, ou du moins quelques explications.

— Non, je ne veux vraiment pas parler d'hier soir. Je vais me changer avant le feu de camp, indiqua-t-elle en saisissant quelques vêtements.

Elle se faufila dans la salle de bains et ferma la porte.

Quelque chose clochait, et Diaz était bien décidé à découvrir ce que c'était. Peut-être était-ce lié à ce qui s'était passé entre eux la veille, mais il se doutait que c'était plus que ça. Ils n'avaient échangé que quelques phrases dans la journée, principalement sur la mission. Absolument rien de personnel.

Génial. N'était-ce pas ce que voulait Diaz ? Que leurs rapports restent strictement professionnels ? Alors pourquoi était-il si contrarié ?

Tu peux pas avoir le beurre et l'argent du beurre, imbécile.

Après le feu de camp, il la pousserait à lui parler. Il avait besoin de savoir ce qu'elle pensait pour le bon déroulement de la mission.

Ou du moins était-ce qu'il se plaisait à penser.

Chapitre 9

C'était la dernière nuit avant l'initiation, la dernière nuit du rallye moto. Jessie savait que c'était aussi sa dernière chance. *C'est maintenant ou jamais.*

Peut-être que ce ne serait jamais, peut-être qu'elle ferait mieux d'abandonner.

Ah non, alors! Elle n'était pas du genre à baisser les bras, elle ne l'avait jamais été et ce n'était pas maintenant qu'elle allait commencer. Après sa défaite de la veille, il était difficile de rassembler l'enthousiasme nécessaire pour s'attaquer à Diaz une nouvelle fois.

Combien de fois devrait-elle se jeter à son cou, se faire jeter et réessayer avant de comprendre qu'il ne voulait pas d'elle?

Elle se déshabilla face au miroir, pensant à la veille, se souvenant de l'expression du visage du jeune homme quand il l'avait caressée, quand il avait posé sa bouche sur elle.

Bon, ce n'était pas tout à fait vrai. Il avait envie d'elle. C'était clairement apparu la veille. Il n'avait pas mis un terme à leur petit jeu. Ils avaient tous deux eu des orgasmes incroyables. Elle sentit son sexe se contracter au souvenir de la façon dont il l'avait menée à l'extase. Elle ferma les yeux, prit ses seins entre ses mains et passa les pouces sur ses tétons durcis et douloureux, regrettant que Diaz ne soit pas là, derrière elle, en train de lui caresser la poitrine de ses doigts, observant sa réaction dans le miroir. Elle visualisait très bien le corps massif de Diaz derrière elle, son érection ferme et chaude qui se frotterait contre ses hanches tandis qu'il se pencherait pour saisir ses tétons et les pincer, la contraignant à regarder ce spectacle jusqu'à ce qu'elle ne tienne plus. Puis il passerait une main sur son ventre, jouerait avec le piercing de son nombril, mais seulement quelques secondes, parce qu'il ne pourrait pas résister à l'envie de descendre plus bas, comme elle était précisément en train de le faire, glissant sa main dans sa culotte.

Elle fut accueillie par une moiteur généreuse, exprimant toute son excitation dans la chaleur et l'humidité. Elle posa sa paume sur son sexe, frémit à cette sensation tandis qu'elle commençait à jouer avec son clitoris, puis alla plus bas, enfonçant deux doigts dans sa fente. Elle haleta quand elle sentit ses parois se contracter autour de cette pénétration, incapable de réprimer un gémissement alors qu'elle entamait un mouvement de va-et-vient, s'imaginant les doigts virils de Diaz à la place des siens.

Ici, dans la salle de bains, face au miroir où elle pouvait tout voir, elle imaginait les doigts du jeune homme disparaître en elle, la pénétrant d'une main et massant son clitoris de l'autre.

Elle ne tiendrait pas longtemps, ayant besoin d'atteindre cet orgasme qui libérerait toutes les tensions qu'elle avait cumulées dans la journée.

— Allez, murmura-t-elle en mouvant son pelvis contre sa main, sentant une douce contraction annoncer l'arrivée de l'orgasme. Oh oui, fais-moi jouir.

Elle se sentit perdre pied quand elle atteignit l'orgasme, glissant ses doigts en profondeur, imaginant les paroles sensuelles que Diaz lui chuchoterait pendant qu'elle chevauchait cet orgasme fougueux. Elle gémit sous l'effet de la libération qu'elle ressentait, en savourant chaque instant, se disant qu'elle aurait aimé qu'il soit là.

Exténuée, en nage, elle ouvrit les yeux, observa la langueur qu'elle décelait dans son reflet, puis frissonna, posant les mains sur le lavabo.

Bon sang! Elle en voulait plus de lui. Tellement plus. Pourquoi ne voyait-il pas que des rapports sexuels ne changeraient rien entre eux?

Elle avait besoin de lui, besoin qu'il lui fasse l'amour, pour mille et une raisons qu'elle ne pouvait pas forcément toutes expliquer. Il allait pourtant falloir qu'elle lui en parle, qu'elle lui avoue une de ces raisons. Et elle devait le faire ce soir.

Jessie avait vraiment besoin d'avoir une vie sexuelle digne de ce nom. Du genre qui ne la contraigne pas à tout faire elle-même.

Après s'être rafraîchie, elle s'habilla, se coiffa, se maquilla et prit une pastille de menthe en prévision de la nuit à venir. Elle avait beaucoup à faire. Quand elle ouvrit la porte, elle fut surprise de trouver Diaz adossé au mur juste à côté de la salle de bains, les bras croisés.

Il la faisait saliver. Il avait mis ses jambières de cuir et un tee-shirt noir à manches longues qui lui moulait le torse. Elle laissa échapper un halètement.

— Tu t'es bien amusée là-dedans ?

Feignant la nonchalance, elle haussa les épaules et passa à côté de lui comme si de rien n'était.

— Pas autant que si tu avais été là avec moi.

Il l'avait clairement entendue, il savait ce qu'elle avait fait. *Tant mieux*. Elle espérait que ça le travaillerait un peu, qu'il visualiserait tout ça. Elle saisit son sac, ses clés et se retourna. Ses tétons se durcirent en voyant la façon dont il la regardait, son regard sombre et pénétrant. Jessie décida de le regarder droit dans les yeux, sachant qu'il était en train de bander. Elle sentit sa culotte devenir moite.

— Prêt ? lança-t-elle.

Diaz se figea quelques secondes, puis il hocha la tête.

— Oui, allons-y.

Ils s'éloignèrent de la ville en direction de l'est, suivant les indications de Crush et les panneaux de signalisation jusqu'à arriver à un sentier sur la gauche où ils aperçurent un casque des *Devil's Skulls* au sommet d'un poteau. C'était le signal indiquant de s'enfoncer dans la forêt. Ils durent ralentir sur la route de gravier qu'ils suivirent pendant plusieurs kilomètres pour arriver à une clairière, où ils découvrirent une grande ferme à deux étages au beau milieu d'un vaste terrain. Dans le grand pré, tout le monde était rassemblé près de bottes de foin et ce qui ressemblait à un tas de bois de trois mètres de haut.

Les *Skulls* étaient tous présents, bruyants, animés, donnant l'impression de passer du bon temps. Le feu était déjà bien actif, et, d'après les odeurs, de la viande était en train de cuire. Ils se garèrent et se dirigèrent vers le groupe, jusqu'à ce qu'ils trouvent Crush, Rex et quelques autres. Crush tendit la main vers une glacière pour leur faire passer quelques bières.

— Profitez bien de la fête, dit-il. Demain, c'est l'initiation, vous savez.

— On sait, fit Diaz.

Jessie se rendit compte que Diaz ne voulait pas lui demander s'ils allaient être invités. Ça leur donnerait un air un peu trop… désespéré. Mais, d'après le sourire mystérieux qu'affichait Crush, Jessie avait le pressentiment que leurs chances étaient bonnes.

Ce qui impliquait un lot de soucis spécifiques, sur lesquels elle refusait de s'attarder jusqu'au moment venu.

Jessie était contente d'avoir mis sa veste en cuir. La nuit était fraîche. Mais heureusement qu'il n'y avait pas de vent, car dans cette clairière dépouillée elle aurait gelé sur place. Elle se rapprocha de Diaz pour conjurer ce froid tandis qu'ils parlaient aux autres. Il avait dû remarquer qu'elle frissonnait, car il passa un bras autour de ses épaules et l'attira contre lui, dans la chaleur de son corps. Peut-être faisait-il cela pour la mission, pour ancrer l'image de leur couple. Elle n'allait pas se poser trop de questions sur ses raisons. Elle se sentait bien quand il la prenait dans ses bras, à la fois pour le confort et les émotions que ça lui procurait. Jessie avait besoin de son soutien.

Spencer et Stéphanie arrivèrent et ils s'installèrent tous sur les bottes de foin. Quelques-uns avaient des guitares et s'étaient mis à jouer. La nuit était claire, un million d'étoiles scintillaient au-dessus d'eux. Jessie posa la tête sur l'épaule de Diaz, heureuse d'écouter la musique et sa voix grave résonner tout près tandis qu'il parlait avec Crush et Spencer de motos et des virées qu'ils avaient faites au fil des ans.

— Et toi ? lança Stéphanie. Ça fait combien de temps que tu fais de la moto ?

Jessie esquissa un sourire.

— Depuis mes seize ans, et ce sont... mes frères qui m'ont appris.

Stéphanie acquiesça, faisant danser ses boucles rousses sur ses épaules.

— J'ai eu un petit ami qui adorait les motos. J'en ai fait pendant quelques années, mais, en réalité, je détestais être assise derrière lui. Je voulais avoir ma propre bécane. Quand on s'est séparés, je me suis mise à fréquenter des *bikers*, et Crush m'a repérée. J'ai fini par trouver quelqu'un qui m'a dégoté une moto et, depuis, je roule constamment.

— La moto devient une obsession, hein ?

— Oui, sûrement. Ou peut-être que ce sont les hommes qui les montent, et qui nous montent, dit-elle avec un petit rire, faisant glisser ses ongles peints en rouge sur le blouson de cuir de Spencer.

Spencer adressa un sourire entendu à Stéphanie, laquelle battit des cils à son intention. Jessie leva les yeux au ciel. Cette femme ne faisait vraiment pas dans la dentelle !

Spencer n'avait pas l'air de s'en soucier. Stéphanie posa la tête contre lui et serra ses seins contre le bras du jeune homme. Il fit un clin d'œil à Jessie qui secoua la tête et réprima un éclat de rire.

— Alors comment tu gères le fait d'avoir plusieurs… euh… petits copains du même gang ? demanda Jessie.

Stéphanie se redressa et se tourna vers Jessie.

— Oh, les garçons partagent volontiers. Des fois ça marche, et des fois non, tu vois ? Prends Rex, par exemple. Avec lui, je me suis bien amusée, mais ensuite ça n'a plus été drôle du tout. Il était toujours tellement occupé à faire de la moto, surtout la nuit, toujours dehors, je ne sais où. Il aime bien avoir du temps en solo, mais ça ne me convenait pas. Moi, il me faut un bel étalon qui me chauffe mon lit, si tu vois ce que je veux dire. Alors on a arrêté là. Sans rancune, pas vrai, Rex ?

Rex, qui était assis non loin, haussa les épaules.

Jessie étouffa un rire.

— Je vois. Bon, on dirait que ça fonctionne bien pour toi, alors !

— Je suis une femme libre, répondit Stéphanie en haussant les épaules. Tu peux demander aux autres gars de la bande.

Elle était donc une traînée. Jessie espérait sincèrement que Spencer utilisait des préservatifs avec elle parce que… beurk !

Crush avait allumé le feu de joie depuis un petit moment déjà, et il réchauffait bien les environs. Les flammes brûlaient haut dans les airs, et il y avait plein de bois pour qu'il puisse durer toute la nuit. Jessie était heureuse de contempler les formes orange et jaune s'élever vers le ciel. La guitare était encore assez forte, la bière coulait à flots, et il y en avait même qui dansaient, certains assez collé-serré, d'autres un peu plus burlesques. D'autres couples s'enlaçaient sous des couvertures ou sur des bottes de foin, en train de se caresser ou simplement de dormir.

Jessie s'occupa en regardant ceux qui s'amusaient sous ces couvertures. Elle entendait des gémissements, des soupirs, et percevait toutes sortes de mouvements sous la laine. Elle repéra même quelques pantalons de cuir baissés sur des genoux. Il y avait vraiment du sexe. Elle sentit son corps s'échauffer, et ce n'était pas sous l'effet du feu de camp. Elle ne pouvait s'empêcher de regarder cette sensualité brute, décomplexée, avec ces couples qui s'adonnaient à leur plaisir aux yeux de tous.

— Voyeuse, lui murmura Diaz à l'oreille, la serrant plus près de lui.

Elle lui sourit sans répondre. Au lieu de cela, elle observa le derrière d'un homme en train de se soulever et s'abaisser, puis elle vit l'air totalement extasié de sa compagne. Ils dansaient dans le sexe de façon aussi belle que les flammes au clair de lune. C'était un moment parfait. Elle adorerait vivre cette liberté, se trouver à demi nue sous les couvertures avec Diaz, faire l'amour avec lui sans se soucier du monde qui les entourait.

Elle soupira et frémit en ressentant ce désir soudain. Diaz passa le bras autour d'elle, et elle ferma les yeux, luttant contre les larmes qui se formaient.

— Qu'est-ce qui ne va pas, mon cœur ?

Ils étaient seuls à présent. Spencer et Stéphanie étaient partis s'isoler dans un coin sombre. Crush et Rex avaient disparu. Ils n'étaient plus que tous les deux sur la botte de foin.

Elle se tourna légèrement pour voir le visage de Diaz. Les flammes du feu se reflétaient dans ses yeux sombres, ce qui lui donnait un air de tentateur.

— J'ai besoin de toi, murmura-t-elle.

Elle passa la main sur sa joue, savourant la sensation de sa barbe naissante contre sa paume. Cela lui donna la chair de poule.

Il écarta la main de Jessie, embrassa sa paume puis l'attira sur ses genoux.

— Je suis là.

— J'en veux plus.

— Je sais.

Il passa le bras dans le dos de la jeune femme, la collant contre son corps, puis effleura sa mâchoire avant d'y poser les mains. Elle se trouvait à quelques centimètres de lui et refusait de faire le premier pas. Elle voulait le voir prendre ce qu'il voulait.

Diaz s'exécuta, saisissant sa nuque et l'encourageant à combler les quelques centimètres qui les séparaient. Quand ses lèvres entrèrent en contact avec les siennes, elle s'embrasa comme les premières flammes du feu de camp, dans une explosion de chaleur qui la fit fondre instantanément. Ensuite, il décida d'aller plus loin, avec sa langue qui la rendait folle de ses douces caresses veloutées.

Jessie était perdue dans ses sensations, dans Diaz, mais elle avait encore conscience des gens qui les entouraient, qui les regardaient peut-être, tout comme elle venait de le faire avec d'autres couples. Elle s'en fichait. Elle s'écarta, se redressa, puis enroula ses jambes autour de lui, et elle s'agrippa à ses épaules pour lui faire face. Le sexe de Diaz était dur et chaud contre sa cuisse. Jessie en frémit. Elle était si proche, et si loin en même temps.

— Tu sais ce qui se passe pendant les initiations des gangs comme celui des *Devil's Skulls* ?

— Oui, répondit-il.

Elle désigna d'un signe de tête un couple qui s'ébattait sous les couvertures non loin.

— Je ne veux pas que ma première fois se passe en public, Diaz. S'il te plaît, aide-moi.

Il regarda par-dessus son épaule, observant les autres pendant quelques minutes, puis se tourna vers Jessie.

— Merde. Je n'y avais pas pensé.

Elle si. Des tas de fois depuis qu'ils avaient commencé cette mission. C'était sûrement une broutille, mais c'était important pour elle.

— J'ai passé des tas d'années à m'imaginer ma première fois, à quoi ça ressemblerait. Je ne m'attends pas à un truc à la bougie, quelque chose de romantique, ou d'autres délires de fille, mais ce qui est sûr, c'est que je n'ai pas envie d'avoir un public.

— On va te faire rentrer, Jess. Tu n'as pas à subir ça.

— Tu es sérieux ? fit-elle en écarquillant les yeux.

— Carrément. Aucune mission ne mérite que tu sacrifies ta virginité.

— Tu ne comprends pas, dit-elle en secouant la tête.

— Qu'est-ce que je ne comprends pas ?

— Ce n'est pas seulement une question de boulot. Enfin, c'en est une et pas tout à fait.

— Alors explique-moi.

— C'est comme un obstacle, toute cette histoire de virginité. Comme un bloc de ciment que je me traîne, toujours là. Oui, cette mission aurait besoin de quelqu'un qui a plus d'expérience que moi. Mais je peux faire ce boulot, Diaz. Et puis, ça va plus loin que ça. Plus que cette simple mission et ce que ça implique.

Elle posa ses mains sur son torse, sentit son cœur battre la chamade.

— J'ai envie de toi. J'ai envie de ça. Ça a toujours été le cas. Je ne veux que personne d'autre que toi me fasse l'amour. Et cela n'a rien à voir avec nos métiers ou cette mission.

Il tourna le regard vers le couple qui gémissait sous les couvertures, puis lui fit face, une expression indéchiffrable sur le visage.

— Il faut qu'on y aille.

Elle poussa un soupir, puis descendit de ses genoux, refusant de prononcer le moindre mot durant leur trajet de retour vers l'hôtel. À quoi cela pouvait-il bien servir ? Elle lui demanderait, et, une fois de plus, il lui claquerait la porte au nez. Elle se trouvait à court d'options. Jessie sentait une lourde charge lui peser sur la poitrine. Elle refusait de pleurer. Ce serait puéril. Il allait falloir qu'elle accepte l'inévitable, et cela en faisait partie. Elle ne pouvait pas forcer Diaz à compromettre ses principes.

Diaz ouvrit la porte de leur chambre et la lui tint le temps qu'elle y entre. À peine fut-elle entrée qu'il l'empoigna, referma la porte d'un coup de pied et la plaqua contre le battant, s'emparant de sa bouche dans un baiser qui lui coupa le souffle. *Waouh !* Ne s'attendant pas à un tel assaut, elle posa une main sur son torse, puis ses biceps, comme si elle s'agrippait à la vie tandis qu'il la serrait contre lui de toutes ses forces, son corps s'emboîtant au sien de façon si parfaite, son sexe déjà dur et insistant contre celui de la jeune femme. Elle sentit tous ses sens partir en vrille quand il retira son blouson de cuir, puis celui de Jessie, sans jamais cesser de l'embrasser, sa langue se faufilant pour ravir sa bouche tout entière. Elle n'avait aucune idée de ce qui pouvait lui arriver, mais elle n'allait sûrement pas interrompre cet instant magique pour lui poser la question. Pas alors qu'il faisait glisser ses mains sur sa taille et commençait à soulever son tee-shirt, ses doigts chauds explorant sa poitrine. Il posa une main juste en dessous de ses seins. Le cœur de Jessie battait à tout rompre contre sa paume. Elle arracha ses lèvres des siennes, haletante, tâchant de retrouver son souffle. Ce faisant, elle inspira son odeur. Des senteurs de grands espaces, de sueur, d'homme… de Diaz. Elle sentit ses genoux faiblir. Tout cela était tellement fort, tellement incroyable. Est-ce qu'elle n'était pas en train de rêver ? Il fallait qu'elle sache, qu'elle soit sûre cette fois…

— Diaz, qu'est-ce que tu… ?

— Chuuut, souffla-t-il à son oreille. Laisse-moi faire.

Oh, bon sang ! Elle était prête à le laisser faire tout ce qu'il voulait. Elle sentit son clitoris vibrer, son sexe frémir, sa poitrine se gonfler contre son soutien-gorge, dans l'attente des caresses de Diaz. Il était si près. Il pressa son front contre le sien, le souffle court et rauque, tout comme le sien. Il passa un bras autour de sa taille et la souleva, la porta dans la chambre pour la déposer sur le lit. Il s'écarta, se pencha pour lui retirer ses bottes et ses chaussettes, puis il se releva pour s'attaquer à son pantalon. Elle voulait lui demander, mais n'osait rien dire, de peur qu'il ne change d'avis. Si en réalité il comptait bien lui…

Il défit le bouton et ouvrit la braguette du jean de la jeune femme, puis commença à tirer dessus. Elle se souleva, l'aida, l'observa, cet air de concentration intense sur son visage, comme s'il s'agissait de la tâche la plus importante de toute sa vie. Une fois son jean retiré, il s'agenouilla au-dessus d'elle, rampant le long de son corps. Il était encore tout habillé, et elle à moitié nue – pourquoi est-ce que ça se passait toujours comme ça ? Elle tendit les mains vers lui pour lui retirer son tee-shirt, et il marqua alors une pause pour le faire passer par-dessus sa tête et le jeter par terre avant de s'attaquer au tee-shirt de la jeune femme. Il souleva le tissu jusqu'à ses côtes et y déposa un baiser. Elle ferma les yeux et laissa échapper un gémissement, adorant sentir la bouche de Diaz se poser sur tout son corps. Quand il s'écarta, son regard était sombre, vitreux, empli de désir. Il saisit le col de son tee-shirt et le fit passer par-dessus sa tête. Il défit ensuite son soutien-gorge, l'ouvrant et le retirant, jetant les vêtements de façon aléatoire dans la pièce, à mesure qu'il progressait. À chaque nouvelle révélation, il capturait la chair de la jeune femme entre ses lèvres. Ses tétons étaient durcis, attendant les caresses de sa bouche. Il ne la déçut pas, se penchant et faisant glisser sa langue sur eux. Elle gémit à ce contact exquis, émit un petit cri quand il saisit un téton entre ses dents, le maintenant bien en place pendant qu'il lui administrait de savants coups de langue, au point qu'elle n'eut plus les idées claires. Puis il fit de même pour l'autre, tout en malaxant sa poitrine entre ses mains. C'était une véritable torture de sentir ses doigts et sa bouche sur elle de cette façon. La pression, sa langue, ses caresses, tout cela était un véritable paradis sur terre. Elle souleva les fesses du lit, tentant de frotter son sexe contre sa verge durcie. Peut-être avait-elle l'air désespérée, mais elle s'en contrefichait. Elle savait ce qu'elle voulait, et ce soir il allait le lui accorder. Mais Diaz la repoussa sur le matelas, maintenant ses hanches, poursuivant la torture lente et totale de ses tétons de sa bouche magique.

— Je t'en prie, cria-t-elle, incapable de supporter cela plus longtemps.

Elle était surexcitée, bon sang. Elle n'avait pas besoin de plus de préliminaires. Il se leva, s'assit sur ses talons, l'examina. Les traits du visage de Diaz étaient durcis et incroyablement sexy. Comment pouvait-il être si attirant alors qu'il ne souriait même pas ?

— Qu'est-ce que tu veux, mon cœur ?

— Je veux que tu me baises.

Il passa la main entre ses seins, descendit sur ses côtes, et la laissa reposer au-dessus de sa culotte.

— Détends-toi, Jess. Je vais te baiser ce soir, et rien ne pourra m'en empêcher.

Elle haleta en entendant les intonations sensuelles de sa voix, la façon autoritaire dont il prenait les choses en main. Diaz était un homme avec un seul objectif en tête. Et maintenant c'était *elle* son objectif. Détachant les yeux du visage de Jessie, il tendit la main vers sa culotte et l'abaissa sur ses hanches, la fit descendre le long de ses jambes, puis la jeta au sol, avec le reste de leurs vêtements. Toujours à genoux, Diaz défit son pantalon, baissa sa braguette, révélant le sombre duvet qui menait à son sexe. Quand il lâcha son jean par terre, elle vit son gland, gonflé et tendu tout contre son ventre. Elle s'humecta les lèvres, déglutit, l'observa tandis qu'il se relevait du lit pour retirer ses bottes et son pantalon, jusqu'à être nu à son tour. Sa verge pointait, épaisse, dirigée vers elle. Tout à elle. Rien qu'à cette idée, elle avait la tête qui tournait. Elle avait presque peur de bouger, de parler, de faire quoi que ce soit qui pourrait le faire s'arrêter, changer d'avis. Surtout qu'il semblait tellement content de prendre les choses en main, de caresser tout son corps. Elle aimait vraiment beaucoup la façon dont il la touchait, caressant presque avec révérence chaque centimètre carré de sa peau.

— Douce…, murmura-t-il alors qu'il passait les mains sur ses cuisses, écartant ses jambes, décrivant des cercles sur sa peau du bout de son pouce.

Il s'approcha du sexe de la jeune femme, la caressant, la taquinant en s'approchant puis en s'éloignant. Elle sentit tous ses sens s'embraser, attendant qu'il la caresse à cet endroit, son clitoris gonflé et vibrant de désir. Et cette façon qu'il avait de la regarder… La mâchoire serrée, la dévorant du regard, comme s'il allait la croquer. Elle y lisait la faim qu'il éprouvait, et qui reflétait ce qu'elle ressentait elle-même. Elle frissonna, poussa un soupir rauque, se releva pour s'approcher de lui, ressentant le besoin de retrouver le contact avec sa bouche. Il vint à sa rencontre, effleurant ses lèvres des siennes dans un baiser d'une tendresse insoutenable qui fut bien trop bref, mais annonça des promesses passionnées. Il la repoussa contre le lit, l'y maintint en posant une main sur son ventre, puis il s'étendit entre ses cuisses, saisissant ses fesses dans ses mains pour amener son sexe à sa bouche. C'était visuellement très érotique, sa bouche étonnamment près de son sexe. Il lui lança un regard avant de plonger, de lécher de part et d'autre, la chaleur de sa langue mettant tous ses sens dans un état d'excitation intenable. Diaz couvrit son sexe de sa bouche, sa langue semblable à du velours le long de son clitoris, puis s'enfonçant dans sa fente pour en lécher les pourtours. Sa langue était partout à la fois, léchant vers le haut pour stimuler son clitoris, taquiner le piercing, et revenant ensuite sur ses lèvres. Elle sentait absolument tout, y compris ses doigts quand il en mit un, puis deux en elle, entamant un va-et-vient lent et sensuel semblable à celui qu'elle s'était accordé plus tôt dans la journée. C'était tellement meilleur. Il avait des doigts plus grands, plus chauds, qui l'emplissaient plus, la comblaient presque, lui donnant envie de sentir son sexe en elle. Il gémit contre son clitoris, lui administra des caresses incessantes jusqu'à ce qu'elle se soulève du lit, frappée par un orgasme dévastateur. Son sexe se contracta autour des doigts de Diaz tandis qu'elle montait dans une extase hors de contrôle, tremblant de plus en plus à mesure que les vagues de sa jouissance la submergeaient encore et encore. Il s'agrippa à elle, continuant ses mouvements, puis ralentissant avant de se retirer. Il remonta le long de son corps, marqua une pause pour lécher ses doigts avant de les approcher de la bouche de Jessie.

— Goûte.

Elle suça ses doigts et vit le regard de Diaz s'assombrir. Il remplaça ses doigts par sa bouche affamée, la ravissant de baisers fougueux qui la laissèrent le souffle court. Il se releva du lit, prit le paquet en aluminium qui se trouvait dans la poche de son jean et le déchira. Diaz enfila le préservatif et écarta les jambes de Jessie. Il se rallongea sur elle, plongeant la main dans ses cheveux pour lui tourner la tête sur le côté. Avait-il la moindre idée de la façon dont cela pouvait l'exciter de sentir sa poigne dans ses cheveux, ce besoin primal qu'il avait de la posséder ? Elle ne parvenait même pas à se l'expliquer, cela l'excitait à un point qui la rendait incapable de toute pensée cohérente. Il lécha longuement et lentement son cou tout en glissant sa main entre leurs corps pour saisir le sexe de la jeune femme, compressant son clitoris par intermittence jusqu'à ce qu'il voie l'étincelle dans ses yeux. Elle frémit à la sensualité enivrante de chacun de ses mouvements, moitié homme primitif, moitié amant sensible. Elle ne savait jamais à quoi s'attendre avec Diaz, que ce soit au lit ou en dehors. Peut-être était-ce ce qu'elle trouvait de si attirant chez lui.

— Dis-moi que tu es sûre, murmura-t-il contre son oreille. Tu es prête pour ça ?

— Oui.

Elle évita d'ajouter « s'il te plaît », mais elle se sentait prête à le dire s'il ne s'y mettait pas, et vite. Il déplaça ses mains, les positionnant sous ses fesses pour la surélever.

— Regarde-moi, Jessie.

Il relâcha sa prise dans ses cheveux pour qu'elle puisse tourner la tête et le regarder dans les yeux. Un regard si brut et intense.

— Rien que toi et moi, Jess. C'est rien que pour nous, sans autre raison, tu comprends ?

Chapitre 10

Il ne faisait pas cela pour la mission. Il la voulait, elle. Jessie n'y voyait plus clair dans le flot de larmes qui lui montait aux yeux. Elle lui passa les doigts dans les cheveux et hocha la tête.

— Oui, rien que pour nous.

Elle sentit l'extrémité brûlante de son gland tout contre ses lèvres, puis le sentit glisser doucement, lentement tandis qu'il entamait son va-et-vient. Il était tellement plus gros que tous les vibromasseurs qu'elle avait pu utiliser. Il prit son temps, la pénétrant tout en douceur, la laissant s'habituer à ses dimensions. Puis il donna un coup de reins et entra entièrement en elle, et son sexe se referma sur lui. C'était la contraction la plus intense qu'elle avait jamais ressentie, là, contre sa verge qui gonflait en elle alors qu'il commençait à bouger, se retirant et revenant lentement dans un premier temps. Mais comme elle soulevait ses hanches pour accompagner chacun de ses coups de reins, il s'engouffra encore plus loin, ses doigts s'enfonçant dans la chair de ses fesses. Elle n'avait jamais rien ressenti de tel. Il était chaud, c'était de la vraie chair et pas un objet ou une machine conçue pour simuler le plaisir. Il bougeait, se dilatait en elle, devenant de plus en plus gros à chaque caresse. Il la tenait si tendrement, un bras sous elle pour qu'absolument rien ne sépare leurs corps. Il caressa son cou, ses seins, sans jamais arrêter ses mouvements en elle. Il maîtrisait le corps de Jessie à chaque mouvement, se retirant à moitié pour s'enfoncer ensuite plus avant de sorte qu'elle le sentait au plus profond d'elle, il allait plus loin que tout ce qu'elle avait pu connaître avant. Il disparaissait en elle, effleurait ses lèvres des siennes, puis les pressait plus pesamment, mêlant sa langue à la sienne, les deux se fondant dans le même mouvement, dans un baiser intense et envoûtant. Mais ce qui l'excitait le plus, ce qui était tellement spécial dans toute cette expérience, c'était le contact visuel, l'intimité de son regard. Elle n'aurait pas pensé que le sexe ressemblerait à ça, qu'un homme tel que Diaz pourrait la toucher aussi loin dans son âme rien qu'en la regardant tout en se mouvant en elle. Cela allait bien plus loin qu'une union physique. Elle le sentait dans son cœur qui était en train de fondre. Elle n'était pas prête pour cela, et des larmes roulèrent sur ses joues. Diaz se figea.

— Je te fais mal ?

Elle prit sa tête entre ses mains.

— Oh non, c'est parfait. Un peu trop parfait même. Ne t'arrête surtout pas.

Elle ne pourrait pas supporter qu'il s'arrête. Diaz la dévisagea un long moment, et elle eut peur qu'il n'y mette fin, qu'il abandonne avant la fin de cet instant magique. Il passa la main sur son visage, se pencha pour effleurer ses lèvres des siennes. Puis il reprit son mouvement, son pelvis massant son clitoris, et elle approcha de l'orgasme, se resserrant autour de lui.

Il serra la mâchoire, se retenant pour elle, attendant qu'elle atteigne son apothéose. Jessie s'agrippa à ses bras, enroula ses jambes autour de lui et se souleva, voulant le sentir encore plus loin en elle, aussi loin que possible. Elle vibrait autour de lui, frémissait, et quand il s'enfonça encore une fois en elle, elle sentit des éclats d'orgasme la toucher de toute part, dans tout son corps, de la pointe des pieds au sommet du crâne.

— Diaz !

Une part d'elle-même se rendit compte qu'elle était en train d'enfoncer ses ongles dans la chair des bras du jeune homme, mais elle ne pouvait s'en empêcher. C'était impérieux, incontrôlable, il fallait qu'elle ait cet homme en elle pendant qu'elle jouissait, qu'elle le sente se tendre lui aussi, la mener jusqu'à cette extase, puis pousser un puissant grognement alors qu'il arriverait au septième ciel à son tour, la faisant vibrer de ses mouvements presque aussi fort que son propre orgasme l'avait fait. Il s'empara de sa bouche, l'embrassa fougueusement, la maintint serrée contre lui et continua son va-et-vient jusqu'à ce que les spasmes cessent. Et même là, il ne la relâcha pas. Jessie caressa ses cheveux moites, son dos, se plaisant à sentir son odeur tout autour d'elle. Alors c'était comme ça que ça se passait. Elle avait raté tant de choses à se retenir pendant si longtemps, et pourtant elle n'éprouvait aucun regret, elle n'aurait jamais voulu vivre cette expérience avec personne d'autre que Diaz. Bien sûr, il l'avait surprise. Elle ne savait vraiment pas à quoi s'attendre, mais Diaz avait grandi dans la rue. Elle s'était imaginé qu'il serait peut-être… rude, sans égards une fois au lit. Qu'il serait dur avec elle. Mais pas du tout. Au lieu de cela, il s'était montré doux, aimant, prenant son temps, attentionné, ne pensant pas seulement à lui, et faisant tout pour elle. Il avait rendu cet instant parfait pour elle, il l'avait chérie pendant tout l'acte. Elle avait bien besoin de la maturité de son âge actuel pour comprendre l'importance que tout cela revêtait, que le sexe allait bien plus loin que le divertissement et le plaisir physique. Bien sûr, elle était aidée du fait qu'elle avait été à moitié amoureuse de Diaz ces dernières années, mais il valait mieux qu'elle pense à autre chose. Ce n'était pas le moment, pas maintenant que tout cela était si neuf, si magique, si parfait. Il roula à côté d'elle, disparut dans la salle de bains l'espace de quelques secondes, puis revint, la rapprochant de lui pour qu'ils puissent se faire face en étant étendus côte à côte.

— Ça va ? demanda-t-il.

Elle sourit et acquiesça. Si elle avait pu, elle se serait même mise à ronronner de plaisir, ce serait plus fort qu'elle.

— Tu ressembles à un chat qui vient de manger un oiseau tout entier.

— C'est un peu l'idée, fit-elle en riant.

— Tu es belle quand tu jouis.

Elle rougit, puis frémit en se souvenant des sensations qu'elle avait éprouvées en jouissant sous lui.

— Merci d'avoir fait ça pour moi.

— Ce n'était pas seulement pour toi.

Il l'embrassa, et elle sentit son estomac se nouer. Jessie ne se lasserait jamais de sentir ses lèvres sur les siennes. Elle passa un doigt sur sa lèvre inférieure. Si douce – c'était peut-être la seule partie de son corps qui n'était pas dure comme de l'acier.

— Je te remercie quand même. Je ne voulais pas que ma première expérience avec un homme se passe devant un groupe.

— Tu veux parler de l'initiation.

— Oui.

— Tu sais que tu n'es toujours pas obligée de le faire, Jess. C'est bien au-delà de ce qu'on demande aux *Riders* en mission. Je peux te renvoyer au QG.

— Pourquoi ? Toi, tu auras à le faire. Je suis presque sûre que le sexe en public fait partie de l'initiation pour tout le monde, les hommes et les femmes.

Il esquissa un sourire.

— Moi, je l'ai déjà fait. Plein de fois.

Elle n'avait pas envie de penser à toutes ces « fois », avec qui, qui il avait caressé et à qui il avait déjà fait l'amour. Cela lui nouait l'estomac de façon très désagréable. Bien sûr qu'il avait un passé. Cet homme était magnifique, et c'était un amant hors pair. Il avait sûrement une liste d'attente, et Jessie n'avait aucun droit sur lui. Mais il était là avec elle, à cet instant, tant que cela durerait. Elle devait s'en contenter.

— Je voulais faire cette mission, Diaz. En m'engageant, je savais qu'il faudrait infiltrer le gang de Crush, et j'étais consciente de tout ce que ça impliquait.

Il lui caressa la hanche.

— Tu sais vraiment ce que ça implique, Jess ? As-tu conscience que les initiations de *bikers* sont loin d'être une partie de plaisir ? Des bastons, du sexe en public ? Bon sang, parfois il y a même des orgies.

Jessie savait exactement ce qui allait se passer. Elle connaissait aussi ses limites. Même un chef de gang devrait comprendre cela.

— Je ne baiserai personne d'autre que toi. Le reste, je peux gérer.

Diaz était bluffé par la déclaration de Jessie. Il aimait assez l'idée qu'elle ne veuille que lui. Il aimait un peu trop. Parce qu'une autre chose était sûre : il n'avait pas l'intention de la partager avec un autre non plus. Pas pour l'initiation du gang. L'idée de la regarder faire l'amour avec un autre homme lui chauffait les sangs, même s'il n'avait aucun droit de la considérer comme sienne. Il n'avait rien à lui offrir. Et elle ne le connaissait vraiment pas assez pour lui offrir tout ce qu'elle lui avait offert ce soir, et tout ce qu'elle continuait à lui donner. Il lui avait tourné le dos un nombre incalculable de fois, lui avait fait du mal, comme d'habitude. Et pourtant elle en redemandait toujours. Tout ce qu'il faisait, c'était prendre, et il savait très bien qu'il ne devrait pas. Il n'existait aucun avenir pour eux. Il avait décidé de ne jamais avoir de relation sérieuse avec une femme, rien de durable, rien qui pousse à l'engagement. Pas alors qu'il connaissait très bien ses origines. Le sang qui coulait dans ses veines. *Merde.* C'était pas complètement tordu, tout ça ? Il ne pouvait pas l'avoir, mais il ne voulait pas la voir avec un autre. Bon sang, qu'est-ce qu'il allait faire de tous ces... sentiments ? Il savait qu'il n'aurait jamais dû la toucher.

— Tu es bien silencieux, tout à coup, fit-elle remarquer en passant le bout des doigts sur sa lèvre inférieure.

— Je pensais à la mission.

— Tu as une fille nue à côté de toi et tu penses au boulot ? lança-t-elle en fronçant les sourcils, mais avec un sourire au coin des lèvres.

— Si ça peut t'aider, tu fais partie de ces pensées.

— Ça aide… un peu. Mais quand même, tu ne devrais pas plutôt être concentré sur le sexe… avec moi, là ?

— C'est précisément cette partie de mes pensées que tu occupes.

— Je vois. Alors, maintenant, le sexe avec moi fait partie du boulot ?

Diaz éclata de rire et tira doucement sur une mèche de cheveux de Jessie.

— Mais bien sûr que c'est du boulot. Il faut bien que je me démène pour toi, pas vrai ?

— Tout ce que tu as à faire, c'est me regarder et je suis contente.

Bon Dieu ! Parfois les choses étaient tellement simples avec Jessie. Et en même temps tellement compliquées.

— Tu ferais mieux de dormir un peu.

— J'ai pas envie de dormir.

Elle posa ses mains sur son torse et commença à les faire descendre sur son ventre, le poussant pour qu'il s'étende sur le dos. Il se laissa faire. Jessie grimpa sur lui, s'installant à califourchon. Il sentit son sexe réagir à ce contact, comme s'il voulait commenter cet acte, grossissant doucement. Tant pis pour le boulot alors, et toutes ces pensées selon lesquelles il n'y aurait qu'une seule fois avec Jessie.

— Tu as tant de choses à m'apprendre, dit-elle en frottant son sexe contre sa verge dure comme de l'acier.

Il lui saisit les hanches et la fit glisser le long de son membre.

— Ah oui ? Et qu'est-ce que tu voudrais apprendre ?

Le regard de la jeune femme se voila, comme deux lacs dans lesquels il pourrait se perdre, lui rappelant sans cesse qu'il fallait que cela reste uniquement physique entre eux, qu'il ne fallait pas s'impliquer.

— Toutes sortes de choses. Ton corps, par exemple.

— Je crois que tu connais déjà très bien la mécanique des corps.

— Oh, pas tant que ça. J'ai envie de te caresser partout, Diaz, de goûter chaque centimètre carré de ta peau. Voir ce que tu aimes et ce que tu n'aimes pas. Tu sais que certains hommes aiment qu'on leur glisse un doigt dans l'anus pendant les rapports ?

— Putain, Jessie ! Où est-ce que tu as entendu des trucs pareils ?

— Je piquais les pornos des mecs pour les regarder dans ma chambre, avoua-t-elle avec un sourire. C'est comme ça que j'ai fait mon éducation sexuelle.

— Génial, fit-il en levant les yeux au ciel. Vraiment super.

— C'est pas comme si j'avais eu des copines pour parler de mes ex, dit-elle en haussant les épaules. Et ce n'est sûrement pas Grange ou l'un de vous qui allait pouvoir m'en parler.

Elle avait vu juste là-dessus. L'idée de s'asseoir avec une Jessie ado pour lui parler de sexe lui hérissait le poil. D'accord, mais des films porno ? Bon sang ! Qu'est-ce qu'elle avait bien pu y apprendre ?

— Je me suis débrouillée par moi-même. Et j'ai regardé des films. Très instructifs.

— Ça m'étonnerait. Le sexe n'a rien à voir avec ce qu'il y a dans les films porno, Jess.

Elle glissa les mains sur les tétons de Diaz qui durcirent d'un coup, ce qui fit tressaillir sa verge contre son sexe.

— Bien sûr que si. Toi, tu bandes, moi, je mouille. C'est la base de la biologie, après tout. Enfin, les acteurs sont plutôt mauvais, mais j'ai quand même compris comment ça se passait.

— Non, tu as tout faux.

— Et là tu vas me sortir le grand discours comme quoi le porno c'est pas bien, que ça ne valorise pas l'image de la femme, etc., c'est ça ?

— Dans ce milieu, les femmes sont payées bien plus cher que les hommes, alors… non, s'esclaffa-t-il. Mais cela ne montre rien de la réalité de ce qui se passe dans une vraie relation, toute la partie émotionnelle qui se joue entre un homme et une femme qui s'aiment. Il y a une grosse différence entre la réalité et ce qui se passe dans ces films. Alors, bien sûr, c'est amusant de les regarder pour se stimuler sexuellement, mais ce n'est pas ce qui se passe vraiment.

Jessie se figea, se rassit et baissa les yeux vers lui, son visage exprimant la confusion.

— Alors dis-moi ce qui me manque.

Quelqu'un pour prendre soin d'elle, quelqu'un pour l'aimer.

Ce quelqu'un que Diaz ne pourrait jamais être.

Et il ne savait pas quoi répondre à la question de Jessie.

Que lui manquait-il? Elle avait fait son éducation sexuelle en regardant des films de cul. Il lui manquait à peu près tout. Au fond de lui, il avait envie de lui apprendre... de lui montrer tout ce qu'elle avait compris de travers. La meilleure partie de tout ça: les rendez-vous, les émotions, se tenir la main, faire d'abord la connaissance de quelqu'un. Parler, rire, tous ces instants précieux qu'on peut partager d'abord. Ces instants haletants, d'enthousiasme intense qui mènent à l'acte d'amour. Attendre jusqu'à ce qu'on n'y tienne plus.

La façon dont ça aurait *dû* se passer pour elle. Bon sang, la façon dont ça aurait toujours dû se passer pour lui aussi. Toutes ces choses qu'il n'avait jamais eues non plus, parce qu'il ne se l'était pas autorisé.

Mais bon sang! Que savait-il de tout cela à part ce qu'il avait pu lire dans des bouquins? Il ignorait comment le lui enseigner. Il n'avait jamais eu de relation sérieuse. Et il n'allait sûrement pas s'inspirer du modèle de ses parents. Ça avait été un désastre, d'une laideur sans nom, rien qu'il aurait voulu transmettre à quelqu'un qu'il aimait vraiment... à aucune femme. Il avait fait exprès de choisir celles qui se contentaient de sexe occasionnel sans rien demander de plus.

Jusqu'à Jess. Elle voulait bien plus que ce qu'il était capable de lui donner. Il lui devait d'être honnête, c'était la moindre des choses.

— Je ne peux pas te donner ce dont tu as besoin, Jessie.

— Et tu crois que j'ai besoin de quoi?

— De romance. D'une vraie relation.

— Je croyais que c'était de sexe qu'on parlait, fit-elle en haussant les sourcils.

— Ça fait partie du deal. Du moins, pour quelqu'un comme toi.

Elle s'écarta et s'agenouilla près de lui.

— Pourquoi est-ce que tu crois toujours savoir ce qu'il y a de mieux pour moi ? Et si je voulais le sexe sans les sentiments ?

— Je sais parfaitement que ce n'est pas le cas, répondit-il en riant.

— Je crois que tu ne me connais pas du tout. Si tu m'enseignes deux, trois ficelles, sexuellement, je pourrais tout à fait m'en contenter.

— Ça m'étonnerait.

— Laisse-moi te poser une question. Si tu ne m'avais pas connue pendant toutes ces années, si tu m'avais simplement rencontrée à ce rallye et que tu avais l'occasion de te retrouver avec moi dans cette chambre… est-ce que tu le ferais ?

— Ça ne marche pas comme ça.

— Réponds simplement à ma question, Diaz. Es-tu attiré par moi ?

Il ne comprenait pas à quel jeu elle jouait, mais il haussa les épaules et répondit :

— Je crois que tu connais déjà la réponse à cette question.

— Tu aurais envie de moi.

— Bien sûr que oui.

Il repéra un sourire en coin sur le visage de la jeune femme.

— Parce que ?

— Hein?

— Pourquoi aurais-tu envie de moi?

— Enfin, Jessie…

— Dis-le-moi, allez. Pourquoi est-ce que tu me choisirais, parmi, disons toutes les autres femmes du gang de Crush?

— Eh bien, d'abord, parce que je te connais.

Jessie leva les yeux au ciel.

— Tu ne joues pas le jeu, là. Fais comme si tu ne me connaissais pas du tout. Il y a, laisse-moi réfléchir… une vingtaine de femmes dans ce gang? Visualise-les et dis-moi pourquoi tu me choisirais.

Il poussa un soupir, ferma les yeux et pensa à toutes les femmes qu'il avait vues et qui appartenaient aux *Devil's Skulls*. Il y avait du choix, avec des silhouettes, des couleurs et des tailles différentes, mais, pour lui, Jessie sortait du lot, c'était la seule femme qu'il voulait. Et il savait pourquoi.

Il ouvrit les yeux et se tourna vers elle. Elle baissa les yeux sur lui, impatiente de l'entendre.

— Parce que t'as un sourire sexy en diable.

Elle fit la moue et fronça les sourcils.

— C'est tout?

— Oui.

— Tu baiserais avec moi à cause de mon sourire?

— Ouais.

— Il doit y avoir un peu plus que ça.

— Eh bien… tu as aussi une super poitrine.

Elle s'esclaffa et lui tapa le bras.

— Espèce de débile.

— C'est toi qui as demandé.

Jessie regarda Diaz, l'examina.

— Mon sourire, donc?

— Ouais. Tu as ce sourire très légèrement asymétrique, tes lèvres se relèvent un peu plus d'un côté que de l'autre.

— Vraiment?

— Ouaip.

— Je n'avais jamais remarqué auparavant. Alors je suis disproportionnée?

— Non. C'est très sexy, ça te donne un air mystérieux. Un peu comme si… tu savais des choses.

— Ça vient sûrement des films porno.

— Sans doute, rit-il.

Elle était vraiment irrésistible, et cela n'avait rien à voir avec ses seins. Oui, elle était belle, mais cela allait bien plus loin que ça. Diaz aimait se trouver dans la même pièce qu'elle, le fait qu'elle soit magnifique n'était qu'un bonus. Et tout cela était très naturel. Elle ne prenait pas de pose, n'affichait pas une certaine attitude pour séduire les hommes. Elle était tout simplement… Jessie, et le prouvait encore en lui adressant ce petit sourire tordu à cet instant, sans en avoir conscience.

Des signaux d'alarme se déclenchèrent dans la tête du jeune homme tandis qu'il levait les yeux sur elle, tendait la main et la posait sur sa nuque pour l'attirer à lui.

Ne fais pas ça. Une fois, c'était déjà assez terrible. S'il continuait, ça allait virer au désastre, comme s'il s'approchait d'un feu. Il était trop attiré par Jessie, et il risquait de l'entraîner dans sa chute. Il pourrait se relever, car il savait déjà que tout ça ne mènerait jamais à rien. Mais Jessie ? Elle était en train de tomber avec lui. Comprendrait-elle qu'il n'y aurait rien de plus que ces instants, que le présent ?

Elle effleura ses lèvres des siennes, son souffle chaud comme une invitation. Elle insinua sa langue entre les dents de Diaz, puis partit à la recherche de la sienne.

Diaz devrait se montrer fort. Mais combien de fois allait-il devoir lui tourner le dos ? C'était une réaction plutôt lâche. Il était temps de l'admettre : il avait envie d'être avec elle, et il allait en profiter aussi longtemps qu'il le pourrait.

Jessie était une grande fille. Elle comprenait bien : il lui avait assez clairement expliqué qu'il ne voulait pas d'une relation sur le long terme. Jamais il ne voudrait livrer Jessie au monstre qui vivait en lui. Il ne se faisait pas assez confiance pour aimer quelqu'un. Il tenait trop à elle pour lui faire subir cela.

Elle avait la peau si douce, songea-t-il quand elle se pencha vers lui, se lovant contre lui pour intensifier leur baiser. Il parcourut son corps des mains, en mémorisant chaque magnifique courbe, bien décidé à profiter de ces instants tant qu'il le pouvait, parce que tout cela se terminerait dès que la mission serait finie.

Mais, pour l'instant, elle était là, pile là où il voulait qu'elle soit : sur lui, son corps ondulant contre le sien tandis qu'elle l'explorait et l'embrassait, laissant ses mains se promener sur son torse et ses épaules. Il sentit sa queue réagir, se soulever entre les jambes de Jessie pour tâter les lèvres de son sexe. La chaleur humide du corps de la jeune femme le fit s'enflammer.

— Je veux être en toi.

— J'avais envie de jouer, moi, protesta-t-elle, mais elle se frotta contre son membre, frémissant tout autant que lui.

Elle n'avait pas plus envie de traîner que lui, et il le savait.

— On ne joue pas. On baise.

Elle lui adressa de nouveau ce sourire, et se pencha pour ouvrir le tiroir de la table de chevet.

Une boîte de préservatifs. Dieu merci, elle avait prévu le coup.

— Tu étais sûre qu'on en viendrait là, pas vrai ? la taquina-t-il.

Elle s'esclaffa en déchirant l'emballage et en faisant glisser le caoutchouc sur lui.

— Je l'espérais.

Il lui saisit les hanches, la souleva pour la mettre en position et maintint sa queue pour qu'elle puisse le chevaucher. Bon sang ! C'était terriblement excitant de voir sa verge disparaître en elle centimètre par centimètre, comment sa chatte l'engloutissait de la sorte. Il sentait chaque contraction du corps de la jeune femme à mesure qu'elle l'accueillait en elle.

Jessie ferma les yeux, rejeta la tête en arrière et s'assit entièrement sur lui. Il voyait sur son visage la plus belle des expressions, son corps se cambrant parfaitement. Elle avait presque l'air de souffrir, mais c'était comme si cette torture lui apportait un plaisir exquis.

Il se sentit gonfler en elle tandis qu'elle contractait ses parois autour de lui, et elle n'avait toujours pas bougé d'un pouce.

— Est-ce que je te fais mal ?

Elle était si resserrée et n'avait pas encore l'habitude d'avoir une queue en elle.

— Ça va. Je te sens… tout simplement.

Elle pencha la tête en avant, ouvrit les yeux et lui adressa un regard chargé de désir.

— C'est une sensation incroyable de t'avoir à l'intérieur de moi, Diaz.

Il n'avait jamais connu de femme aussi honnête avec lui, exposant aussi franchement ses émotions. Elle le déstabilisait, dans le bon et dans le mauvais sens.

— Cette façon dont tu accroches ma queue… Ça me donne envie de te baiser à fond jusqu'à l'orgasme.

— Et ce n'est pas bien ? lança-t-elle en esquissant un sourire.

— Ma belle, il te faut un homme qui tienne un peu plus longtemps que ça, quand même.

Elle se pencha en avant, soulevant ses fesses et frottant ses seins contre son torse. Puis elle descendit de nouveau sur son sexe et frémit. Cette sensation était hallucinante.

— Je suis convaincue que tu dureras aussi longtemps qu'il le faut.

Diaz durerait, bien sûr, parce qu'il voulait qu'elle jouisse sur lui encore une fois, il voulait sentir sa chatte enserrer sa queue, comme si elle essayait d'aspirer sa vie tout entière. C'est seulement à cet instant qu'il se lâcherait et jouirait en elle. Il tendit la main vers ses hanches, l'aidant à se soulever et s'abaisser tandis qu'elle se blottissait contre son torse, léchant et mordillant ses tétons.

Elle lui donnait la chair de poule rien qu'en se frottant contre lui, assurant un va-et-vient de sa chatte sur sa queue, passant ses mains sur son corps d'une façon que l'on pouvait seulement décrire comme… possessive.

Diaz adorait ça. Il ne se lasserait jamais de ses caresses, la façon dont elle semblait apprécier chaque instant de cette expérience. Elle était loin d'être passive. En fait, elle se jetait tête la première dans ces moments sexuels comme si elle savait qu'ils n'auraient qu'un temps limité et qu'elle voulait ressentir un maximum de choses.

Il pensait la même chose. Il enroula un bras autour de sa taille et la fit s'étendre sur le dos, puis il lui empoigna les fesses, la soulevant brusquement contre son corps durci.

Jessie haleta, écarquillant les yeux alors que Diaz s'enfonçait en elle, pas une fois, ni deux, mais une multitude de fois, refusant de s'arrêter pour la laisser souffler. Elle s'agrippait à ses bras, enfonçant ses ongles dans sa peau tandis qu'il enchaînait les coups de reins en elle. Elle geignait, gémissait, l'encourageant à aller plus loin.

— Encore, criait-elle d'une voix plus proche d'un sifflement guttural, tandis que son sexe se resserrait autour du sien.

Il se retira presque entièrement et s'avança plus avant, se frottant contre son clitoris jusqu'à ce qu'elle succombe à l'extase, convulsant autour de lui vague après vague de plaisir. Elle laissa échapper un grand cri, se cambra contre lui, hurla son nom et enfonça ses ongles dans sa peau. De la regarder, de la sentir comme ça, c'en était trop pour lui ; il ne put plus se retenir, se trouvant catapulté dans son orgasme à grand renfort de grognements. Il empoigna les cheveux de la jeune femme pour rejeter sa tête en arrière, afin de pouvoir l'embrasser, se fondre en elle pendant qu'ils partageaient cette jouissance.

Exténué, en sueur, il atténua son baiser, restant à la surface de ses lèvres pendant qu'elle reprenait son souffle. Il sentait son cœur tambouriner encore très fort dans sa poitrine. Jessie peinait à respirer, chaque inspiration s'apparentant à une lutte.

Diaz s'était montré trop brutal, trop violent. Il s'étendit à côté d'elle, commença à s'éloigner, mais elle attrapa ses bras et l'attira à elle.

— Où est-ce que tu vas ? fit-elle d'une voix rauque, sans doute à force d'avoir haleté et crié.

Comment pouvait-il ressentir à la fois une telle fierté et une telle consternation en voyant cela ?

— Je t'ai fait mal.

— Non. C'était… Oh, mon Dieu, Diaz ! J'ignorais que je pouvais jouir comme ça. Non, tu ne m'as pas fait mal du tout. Maintenant, viens par ici.

Il se laissa glisser sur le lit et la serra contre lui, caressant ses cheveux, épiant ses faits et gestes, ses petits soupirs de satisfaction. Elle passa une main sur son bras.

— Moi, je t'ai fait mal, dit-elle en effleurant les traces qu'elle y avait laissées avec ses ongles.

— Je n'ai rien senti. J'étais trop concentré sur ta chatte.

Elle frémit, poussa un soupir et retrouva enfin son souffle. Calme et régulier, jusqu'à ce qu'elle ferme les yeux et qu'il se rende compte qu'elle s'était endormie.

Cela ne l'empêcha pas de continuer à caresser son corps, se surprenant même à bander de nouveau.

Bon sang! Il était une véritable bête. Insatiable, toujours avec cette envie d'elle alors qu'il l'avait déjà épuisée.

Diaz se sentait capable de faire du mal à Jessie, car il perdait complètement la tête dès qu'il était question d'elle. Elle faisait ressortir des émotions violentes en lui, une passion sans retenue aucune.

Il baissa les yeux sur elle, ses lèvres gonflées par ses baisers, son visage rougi par sa barbe. Sa chatte sûrement irritée par tous les coups qu'elle avait pris. Et lui qui avait voulu être doux avec elle. Entre ce qu'il voulait et ce qu'il faisait, il existait tout un monde.

Diaz avait complètement perdu le contrôle avec elle, et n'avait pensé qu'à lui. Il avait tellement eu envie de la baiser qu'il ne s'était même pas arrêté une seconde pour se dire qu'il pouvait lui faire du mal. Et qui cela pouvait-il bien lui rappeler?

Ce qu'il y avait entre eux était un véritable cauchemar, ça ne fonctionnerait jamais.

Bien sûr, il le savait déjà.

Mais est-ce que Jess s'en doutait seulement?

Chapitre 11

Jessie inspira l'air frais nocturne, prête à tout.

Elle se sentait rechargée, pleine d'énergie après avoir passé la soirée avec Diaz.

Il était resté près d'elle, l'avait tenue dans ses bras toute la nuit. Au petit matin, il lui avait fait couler un bain, l'y avait installée et lui avait ordonné de rester là pendant qu'il descendait leur chercher deux tasses de café.

Manifestement, il était convaincu qu'elle aurait tellement mal qu'elle serait incapable de marcher droit.

Elle n'avait pu s'empêcher d'éclater de rire.

Un sexe d'homme grandeur nature était différent de ses vibromasseurs ou ses doigts. Waouh, ça n'avait rien à voir. Il l'avait bien baisée. Elle sentit un éclair de désir traverser son corps en se souvenant de ce qu'elle avait éprouvé en le sentant en elle. Son sexe qui se gonflait au creux de son corps, l'emplissait. Et quand il s'était mis à aller et venir en elle, elle avait ressenti une connexion avec lui, quelque chose qu'elle n'aurait jamais cru possible. Encore maintenant, toutes ses zones érogènes frémissaient à l'idée de le refaire.

Toutes les douleurs qu'elle ressentait lui semblaient agréables. Elle était prête à remettre ça sur-le-champ.

Jessie n'avait pas mal. Elle avait dit à Diaz que le bain était génial, mais qu'elle avait bien l'intention de refaire l'amour avec lui ce matin.

Il l'avait regardée comme si elle lui avait demandé de faire bouillir des chatons. Il lui avait répondu qu'elle ferait mieux d'y aller mollo. C'était vraiment craquant de le voir aussi tendre avec elle, rien à voir avec le ronchon habituel.

Ils passèrent la journée à se balader, à traîner avec Crush et le gang, et à prendre quelques instants seuls pour imaginer les différents scénarios envisageables : qu'adviendrait-il si on ne leur proposait pas de passer l'initiation – ce dont Jessie doutait. Crush leur offrirait d'y participer, elle le savait. Dans le cas contraire, ils avaient l'intention de le suivre, lui et son gang, à bonne distance, pour voir où ils allaient. Pas forcément le meilleur plan qui soit, et Jessie sentait qu'il ne leur serait d'aucune utilité. Crush leur proposerait. Elle en était sûre à cent pour cent. Ce n'était pas le cas de Diaz, c'est pourquoi il voulait s'assurer qu'ils aient un plan B.

Secouant la tête, elle posa les mains sur ses hanches et balaya les motards du regard à la recherche de Spencer qui n'avait pas été très présent au cours de la journée. Le soir tombait sur la foule, brouillant le paysage qui n'était plus constitué que de phares de motos et de passants qui arpentaient les trottoirs, en une masse si compacte qu'on ne pouvait différencier un corps de l'autre. Diaz se trouvait en bas de la rue et parlait avec Crush. Jessie était sortie de la foule pour aller aux toilettes et prendre un peu l'air. Elle avait prévenu Diaz qu'elle verrait si elle pouvait trouver Spencer dans les parages.

Elle ne pensait pas avoir vraiment de chances de le trouver. Quand Spencer avait appelé Diaz sur son portable le matin, il avait annoncé qu'il serait occupé avec Stéphanie et quelques *Devil's Skulls*. Il lui avait expliqué qu'il avait recueilli plusieurs infos auprès de Stéphanie qui lui avaient mis la puce à l'oreille, et qu'il lui ferait un rapport un peu plus tard.

Ils ne le virent pas de la journée. L'initiation devait avoir lieu le soir même, et ils n'avaient pas encore été invités. Pourtant, ils avaient croisé Crush dans la matinée et il leur avait demandé de rouler avec eux aujourd'hui. Jessie y avait vu un bon signe. Crush semblait à l'aise avec eux. Il était évident que Spencer s'était attiré les bonnes grâces de Stéphanie, qui se trouvait dans les hautes sphères du groupe et était aussi proche de Crush, ce qui lui donnait au moins un avantage. Et Jessie savait que Crush l'aimait bien. Il ne semblait pas avoir de soucis avec Diaz non plus, tout s'annonçait pour le mieux pour l'initiation.

Et cela signifiait qu'ils auraient accès aux rouages internes de l'organisation des *Devil's Skulls*; ils espéraient trouver à quel point Crush et son gang étaient impliqués dans la vente d'armes à des survivalistes. Si seulement c'était le cas.

Jessie aimait bien Crush. C'était vraiment dommage qu'un gars qui avait l'air bien de l'extérieur puisse être le chef d'un gang de fraudeurs, de trafiquants d'armes et de Dieu sait quoi d'autre.

Les apparences pouvaient se révéler trompeuses. Il fallait qu'elle garde ça en tête. Mais elle laissait toujours son instinct la guider, et elle se trompait rarement. Ses tripes lui disaient que Crush n'était pas un mauvais type.

Toutefois, elle était novice chez les *Wild Riders*, alors elle s'abstiendrait de n'en faire qu'à sa tête et d'insister lourdement. Elle pouvait avoir tout faux. Elle réserverait son jugement jusqu'à ce qu'elle dispose de preuves solides.

Dans tous les cas, elle était prête pour l'initiation et tout ce que cela impliquait, tant que Diaz était à ses côtés.

Diaz se comportait très bizarrement, ce qui n'avait rien d'inhabituel chez lui, surtout ces derniers temps. Il était aux petits soins pour elle, la surveillait et lui criait dessus comme si elle était une gamine, ou alors la plaquait contre un mur pour la baiser comme un malade.

Dans l'idéal, elle préférait la dernière option.

Renonçant à trouver Spencer, elle fendit la foule qui grossissaitet eut toutes les peines du monde à traverser la rue débordant de motos pour aller retrouver Diaz. Il était sous la tente du stand de bière et était absorbé dans une conversation avec Crush, Rex et quelques autres motards.

Rex fut le seul à lever les yeux quand elle arriva. Il la regarda de haut en bas, sourit et hocha la tête. Elle frissonna et se rapprocha de Diaz. Ce dernier passa un bras autour de sa taille et l'attira à lui, l'immobilisant assez longtemps pour poser un rapide baiser sur ses lèvres.

Cette marque d'affection en public surprit la jeune femme. Il l'avait fait d'un air si distrait qu'elle se demanda s'il en avait seulement conscience. Il l'embrassait avec tant de naturel, sans même y penser, que ça lui réchauffa le cœur.

Jessie s'assit en silence près de lui et écouta.

— J'étais encerclé par pas moins de dix mecs, dit Crush. Ils en avaient après moi. C'était un combat pour la survie.

Diaz hocha la tête.

— Ça craint de se retrouver dans une situation comme ça, mais on ne peut pas y faire grand-chose. Ou tu te bats en prenant le risque d'une raclée, ou tu te mets à chialer comme une gonzesse, tu les supplies de te laisser en vie, et tu es catalogué comme une mauviette pour le restant de tes jours.

— Exactement. Et il était hors de question que je les supplie, alors j'y suis allé de bon cœur.

Diaz afficha un grand sourire.

— Tu t'es fait botter les fesses de toute façon, non ?

Crush éclata de rire.

— Ouais, mais je me suis bien défendu. Et j'ai gagné leur respect.

Jessie secoua la tête. Les hommes parlaient des luttes qu'ils avaient menées et remportées. Normal. Ce genre de conversations était monnaie courante au QG des *Wild Riders*. Elle avait souvent dû patiemment écouter des récits de combats à mains nues ou au couteau, de courses de vitesse dans le désert, d'initiations de gang, etc. C'était beaucoup d'esbroufe, un petit jeu pour déterminer qui était le plus courageux de la bande.

Overdose de testostérone.

— Au sujet de l'initiation de ce soir…, dit Crush.

Cela retint son attention, elle cessa de balayer la foule des yeux pour se concentrer sur lui.

— Les *Devil's Skulls* voudraient que vous participiez, Spencer et vous deux.

Diaz hocha la tête et esquissa un sourire.

— Merci.

— Ce serait un plaisir, dit Jessie. Merci pour l'invitation.

— Tu ne me remercieras peut-être pas quand ce sera fait, rit Crush.

Diaz appuya son avant-bras sur la table, prenant une pose paresseuse.

— Oh, je pense qu'on s'en sortira.

— Bien, fit Crush en hochant la tête avant de se lever. Il faut que je file. On se retrouve à la ferme où on a fait le feu de camp hier. On fera un peu la fête, on boira quelques bières et on commencera à minuit.

— On y sera, répondit Diaz.

Après le départ de Crush, Jessie se tourna vers lui.

— Il faut qu'on trouve Spencer.

— D'accord.

Diaz sortit son téléphone portable et tenta de joindre Spencer.

— Vous m'avez appelé ?

Jessie se retourna en entendant sa voix.

— Oui. On essayait de te mettre la main dessus.

— Où étais-tu ? demanda Diaz.

Spencer se laissa glisser sur un des sièges et se pencha en avant.

— J'étais avec Stéphanie, et quelques autres. Dans un endroit où on ne peut pas vraiment parler.

— Tu as appris quelque chose ?

— Oui. Les *Devil's Skulls* sont loin d'être une grande famille où tout va bien, je peux vous l'assurer. Rex n'est pas satisfait de la façon dont Crush tient les rênes. Il y a du changement dans l'air.

— Ils t'ont dit pourquoi ? fit Jessie en écarquillant les yeux.

Spencer haussa les épaules.

— Je sais tout ça de seconde main, par l'intermédiaire de Stéphanie, ce qui veut dire que l'info est plus ou moins fiable. Elle affirme que Crush n'est pas digne de confiance en tant que chef – ou du moins c'est ce qu'elle a entendu de la bouche de Rex et de quelques autres gars –, qu'il s'éclipse beaucoup en solo, qu'il n'a pas toujours le meilleur intérêt du gang à cœur.

— Je me demande ce que cela signifie, lança Jessie.

— Aucune idée, répliqua Spencer. Mais c'est bon à savoir. J'essaie de me rapprocher de Rex, ce qui n'est pas évident, vu que Stéphanie et lui ont eu une histoire.

— Je pense que Stéphanie a eu une histoire avec à peu près tous les mecs à part Crush, et c'est seulement parce qu'ils sont du même sang.

Spencer s'esclaffa en entendant le commentaire de Jessie.

— Oui, j'ai entendu des choses comme ça. Cette fille a des kilomètres au compteur.

— J'espère que tu as un stock de préservatifs, lança Jessie en faisant la grimace.

— J'en ai, ma belle, t'inquiète.

— On a été invités à l'initiation, annonça Diaz, changeant de sujet.

— Super, acquiesça Spencer. Un peu plus de baston et de baise au programme.

Diaz secoua la tête.

— J'imagine. Mais, si on y va, ça nous rapprochera du cœur de l'action.

— Pas de «si». Il faut qu'on y aille, rectifia Jessie.

— Tu ne nous lâches pas d'une semelle, Spencer et moi.

Jessie savait que Diaz se faisait du souci pour elle, mais, honnêtement, elle n'avait aucune crainte.

— Je ne crois pas que les initiations se passent comme ça. Je serai toute seule la plupart du temps. Je sais prendre soin de moi, Diaz, ajouta-t-elle en posant une main sur son épaule. Ça fait très longtemps que je m'en charge.

— Tu es prête, alors? demanda Spencer.

Jessie regarda Diaz, puis Spencer.

— Oui.

— Tu es comme ma petite sœur, Jessie, commenta Spencer en lui caressant les cheveux. Si tu as le moindre souci, tu hurles et je serai là pour toi, que ce soit bon pour la mission ou pas. Tu sais que je serais capable de tout compromettre pour toi.

Elle lui adressa un sourire radieux, reconnaissante de le voir si soucieux d'elle.

— Je t'aime aussi, Spencer, mais je crois que ça va aller, tu sais.

— D'accord, en route! lança Diaz en fronçant les sourcils.

Jessie se faisait plus de souci pour lui que pour elle-même. Elle savait qu'il s'inquiétait à son sujet.

Elle allait devoir lui prouver qu'elle était capable de gérer tout ce qu'on lui demanderait de faire. Alors il pourrait peut-être se détendre un peu et arrêter de toujours la prendre avec des gants. Elle voulait vraiment être membre de l'équipe à part entière, et pas quelqu'un que Diaz se sentirait obligé de surveiller comme un bébé.

Sur le long trajet qui les éloignait de la ville, Jessie se demanda si cette ferme et le terrain alentour appartenaient à un membre des *Devil's Skulls*. Vu le feu de camp qu'ils avaient fait la veille et ce qui allait se passer ce soir, le tapage, la fête, il y avait de bonnes chances que ce soit le cas. C'était un endroit très isolé, situé au bout d'un chemin de gravier d'environ deux kilomètres après la sortie de la route principale. Là, on pouvait faire à peu près tout ce qu'on voulait sans craindre d'être dérangé.

C'était l'endroit idéal pour organiser une initiation. Les lieux reculés offraient aux *Skulls* toute l'intimité dont ils auraient besoin pour… tout ce qu'ils avaient prévu de faire. Elle avait sa petite idée, mais n'en était pas sûre à cent pour cent, et peut-être aurait-elle dû se sentir un peu plus nerveuse. Mais il n'en était rien. Diaz serait là, ainsi que Spencer. Elle serait en sécurité. Et puis elle était adulte, à présent.

Elle était une femme. Une véritable femme, grâce à Diaz.

Avant, elle se sentait incomplète, peu sûre d'elle. Ce n'était plus le cas.

Mais bien sûr. Une nuit de sexe déchaîné et elle considérait avoir de l'expérience ? Elle s'esclaffa à cette idée et descendit de sa moto pour prendre une grande bouffée d'air nocturne. Il faisait frais ; elle serra ses bras autour d'elle. Quelqu'un avait allumé un feu de camp au centre des bottes de foin.

Bizarrement, elle ne pouvait pas s'arrêter de frissonner.

— Tu as froid ? lui demanda Diaz.

— Un peu.

— Rapprochons-nous du feu.

Elle hocha la tête et Diaz passa son bras autour d'elle, l'attirant contre son flanc. Jessie referma son blouson et marcha avec lui vers une des bottes de foin disposées en cercle autour du feu de camp. Oui, il faisait vraiment plus chaud par ici, surtout quand Diaz la plaça entre ses jambes étendues, la laissant s'adosser à son torse avant de refermer les bras sur elle.

C'était parfait. Elle se sentait dans un véritable cocon de chaleur grâce à lui. Spencer était parti chercher Stéphanie, la laissant seule avec Diaz.

— Qui a l'air de passer l'initiation ce soir, à part nous ? demanda-t-elle.

— Hmmm. Probablement ceux qui sont rassemblés là-bas, près du bâtiment.

Elle regarda dans la direction qu'il lui indiquait. En effet, une dizaine d'hommes étaient adossés à un des abris de la ferme, fumant des cigarettes et buvant des bières. Aucun d'entre eux ne portait le blouson des *Skulls* et il n'y avait rien pour les identifier en tant que membres.

— Je me demande s'ils se connaissent tous entre eux.

— Difficile à dire, fit-il en haussant les épaules.

— Tu crois qu'on peut les battre ?

— Carrément, oui.

Jessie sourit.

— D'accord, alors laisse-moi voir si j'arrive à repérer des femmes.

Elle parcourut les environs du regard, en vit une ou deux et les désigna à Diaz.

— Celle-là, elle fait peur.

Il avait raison. Grande, baraquée, cette femme ressemblait à une ex-catcheuse professionnelle. Elle faisait au moins deux fois la taille de Jessie.

— C'est pas grave, commenta Jessie en jaugeant la concurrence, je connais deux, trois trucs.

Il passa ses mains sur les bras de Jessie.

— Je me doute bien.

D'autres motos arrivèrent. La foule des *Skulls* et des initiés était plus nombreuse que la veille. C'était de toute évidence un événement important pour le gang, qui attirait beaucoup de monde.

Génial. Pile ce que Jessie voulait, un public nombreux. *Bon, tant pis*. Elle avait dit qu'elle pourrait gérer, alors elle allait le faire. Mais lorsque Crush s'avança de derrière les bottes de foin pour attirer l'attention de tous, elle se rendit compte de l'ampleur de la foule, et de ce qu'il faudrait accomplir devant tout ce monde. Elle s'aperçut qu'elle était peut-être un chouïa… nerveuse.

Mais elle ne l'admettrait devant personne, et surtout pas devant Diaz.

— On va s'installer, dit Crush en levant les mains. C'est le moment préféré de l'année pour les *Devil's Skulls* : l'initiation.

Sa déclaration fut accueillie par des sifflets, des hourras et des cris en tout genre.

— Du calme. Je sais que vous êtes tous très excités. C'est la partie la plus marrante. C'est là qu'on teste les candidats pour voir s'ils ont assez de tripes pour devenir des *Skulls*. Ça passe ou ça casse. Si vous survivez à cette nuit, on vous dira si vous avez réussi ou non. Si vous avez réussi, alors vous deviendrez membre des *Devil's Skulls* et vous ferez partie de notre gang. On va commencer avec les hommes, et l'épreuve physique. Je vais demander à nos initiés de s'avancer et de me rejoindre.

— C'est à moi de jouer, dit Diaz.

— Bonne chance, fit-elle en lui serrant la main, puis elle s'écarta de Diaz pour le laisser descendre de la botte de foin et s'avancer vers le devant de la foule.

Spencer le retrouva en chemin, et ils se tinrent ensemble, comme des frères, arborant tous les deux le même sourire confiant.

Ils semblaient sombres et menaçants. Comparés aux dix autres hommes, Jessie estimait qu'ils avaient toutes leurs chances. Tous deux étaient forts, en parfaite condition physique, et capables d'infliger de sérieux dégâts.

— Bon, les gars, je vous explique, commença Crush. Combat à poings nus, un contre un. C'est moi qui choisis les adversaires, et pas parmi les initiés, mais parmi nos membres.

Ah. Ce n'était pas ce à quoi elle s'était attendue. Crush fit venir une dizaine de ses hommes. Grands, puissants, avec de larges torses, de grosses jambes et un sacré paquet de muscles. Même leurs doigts semblaient redoutables. De toute évidence, Crush savait ce qu'il faisait. Spencer semblait à forces égales avec son adversaire imposé. Celui que le chef choisit pour Diaz était plus grand et plus musclé, ce qui semblait invraisemblable vu que Diaz était déjà assez volumineux. Mais Diaz ne cilla pas, hocha la tête et se mit en position.

— Poings nus, pas d'armes, rappela Crush. Ce sont les seules règles à suivre. En dehors de ça, vous combattez jusqu'à ce que l'un des deux tombe ou que je vous arrête. Prêts ? C'est parti !

Jessie enfonça ses doigts dans la paille et observa attentivement l'action qui explosait de toutes parts autour d'elle. L'adversaire de Diaz recula pour lancer un coup de poing, que Diaz esquiva avant de pivoter et de balancer une bonne droite dans le ventre du gars. Ce dernier se plia en deux, donnant à Diaz l'occasion rêvée pour lui administrer un uppercut au menton. Malheureusement, l'autre était si robuste que le coup l'atteignit à peine, il avait eu le temps de rebondir, et, bon sang, il avait l'air très énervé. Il poursuivit Diaz comme un train en furie qui déraille, faisant reculer Diaz d'au moins trois mètres avant de lui donner un coup de poing qui le souleva de terre. Se remettant la mâchoire en place, Diaz donna un coup de botte dans le genou de son adversaire, qui poussa un grand cri de douleur.

Jessie grimaça devant la férocité des échanges. Spencer semblait être à forces égales avec son adversaire, recevant autant qu'il infligeait, néanmoins il avait déjà l'œil gauche blessé. Mais, en face, le gars était pareil, et Spencer tenait le coup. Elle se concentra de nouveau sur Diaz, ignorant tous les autres combattants, surtout que plusieurs d'entre eux étaient déjà K-O. Elle ne savait même pas qui étaient les initiés et qui étaient les *Skulls*. Tout ce qui l'intéressait, c'était Diaz.

Entre-temps, Diaz avait pris le dessus. Elle ignorait ce qui s'était passé, mais le visage du *Skulls* en face de lui était boursouflé, ensanglanté, et Diaz le pilonnait sans pitié. Coup de poing après coup de poing, il ne le lâchait pas. Jessie se mordit la lèvre, s'agrippant de toutes ses forces à la paille en regardant Diaz battre cet homme. Si Crush ne s'était pas interposé pour mettre un terme au combat, elle se demandait jusqu'où ce serait allé.

— Assez, dit Crush à l'intention de Diaz. Va t'asseoir.

Diaz hocha la tête et se fraya un chemin jusqu'à Jessie. Il avait quelques égratignures au visage et ses poings étaient dans un sale état, mais, à part ça, il avait l'air d'aller bien. Il avait le souffle court quand il vint s'asseoir ; Jessie lui apporta une bouteille d'eau. Il en défit le bouchon et l'avala tout entière en une énorme rasade.

— Merci.
— Tu vas bien ?
— Oui.

Il jeta la bouteille dans une poubelle non loin sans lâcher des yeux les combattants encore debout.

Spencer avait mis son adversaire à genoux grâce à un joli coup de poing, et Crush mit un terme à leur affrontement. Spencer vint donc s'asseoir auprès d'eux.

— Ce gars t'avait fait quelque chose de spécial, Diaz ?
— Non.
— De loin, on aurait dit que tu voulais le battre à mort.

Diaz lança un regard noir à Spencer.

— J'ai fait ce qu'on m'a demandé de faire, ce qu'on nous a demandé à tous de faire. Ça te pose un problème ?

Spencer leva les deux mains.

— Pas du tout, dit-il, mais il lança à Jessie un regard interrogateur.

Jessie n'avait aucune réponse. Diaz était manifestement perturbé par ce qui venait de se passer. Et ce n'était ni le lieu ni le moment de lui en parler. Il leur avait clairement fait comprendre qu'il avait besoin d'espace.

Le combat était terminé. Les initiés qui ne s'étaient pas relevés furent escortés hors du cercle. Spencer et Diaz restèrent.

Après plusieurs minutes de pause pour faire revenir l'ordre, Crush revint au centre du cercle.

— Maintenant, au tour des filles, lança Crush avec un sourire pervers. Initiées, avancez-vous.

Jessie sauta de la botte de foin et s'avança avec six autres femmes.

— Nos femmes doivent se montrer aussi fortes que nos hommes, pour pouvoir défendre les *Skulls*. Est-ce que vous pouvez faire ça ?

Elle hocha la tête, les mains sur les hanches.

Crush fit signe à la foule et six femmes portant des tee-shirts des *Skulls* s'avancèrent. Elles avaient toutes l'air costaudes. Sans surprise, la douce Stéphanie n'en faisait pas partie. Elle ne voulait sûrement pas se casser un ongle. Comment une petite chose comme elle avait-elle pu passer ce rite d'initiation ?

Peut-être qu'elle avait pu intégrer le gang parce qu'elle était la cousine de Crush, et qu'elle n'avait jamais eu à se battre. Jessie n'imaginait vraiment pas Stéphanie à sa place. Elle aurait risqué de faire couler son mascara, pensa Jessie en souriant.

— T'es sûre de toi, hein ? demanda Crush.

— On peut dire ça, répliqua Jessie qui avait toujours relevé tous les défis que la vie lui avait imposés.

Ce n'était rien comparé au genre de personnes contre qui elle avait dû se battre quand elle n'était qu'une gamine. Il n'arriverait pas à lui faire peur.

Une des femmes les plus grandes et les plus larges se positionna en face de Jessie. Et elle avait l'air mauvaise, en plus, une expression déterminée sur son visage dur et ridé. Elle avait environ dix ans de plus que Jessie, et bien plus de masse musculaire.

Mais Jessie avait déjà combattu des hommes, et elle s'était fait entraîner par les *Wild Riders*. Elle pourrait battre cette femme.

— Prêtes ? C'est parti ! lança Crush.

Jessie attendit la première attaque. La femme plongea en avant et Jessie l'esquiva d'un pas de côté, utilisant son jeu de jambes pour rester sur le qui-vive. Elle voulait voir de quoi son adversaire était capable et la joua défensive pour commencer. L'autre serra le poing pour porter un coup. Elle avait peut-être de la force musculaire, mais elle était terriblement approximative dans ses attaques. Elle avait sûrement l'habitude de se battre en groupe. Jessie était habituée à se défendre en un contre un, donc elle esquiva le coup, saisit le poignet de la femme et pivota pour lui donner un coup de coude dans les côtes. Se trouvant momentanément le souffle coupé, la femme se plia en deux, laissant à Jessie l'avantage dont elle avait besoin. Elle logea son poing dans le menton de son adversaire qui rejeta la tête en arrière. Jessie en profita pour lui administrer un coup dans le ventre.

La *Skulls* était peut-être solide comme un tronc d'arbre, mais elle s'effondra lourdement aussi, soulevant un nuage de poussière en touchant le sol.

Presque trop facile.

— On dirait que tu avais raison d'avoir confiance, commenta Crush en riant et secouant la tête. Va t'asseoir.

Jessie afficha un grand sourire et ne put s'empêcher de revenir à la botte de foin en trottinant, les yeux rivés sur Diaz et Spencer.

— Tu as déchiré grave, Jessie, fit Spencer en lui donnant une grande tape dans le dos.

— Merci.

Elle attendit un peu, puis se tourna vers Diaz.

— Tu t'es bien débrouillée, approuva-t-il en hochant la tête.

Les autres femmes ne mirent pas bien longtemps à terminer non plus. Environ la moitié des initiées avaient remporté le combat. Les autres furent escortées hors du site après s'être fait botter les fesses en bonne et due forme par les *Skulls*.

La partie combat était terminée.

— Ceux qui sont encore là maintenant ont fait un beau boulot, dit Crush. Il nous faut de bons combattants parmi nos rangs. Vous avez réussi la première épreuve. Vous avez des tripes. Prenez un truc à boire, on passera à la seconde partie dans quelques minutes.

Spencer prit plusieurs bières, en tendit une à Diaz et une autre à Jessie. Elle ouvrit la cannette et avala de longues gorgées qui lui donnèrent du courage.

— Tu es sûre que tu pourras gérer ça ? lui demanda Diaz.

— Bien sûr, répondit-elle en haussant les épaules.

— Tu n'as pas l'air très convaincue.

— Je ne l'ai jamais fait auparavant. J'imagine qu'on verra bien.

— Je n'aime toujours pas cette idée, dit-il en fronçant les sourcils.

— Tu n'as pas à aimer ou pas. On est là pour une bonne raison.

Jessie ne voulait pas y penser plus pour l'instant. Ce qui devrait arriver arriverait, point. Elle voulait seulement laisser les choses se dérouler.

Quelqu'un mit de la musique, raviva les flammes du feu de camp, le feu s'élevant plus haut dans le ciel, transformant leur cercle en un véritable sauna.

Crush retourna au centre, une bouteille de whisky à la main. Il en défit le bouchon, en prit une grande gorgée puis s'essuya la bouche. Deux des femmes virent se planter près de lui, une petite brune avec des couettes et une grande blonde dont les cheveux lâchés lui arrivaient à la taille. La brune lui prit la bouteille des mains et but une rasade, puis la tendit à la blonde qui l'imita. Crush passa les bras autour des épaules des deux femmes.

— Les *Devil's Skulls* sont un groupe très soudé, dit-il. On partage tout. On vit ensemble, on se bat ensemble, on s'aime ensemble. Il n'y a aucun secret. Si vous ne dévoilez pas tout au gang, alors vous n'avez rien à faire ici. On veut que les initiés nous prouvent ça. Choisissez un partenaire, ou deux, ou trois, et montrez-nous que vous voulez être avec nous.

Il se tourna vers la brune et l'embrassa. Jessie eut le souffle coupé devant la sauvagerie de ce baiser, la façon dont leurs langues s'entremêlaient. Puis il s'écarta de la brune pour se tourner vers la blonde et prendre sa bouche avec la même fougue.

Jessie sentit les battements de son cœur s'accélérer en voyant les femmes passer les mains sur le corps de Crush. Il semblait ne pas se soucier du regard des autres sur lui, tandis qu'elles lui massaient les testicules, empoignaient sa queue maintenant rigide à travers son pantalon de cuir.

Hypnotisée, Jessie ne pouvait plus bouger. Mais les autres ne se gênaient pas. Tout autour du cercle, les couples commençaient à se caresser. Et ceux qui n'avaient pas de partenaire commençaient à chercher quelqu'un. Des femmes s'avançaient vers des hommes – les connaissaient-elles seulement? Qui s'en souciait? Des hommes s'approchaient de femmes, qui leur offraient des sourires entendus et les accueillaient en ouvrant les bras. Certains n'étaient même pas des initiés, mais des membres déjà établis du groupe, ayant apparemment décidé de participer aux festivités de la soirée.

Waouh. Un cercle de plaisir hédoniste. Et elle se trouvait aux premières loges, le paradis du voyeur. Entre le feu de camp et son corps qui s'échauffait en voyant l'activité tout autour d'elle, elle était prête à enlever son cuir pour s'étendre nue sur les bottes de foin, à se caresser et s'accorder un orgasme en regardant le spectacle.

Jusqu'à ce qu'elle sente des bras puissants l'entourer, la faisant descendre de la botte de foin pour qu'elle se dresse sur ses pieds.

— On n'est pas là pour regarder, mon cœur. On doit participer.

Un éclair de désir la traversa, une vague de chaleur monta entre ses jambes tandis que Diaz retirait son blouson et se penchait pour lui embrasser la nuque. Elle frissonna, mais elle n'avait pas froid. Tous les doutes sur ce qui devait se passer ce soir l'avaient quittée. Au lieu de cela, elle ressentait de l'excitation. Personne ne la regardait en particulier – du moins pas pour l'instant – il y avait bien trop d'activité alentour pour ça, trop de choses à voir pour se concentrer sur une seule personne. Des regards l'effleuraient vaguement, tout comme le sien vagabondait.

Spencer avait trouvé Stéphanie et l'embrassait fougueusement. Elle ne l'avait jamais vu dans une situation aussi… intime auparavant. Le voir embrasser cette femme, la caresser, c'était choquant et excitant à la fois.

Jessie allait voir pas mal de choses inédites ce soir.

Diaz la fit pivoter vers lui, les mains posées sur ses épaules, puis dans son dos, caressant sa peau à travers le fin tissu du tee-shirt qu'elle portait.

— Fais comme si nous étions seuls. Ne fais pas attention aux autres, ignore tout ce qui se passe. Je te garde sous ma protection, et aussi à l'abri des regards que je le peux.

Il ne se doutait de rien, hein ? Elle posa une main sur son torse, adorant sentir la fermeté de ses muscles sous ses doigts.

— J'ai envie de regarder.

Il haussa un sourcil, puis esquissa un sourire.

— Tu es une coquine, tu le sais, ça ?

— Oui, répondit-elle dans un sourire.

Il la fit se tourner et plaqua son dos contre son torse, passant les mains sur ses côtes. Il se pencha pour murmurer à son oreille :

— J'aime bien regarder aussi.

Son souffle lui chaud caressa la nuque en même temps qu'il passait les mains sous ses seins, faisant durcir ses tétons contre son tee-shirt. Les autres voyaient-ils ça ? Qui la regardait ? Elle fouilla la foule du regard, croisant celui de Spencer qui se tenait derrière Stéphanie dans la même position qu'eux. Il avait soulevé le tee-shirt de la jeune femme et défait son soutien-gorge, et il tenait ses seins à pleines mains.

Mais Spencer regardait Jessie, et pas de la façon dont un grand frère la regarderait.

Aucun des *Wild Riders* n'était son frère, ça n'avait jamais été le cas. Ils ne cessaient de se dire qu'elle était comme une sœur pour eux, mais elle s'était toujours doutée que c'étaient des conneries. En tout cas, ça l'était pour elle. Ils étaient des hommes, et elle une femme.

Cela n'avait jamais été aussi évident que dans cette mission.

Entre ce qu'elle voyait et ce qu'elle ressentait, elle se sentait submergée, d'une façon positive. Elle s'était inquiétée pour cette partie de la soirée ? Elle n'aurait pas dû. C'était sexy en diable. Les yeux de Jessie passèrent à Crush. Les deux femmes étaient à genoux, en train de défaire sa braguette et d'en sortir son sexe. Pendant qu'elle regardait, Diaz se tenait derrière elle, sa verge durcie pressée contre elle. Il ondulait, avec insistance, lui faisant clairement comprendre que c'était avec lui qu'elle était, et personne d'autre.

Comme si elle pouvait en douter une seconde. Elle tendit les bras derrière elle et posa une main sur son érection. Il siffla.

— Tu sais à quel point j'ai envie de te baiser ?
— Qu'est-ce que tu attends ? demanda-t-elle, s'appuyant encore plus contre sa queue.

Sa culotte était trempée, collait à son sexe. Elle l'imaginait déjà en train de s'enfoncer en elle pendant qu'ils regardaient les autres couples le faire. Certains d'entre eux étaient déjà déshabillés, d'autres l'étaient presque. Des gémissements et des geignements, quelques murmures inintelligibles se faisaient entendre au-delà du crépitement du feu de camp.

C'était tellement mieux que les films qu'elle avait l'habitude de regarder. Tout était proche, du sexe intime qui se passait vraiment sous ses yeux. Aucune mise en scène, rien d'artificiel, c'étaient de vraies personnes qui faisaient l'amour. Pas de star maquillée dans des postures acrobatiques offrant leurs parties au meilleur angle de la caméra. Les gens étaient grands, petits, certains plus vieux, d'autres plus jeunes, quelques couples étaient splendides, d'autres laids. Certains avaient des corps de rêve et d'autres pas.

Peu importait. Chaque détail était excitant. Elle regardait d'autres personnes faire l'amour, et ça la faisait mouiller. Une femme entièrement nue s'allongea sur la botte de foin devant elle. Celui qui l'accompagnait s'empressa de mettre un préservatif, puis enfonça sa queue imposante en elle. La femme se mit à crier, souleva les hanches pour que l'homme aille plus loin encore, tout en enfouissant son visage entre ses seins.

Jessie frémit, tentée de tendre la main et de les toucher, comme si elle n'arrivait pas à croire que ce soit vrai. Il y en avait trop à voir. Elle ne savait pas où regarder ensuite, mais avait hâte de tourner la tête, de peur de rater quelque chose d'excitant.

Elle entendit le rire viril de Diaz derrière elle. Il prit ses seins dans ses mains, passant les pouces sur ses tétons, faisant flageoler ses jambes.

— Tu m'ignores pour mieux regarder, on dirait.

Elle posa sa tête contre son torse, haletant d'excitation.

— Je ne pourrai jamais t'ignorer. Tu as une queue d'enfer. Baise-moi avec, maintenant.

— J'aime les femmes qui savent ce qu'elles veulent.

Il défit le bouton du pantalon de Jessie, baissa sa braguette et glissa sa main à l'intérieur pour lui caresser le sexe. Elle inspira bruyamment, regrettant de ne pas avoir entièrement enlevé son pantalon pour qu'il ait toute liberté de mouvement pour jouer avec son clitoris et sa chatte. Pourquoi est-ce qu'il ne la déshabillait pas ? D'autres étaient nus, des femmes, jambes écartées, se faisaient lécher. Elle sentit son clitoris frémir en voyant cela, son sexe humidifiant les doigts explorateurs de Diaz.

— Baise-moi, l'implora-t-elle.

Il fit passer ses doigts le long de ses lèvres puis en enfonça deux en elle. Elle se figea, frissonna, saisissant son avant-bras tandis qu'il la doigtait en de profonds mouvements.

— Comme ça ? demanda-t-il.

— Oui, répondit-elle en serrant la mâchoire, peinant à laisser sortir quelques mots.

Le regard de Jessie se porta sur Crush, pantalon sur les chevilles tandis que les deux femmes dévoraient sa queue chacune son tour, leurs lèvres et leurs langues léchant son membre gonflé, puis prenant son gland empourpré dans leurs bouches. Elles serraient ses testicules entre les mains, puis l'une d'elle les lécha et les prit en bouche tandis que l'autre avalait sa queue en entier. Il agrippa les cheveux de la blonde lorsqu'elle enfonça son sexe au fond de sa bouche. Puis il leva les yeux vers Jessie et lui adressa un sourire, hochant la tête, pendant que Diaz poursuivait le va-et-vient infernal de ses doigts en elle.

Mais Jessie en voulait plus.

— Diaz, je t'en supplie.

Elle se souleva contre sa main, s'agrippant à son poignet pour qu'il enfonce la main encore plus dans sa culotte. Mais il saisit le bras de la jeune femme et retira ses doigts.

Jessie était prête à pleurer. Jusqu'à ce qu'il commence à retirer le pantalon de la jeune femme, l'abaissant en dessous de ses fesses. Elle sentit l'air frais sur son sexe.

— Penche-toi.

Il la poussa vers l'avant de sorte qu'elle puisse poser les mains sur une botte de foin, son jean sur ses chevilles. Elle entendit le cliquetis de la ceinture de Diaz, le bruit de sa braguette, le son d'un sachet en plastique qu'on ouvre.

Dépêche.

Puis il commença l'exploration, son gland écartant les lèvres de son sexe pour s'enfoncer en elle dans un mouvement violent. Elle sentit sa chatte se contracter autour de lui en guise d'accueil, l'orgasme approchant rapidement.

— Oh... Oh, là, là, Diaz!

Il ne prononça pas un mot, se contentant de se retirer à demi avant de la pénétrer brutalement de nouveau. Est-ce qu'il regardait les autres baiser autour d'eux pendant ce temps? Est-ce qu'il voyait Spencer en train de baiser Stéphanie qui se tenait jambes écartées contre un bâtiment? Voyait-il Crush se faire sucer par ces deux femmes magnifiques, ou n'importe lequel des autres couples alentour? Ou est-ce qu'il se concentrait plutôt sur le cul de Jessie, sur la vue de sa queue en train de disparaître entre les lèvres de sa chatte?

Elle obtint sa réponse quand il se pencha et tendit une main entre ses jambes pour trouver son clitoris et le masser en de grands cercles.

— Je veux que tu jouisses sur ma queue, Jessie. Regarde tous ces gens qui baisent et jouis pour moi.

Jessie ne parvenait pas à se concentrer en cet instant : elle était trop submergée par les sensations que lui procuraient sa queue, ses doigts, toute cette magie qu'ils généraient. Elle gémit et poussa un cri quand il toucha son point G, puis elle se perdit entièrement à mesure que l'orgasme la traversait.

— Oui ! Baise-moi… Plus fort… Je jouis !

Sa chatte agrippait sa queue et des vagues d'extase la submergèrent. Elle s'accrocha à la botte de foin et se serra encore plus contre Diaz.

Elle entendit les cris gutturaux qu'il poussa en jouissant, son corps compressé contre elle en de puissants frissons qui s'approchaient de ceux qu'elle venait de ressentir. Elle empoignait la botte de foin tandis qu'il la pénétrait de toutes ses forces, jusqu'à ce qu'il ait tout donné et ralentisse ses mouvements, ses jambes nues collées aux siennes. Il l'embrassa dans le cou, lui caressa les seins, puis se retira, l'aidant un peu à se relever et à se rhabiller avant de rajuster sa tenue. Ensuite, il la retourna face à lui et la regarda droit dans les yeux. Il l'embrassa d'un baiser profond, mais doux et tendre qui laissa Jessie avec plus de questions que de réponses. Quand il s'écarta, son regard était sombre, mais chaleureux.

— Tu as un œil au beurre noir, fit-elle remarquer en passant les doigts sur les bleus de son visage, les égratignures qu'il faudrait soigner.

Il écarta sa main, en embrassa la paume.

— Je vais bien.

— Tu vas toujours bien si on t'écoute, dit-elle en lui souriant.

Il s'assit sur une des bottes de foin et l'attira contre son torse.

— Ça t'a plu ?

Elle frissonna en songeant à la façon dont il venait de l'aimer.

— Oui, beaucoup.

— Je n'aurais jamais pensé que tu étais une voyeuse ou une exhibitionniste, Jessie.

— Moi non plus. Il y a beaucoup de choses sur moi que tu ne sais pas encore. Ce sera marrant de découvrir tout ça, tu ne crois pas ?

Il rit et l'embrassa.

— Je ne sais pas si c'est seulement possible de tout découvrir sur toi.

Diaz la fit se retourner et noua ses bras autour d'elle. Pouvait-elle se sentir plus satisfaite ? Bon, tout ça, c'était pour le show. Ils étaient obligés de le faire. Mais quand même, Diaz l'avait protégée, avait minimisé son exposition aux regards des autres tout en lui permettant de profiter pleinement de l'expérience.

Il ne cesserait jamais de la surprendre.

Les jeux sexuels commençaient à s'essouffler. Tout le monde avait terminé, se rajustait, et Crush s'était rhabillé.

— Tout le monde ! lança le chef du gang. Que les initiés viennent là.

Jessie, Spencer et Diaz se rangèrent auprès des autres. À peu près la moitié des candidats avaient disparu durant les combats de la soirée.

Crush tendit la main vers un carton que portait Rex.

— Ce sont les insignes indiquant que vous appartenez au gang des *Devil's Skulls*. Bienvenue dans la bande, dit Crush en en donnant un à chacun d'entre eux.

Jessie afficha un grand sourire quand Crush lui donna le sien. Elle le glissa ensuite dans sa poche.

— Il y a aussi des tee-shirts. Allez-y et trouvez votre taille. Demain matin, on va rouler vers l'est pour camper quelques jours sur la Buffalo River. Si vous voulez venir, dites-le-moi. Sinon, laissez vos coordonnées à Stéphanie et on vous tiendra au courant des prochaines sorties prévues. Vous avez tous bien bossé ce soir. On est fiers de vous compter parmi nos membres.

La foule commença à se disperser. Diaz indiqua à Crush qu'ils comptaient rouler avec le gang vers la rivière le lendemain. Ils prirent leurs tee-shirts, puis regagnèrent l'hôtel à moto. Ils avaient du pain sur la planche. Il fallait qu'ils réfléchissent à la suite de leur plan.

Ils avaient réussi l'initiation : ils étaient désormais des *Devil's Skulls*.

Jessie avait le pressentiment que l'action réelle ne faisait que commencer.

Chapitre 12

Une fois qu'ils furent de retour dans leur chambre, Diaz fit un rapport complet à Grange. Bon, peut-être pas si complet : il omit de parler de la partie sexuelle de la soirée. Il y avait des choses sur lesquelles Grange n'avait pas besoin de détails. Et le fait qu'ils aient connu des ébats chauds comme la braise en faisait partie.

Grange leur communiqua les informations du satellite concernant le campement qu'ils avaient découvert. C'était apparemment un vrai campement. Selon les données infrarouges du satellite, il abritait une vingtaine de personnes. C'était peut-être des survivalistes, ou peut-être pas, mais Grange pressentait que ce groupe n'était pas assez grand pour être celui qu'ils recherchaient.

Ils revenaient à la case départ.

Au moins, ils faisaient désormais partie des *Skulls* et allaient rouler avec eux vers la rivière, ce qui les avancerait bien en terre survivaliste. Ils devraient rapidement progresser dans leur enquête. Pour cela, il fallait que Diaz devienne le meilleur ami de Crush.

— On fait partie de la bande. Et maintenant ? demanda Spencer en s'asseyant sur le rebord de la fenêtre de la chambre de Diaz et Jessie.

— Maintenant, on s'intègre, on se rapproche d'autant de membres qu'on le peut, et, avec de la chance, on trouve quelque chose. On garde les yeux et les oreilles grands ouverts.

— Stéphanie connaît tout le monde, fit remarquer Spencer. Je vais m'assurer qu'elle me présente. Je vais me rapprocher d'elle.

Diaz hocha la tête.

— Jessie est déjà proche de Crush. Moi, il faut que je me lie encore avec lui, qu'il commence à me faire confiance. La meilleure façon d'accéder aux secrets de son gang, c'est de se trouver en plein cœur de leur organisation.

— Ça ne va pas se faire du jour au lendemain, fit remarquer Jessie en retirant ses bottes et en étendant les jambes sur le lit.

Elle se recula et tapota les oreillers pour s'adosser à la tête du lit.

— Non, c'est sûr. Mais plus il nous fera confiance, plus il nous donnera accès à des informations. Il te connaît déjà, indiqua Diaz en désignant Jessie d'un signe de tête. Et, tous les trois, on n'a pas hésité à se mêler à une baston dans un bar avec lui. Et puis ce soir, on a tout fait. Chaque étape nous mène un peu plus près du noyau dur du groupe. Je vois déjà que Crush nous fait un peu plus confiance chaque jour.

— Et s'il y a des frictions entre Rex et lui, ça veut dire que Crush doit être en train de chercher des alliés, rappela Spencer.

Diaz hocha la tête.

— Exactement. Ce qui signifie qu'on doit être là pour lui. Il a besoin de personnes à qui faire confiance.

— Il m'a dit une fois qu'il n'avait pas beaucoup d'amis proches, précisa Jessie.

— Ce qui peut tout à fait jouer à notre avantage.

Il était temps que les choses bougent de leur côté. Diaz avait besoin d'un peu d'action, il voulait que cette affaire avance.

— Je vais y aller, dit Spencer en se relevant du rebord de la fenêtre. Je suis naze.

— À demain, le salua Diaz en fermant et verrouillant la porte derrière lui.

Il était déjà 3 heures du matin, il ne leur restait plus beaucoup de temps pour dormir. Quand il revint dans la chambre, Jessie était en train de bâiller.

Malgré cela, il sentit son sexe s'animer. Rien que de la voir étendue sur le lit, de se trouver seul avec elle, il avait envie d'être en elle. Il n'en avait pas eu assez ? Quand serait-il enfin rassasié ?

Jamais.

Les lèvres de Jessie se relevèrent dans son fameux sourire en coin tandis qu'il s'approchait du lit.

— J'ai besoin d'une bonne douche, annonça-t-il. J'ai des restes du combat sur moi.

— Oui, tu as du sang, même. Tu aurais sûrement besoin d'une douce infirmière.

— Ah, vraiment ? fit-il en riant brièvement.

Elle se glissa au bas du lit et passa son tee-shirt par-dessus sa tête.

— Absolument.

Il gagna la salle de bains, Jessie sur ses talons. Tandis qu'il allumait la lumière, elle défaisait déjà son pantalon.

— Je suppose que c'est toi, l'infirmière qui va me remettre d'aplomb ?

— On peut dire ça, oui, répondit-elle en retirant son jean tandis qu'il faisait couler la douche.

Il entra dans la cabine en premier, lui tendant la main pour l'aider à le rejoindre avant de fermer la porte et de laisser la vapeur les envelopper tous les deux.

Tout cela était si bon. De l'eau chaude, Jessie… Il l'attira contre lui, ses seins généreux se pressant contre son torse. Elle se positionna sous le jet d'eau et leva les mains pour lisser ses cheveux en arrière.

— Bon sang, j'en avais bien besoin.

Diaz sentit sa queue se dresser en la regardant, voyant ses tétons pointer, durs comme de petits cailloux sous l'eau qui ruisselait sur son corps.

Gardant les yeux fermés, elle se lava et se rinça les cheveux, puis l'invita à venir sous le jet d'eau à son tour. Il s'exécuta et elle versa une noix de shampooing dans sa main pour laver les cheveux du jeune homme, usant du bout de ses doigts pour lui masser le cuir chevelu. Il devait se pencher un peu pour qu'elle puisse atteindre le sommet de son crâne, mais c'était tellement bon de sentir ses mains sur lui, même s'il ne s'agissait que de ses cheveux.

Il se rinça et prit le savon pour le faire mousser entre ses mains.

— Retourne-toi.

Elle lui offrit son dos et il la savonna de bas en haut, s'attardant sur la peau douce entre ses omoplates, avant de suivre les bulles de savon qui tombaient sur sa croupe. Il glissa un doigt dans la raie de ses fesses et elle frissonna, tourna la tête, et lui lança un regard qui fit réagir ses testicules.

Oh oui !

Il glissa un bras autour de sa taille et l'attira tout contre lui, savourant la sensation entre leurs corps luisants. Il ondula contre elle, sa queue se glissant entre ses jambes.

— J'ai besoin de te baiser, dit-il en laissant son sexe se balader le long des lèvres de sa chatte.

Elle se pencha légèrement, lui offrant la même vue qu'il avait eue un peu plus tôt dans la soirée. Sauf que, cette fois, elle était humide, lisse, les jambes bien écartées.

— Vas-y, dit-elle en tendant la main derrière elle pour saisir sa queue.

Il marqua une pause, puis se frotta contre elle, l'eau et sa poigne lui rappelant son sexe chaud. Il aurait pu la laisser faire pendant toute la nuit. Mais il en voulait plus, il voulait sentir les parois de son sexe autour de lui, écouter les bruits qu'elle faisait quand il la baisait.

Il ouvrit la porte de la cabine de douche, juste le temps d'attraper un préservatif. Il ne pensait pas être capable d'en enfiler un aussi rapidement. Il se sentait comme un gamin qui va tirer son coup pour la première fois, il ressentait ce besoin désespéré, cette envie pressante d'être en elle qu'il éprouvait chaque fois qu'il l'approchait. Il ne se souvenait pas d'avoir jamais ressenti rien de tel pour aucune autre femme.

Mais il savait bien que Jessie était spéciale, non ?

Il lui écarta les jambes de son genou, s'avança entre elles et se servit de ses mains pour la pousser à se pencher un peu plus, que ses fesses remontent bien. Il prit un instant pour reculer et admirer la vue de son cul, pour écarter ses belles fesses et glisser un doigt sur son anus adorable.

Elle frémit, mais il ne se retira pas.

Diaz aimait bien ça. Il se servit de ses doigts, qu'il humidifia entre les lèvres de la jeune femme pour les écarter et enfoncer sa queue en elle. Son halètement de plaisir était sa musique préférée ; il recula pour lui donner un plus grand coup de reins, voulant entendre ces bruits qui lui échappaient. Il s'assura de les provoquer en tendant une main pour jouer avec son clitoris, titiller son piercing jusqu'à ce qu'elle pousse des cris. Elle se resserra, se plaqua contre lui en ondulant le long de sa queue.

Il saisit ses hanches et commença un va-et-vient fait de longs coups retenus. Jessie glissa une main entre ses jambes et commença à jouer avec son clitoris.

— C'est ça, ma belle, dit-il en s'enfonçant encore plus loin. Caresse-toi. Fais-toi jouir.

Ses lèvres étaient encore plus chaudes que l'eau de la douche et leurs sécrétions s'étalaient sur ses testicules. À chaque caresse, elle le serrait plus fort, suscitant plus de friction, le rapprochant de son extase.

Il lui écarta les fesses, usant de ses doigts pour la taquiner.

— Oh, mon Dieu, Diaz !
— Tu aimes ?
— Oui, oui !

Il glissa le bout de son doigt dans son anus, sentant ses muscles lui résister, puis se détendre tandis qu'il poussait un peu plus loin.

— Tu vas me faire jouir !

— C'est le but.

Diaz continua à jouer avec son anus tout en maintenant un lent va-et-vient avec sa queue. Jessie massait son clitoris de façon de plus en plus frénétique, et il se servit de ses réactions pour ajuster sa manière de lui donner du plaisir. Il s'enfonça plus loin, à la fois avec son sexe et son doigt jusqu'à ce qu'elle s'immobilise, frissonnante, se laissant aller à la jouissance, ses parois convulsant autour de sa queue, son anus se resserrant sur son doigt.

Il n'en pouvait plus et se laissa traverser par un orgasme éclair, ce qui le fit se redresser, le forçant à s'accrocher au montant de la porte de la cabine de douche pour ne pas sombrer pendant qu'il ressentait des vagues de plaisir intense. Sa chatte se serrait en des spasmes incessants, absorbant tout ce qu'il avait à donner sans qu'il lui reste plus rien.

Il se retira, les savonna et les rinça tous les deux, puis éteignit la douche, lui tendant une serviette alors qu'elle sortait de la cabine.

— C'est presque le matin, dit Jessie en suspendant la serviette.

Elle avait l'air épuisée, des cernes se dessinant sous ses yeux.

Diaz la prit dans ses bras.

— Qu'est-ce que tu fais ? demanda-t-elle.

— Je nous mets au lit.

— Je peux marcher de la salle de bains au lit.

— C'est plus marrant comme ça.

Elle éclata de rire et noua ses bras autour de son cou.

— Alors fais-toi plaisir.

Il la posa sur le lit, éteignit les lumières, puis se glissa à côté d'elle, l'attirant tout contre lui. Elle poussa un soupir, se lova contre lui, collant ses fesses à son entrejambe.

— Si tu continues comme ça, tu n'arriveras jamais à dormir.

— Le sommeil, ça sert à rien, répondit-elle en bâillant bruyamment.

En l'espace de quelques minutes, elle dormait à poings fermés.

Et il était vraiment ravi de la tenir entre ses bras.

Il y avait un million de raisons qui faisaient que c'était mal, mais il était trop fatigué pour y penser. Tout ce dont il se souciait, c'était de tenir Jessie entre ses bras, et de trouver au moins quelques heures de sommeil.

Il pourrait ruminer tout ça le lendemain.

Heureusement, Crush avait décidé qu'ils ne partiraient pas avant midi. Jessie avait l'impression d'avoir du plomb dans les paupières. Du plomb doublé de sacs de sable.

Ils avaient réussi à dormir pendant quelques heures avant d'avoir à se lever, manger, rendre la chambre et retrouver Spencer. Puis ils allèrent à la rencontre de Crush et des autres.

L'idée d'une sieste la faisait rêver plus que tout. Elle se doutait que cette journée serait vraiment longue. Quand ils retrouvèrent les *Skulls*, Crush annonça qu'ils partiraient vers la rivière Buffalo à l'est, et qu'ils logeraient dans une cabane pendant les quelques jours où ils parcourraient des sentiers.

Jessie adorait les aventures de ce genre. Mais, dans l'immédiat, ce dont elle avait plutôt besoin, c'était une journée dans sa chambre, sous la couette. Ces derniers jours avaient été épuisants, c'était le moins qu'on puisse dire. Elle avait besoin de temps pour absorber tout ça.

Malheureusement, elle n'avait pas le loisir de penser à Diaz et elle, au sexe, à quoi que ce soit d'autre que la mission. Ils étaient trop occupés. Elle était assez impressionnée par le gang de Crush. Elle pensait que ce n'était que des *bikers*, mais ce n'était pas vrai. Quand ils se retrouvèrent à la lisière de la ville, il y avait des motos, mais aussi quelques camping-cars, et des camions qui fermaient la marche.

— Les *Skulls* sont bien accompagnés, dit Jessie à Crush.

— Certains de nos membres aiment voyager dans le confort, répondit-il en haussant les épaules. Certains ne supportent pas les hôtels alors ils s'installent au camping. Et puis on en a quelques-uns qui viennent d'assez loin pour préférer remorquer leurs motos. On en profite pour transporter des outils, des pièces détachées et de l'équipement dans les camions et les caravanes.

— Mais pas toi, intervint Diaz.

Crush tapota ses sacoches.

— Tout ce dont j'ai besoin se trouve sur ma moto.

Crush se lança pour guider le cortège. Diaz, Spencer et Jessie échangèrent un regard.

— Je ne savais pas pour les camping-cars et les caravanes.

— Tu crois qu'on pourrait y trouver des armes ? demanda Spencer.

— C'est une possibilité, j'aimerais aller voir dedans.

— Il va falloir découvrir qui les conduit, dit Jessie. Peut-être qu'on trouvera une occasion d'y jeter un coup d'œil, ou, si on se montre assez amicaux, on peut réussir à se faire inviter dans les camping-cars.

— Pas besoin d'invitation, fit Spencer en regardant Diaz et haussant les sourcils, se faisant parfaitement comprendre.

Après tout, ils étaient des voleurs.

— C'est bien vrai. Tout est question d'opportunités. Il faut qu'on reste dans le coin et qu'on garde un œil sur ces camping-cars et ces caravanes, voir où ils vont.

— Si on va tous au même endroit, ça devrait être assez facile, fit remarquer Jessie.

— Espérons que ce soit le cas, commenta Diaz.

Crush fit démarrer sa moto, indiquant à tous qu'il était temps d'y aller. Les motards roulaient en tête de cortège, les camping-cars et les camions fermaient la marche.

Ils voyagèrent pendant plusieurs heures et, l'espace d'un moment, Jessie oublia la mission, car la journée était splendide : un automne précoce dans cet air frais, légèrement piquant, le vent s'engouffrant autour d'eux tandis qu'ils prenaient des routes étroites et sinueuses en direction de l'est. Lors d'un des arrêts, Crush expliqua que les camping-cars et les camions devraient emprunter l'autoroute car les épingles à cheveux et les collines escarpées seraient trop dures pour eux. En d'autres termes, ils allaient se retrouver entre motos. Les véhicules les rejoindraient à la rivière quelques heures plus tard.

Le trajet fut absolument magnifique. Plus de cinquante motards en file indienne sur une route diablement géniale – et la vue était incroyable. Plus ils gagnaient en altitude, plus ils se rapprochaient du parc national et de la rivière, plus la forêt s'épaississait. Même les odeurs devenaient plus puissantes. Une odeur plus forte de terre, de bois, primitive, plus pure. Jessie se sentait plus proche de la nature. Peut-être était-ce le silence complet. Malgré le vrombissement de tous les moteurs, elle se sentait en paix. Et il n'y avait pas de maisons, pas de commerces, rien que le ciel, les arbres et les oiseaux qui volaient avec eux tandis qu'ils se hissaient sur les collines.

Diaz lui avait dit que c'était pour cette raison que les survivalistes extrémistes aimaient cette région. Ils voulaient s'isoler des interférences gouvernementales, de quiconque s'opposait à eux sur le terrain religieux, politique ou racial.

Jessie n'aimait pas ce genre de groupes radicaux et leurs idéaux. Anarchie, violence. Suprématie des Blancs. Rien de tout cela ne correspondait à ses croyances personnelles. Entasser des armes de contrebande pour mettre en œuvre leurs plans tordus était une perspective effrayante. Avec un peu de chance, Diaz, Spencer et elle parviendraient à les arrêter. Elle voulait protéger les innocents et éviter le bain de sang.

Ils finirent par quitter la route principale pour se diriger vers le sud, entrant dans une petite ville, avec une épicerie et quelques boutiques qui semblaient être là pour fournir les campeurs en saison. Ils s'arrêtèrent pour refaire le plein rapidement, puis ils suivirent Crush dans les terrains de campement. Les chemins étaient pavés, ce qui aidait beaucoup. Manœuvrer une moto sur une route de gravier pouvait se révéler traître. Crush s'arrêta devant ce qui ressemblait à un centre de vacances, avec un chalet principal relié à un restaurant, ainsi que plusieurs groupes de logements individuels.

Ils stoppèrent devant le chalet principal pour s'enregistrer et répartir les logements. Diaz en choisit un isolé pour eux deux.

— Comme ça, on sera tranquilles, on pourra s'éclipser si besoin et garder un œil sur les autres, lui dit-il.

Elle acquiesça.

Spencer comptait s'installer dans le chalet principal avec Stéphanie, où logerait Crush, ainsi que Rex et certaines des huiles des *Skulls*. Ainsi, ils couvraient à eux trois la garde et l'arrière-garde du groupe. C'était parfait.

Décrire cet endroit comme rural était un euphémisme. Situé à environ deux kilomètres de la route, le complexe était niché au pied de grands arbres, sur une colline qui surplombait des kilomètres de vallée verdoyante et de rivière. La vue était à couper le souffle. La cabane où elle logerait avec Diaz était adorable. Une simple pièce avec un lit, du bois sur le sol et sur les murs, une table à tréteaux, une kitchenette et même un vieux canapé. Pas de télévision. Jessie se dit que, ici, le divertissement se trouvait à l'extérieur, pas à l'intérieur. C'est pourquoi la pièce avait toutes ces fenêtres, avec des rideaux aux motifs de petites pommes et poires. Très cosy.

— Super endroit, tu ne trouves pas ? demanda Jessie à Diaz en jetant leurs sacs sur le lit.

Il s'avança derrière elle tandis qu'elle admirait la vue derrière la baie vitrée. On voyait le flanc de la colline qui aboutissait à la rivière.

— Ça sera pratique. Personne ne peut partir de ce côté-ci. La pente est trop abrupte. Impossible de transporter des armes dans cette direction. Rien d'autre que la rivière de ce côté. Et impossible d'installer un campement ou même un point de ralliement ici.

— Je parlais plutôt de la vue.

— Oui, c'est beau.

Il se détourna et ouvrit son sac pour le vider.

Jessie secoua la tête, se rendant compte qu'il était complètement passé à côté du paysage. Il était clairement focalisé sur la mission. Poussant un soupir, elle se mit à défaire son sac, et, pendant que Diaz discutait au téléphone avec Grange, elle se promena dans la cuisine, s'imaginant ce que pourrait être l'endroit où elle vivrait avec Diaz. Un appartement, peut-être, vu qu'ils bougeaient beaucoup. Ils n'auraient pas besoin de beaucoup de place. Une ou deux chambres, dont une qui servirait de bureau. Peut-être qu'ils auraient un chat. Diaz aimait-il les chats ? Il leur faudrait un lit *king size*, parce qu'il était très grand. Elle aimerait bien se rouler dans un grand lit avec lui.

Elle se laissa tomber sur le matelas et le regarda faire les cent pas dans leur petit nid douillet, songeant à ce que ça serait si elle vivait avec lui un jour. Elle ferait la cuisine, ils regarderaient le sport à la télé ensemble – ils aimaient tous les deux le foot et les courses automobiles. Ils avaient vraiment beaucoup en commun. Avait-il déjà un endroit à lui ? Elle ne lui avait jamais posé la question. Elle vivait au QG des *Wild Riders*, mais il ne venait qu'en cas de mission, ou quand il voulait utiliser la salle de sport. Ces derniers temps, il était venu souvent, restant même quelques semaines d'affilée. Tous les *Riders* pouvaient vivre là s'ils voulaient, Grange ne s'en souciait pas. La décision leur appartenait.

Diaz raccrocha.

— Bien, rapport à Grange, c'est fait.

— Où est-ce que tu vis ? lui demanda-t-elle.

Il tourna la tête et fronça les sourcils.

— Hein ?

— Quand tu n'es pas au QG, où vis-tu ?

— Ah, fit-il en haussant les épaules. En ce moment, nulle part. J'ai squatté chez AJ un moment, mais son bail se terminait et il voulait voyager un peu, donc j'ai bougé à droite à gauche, chez des amis ou chez les *Wild Riders*.

— Je vois.

Peut-être cherchait-il un nouveau logement, tout compte fait.

Rêves vains, bien sûr, mais elle y avait droit. Au moins dans sa tête. Diaz ne voudrait jamais. Il avait déjà clairement indiqué qu'il n'y avait pas d'avenir pour eux.

— Pourquoi cette question ?

Elle baissa les yeux sur la couverture en patchwork du lit, tirant sur les fils qui dépassaient.

— Pour rien. Je me demandais juste où tu étais pendant ton temps libre.

Quand elle releva les yeux sur lui, il la dévisageait d'un air curieux. Il pensait sûrement qu'elle se mêlait de ce qui ne la regardait pas, ce qui était la stricte vérité. Autant changer de sujet.

— Et maintenant, on fait quoi ? demanda-t-elle.

Il regarda son téléphone portable.

— Il est temps de retrouver Spencer, d'aller voir les autres, de manger un morceau et de voir si les camping-cars et les camions sont arrivés. Je veux savoir où ils sont garés pour visualiser leur emplacement et définir une stratégie pour examiner leur contenu.

— D'accord.

Elle sauta au bas du lit, déterminée à se focaliser elle aussi sur la mission.

Ils décidèrent de marcher jusqu'au chalet principal, ce qui leur donnerait l'occasion de savoir qui se trouvait où. Outre les cabanes, il y avait aussi des tentes érigées dans une clairière à quelques mètres du chalet principal. Le chemin montait, et comme leur cabane était tout en bas, ils mirent un certain temps à arriver. Ils progressèrent lentement, s'arrêtant en route pour saluer d'autres *Skulls*. Diaz lui tint la main ou enroula son bras autour de sa taille pendant toute la promenade. C'était peut-être pour jouer le rôle de la mission, mais elle aimait tout de même cela et se lovait contre lui, savourant son odeur et la chaleur de son corps. Le soleil commençait à se coucher, et, comme ils étaient en altitude, l'air se rafraîchit. Le temps qu'ils arrivent au chalet principal, elle grelottait.

— Tu as froid ? lui demanda Diaz alors qu'il lui tenait la porte.

Elle se frotta les mains.

— Oui, il fait plus frais en hauteur.

— Il va donc falloir que je trouve un moyen de te tenir chaud ce soir.

Diaz avait prononcé ces mots d'un air sérieux.

— Je crois bien, oui, répondit-elle en lui souriant.

Maintenant, elle avait une jolie perspective en plus du dîner. Elle savait qu'il ne sous-entendait pas simplement d'ajouter quelques couvertures sur le lit.

De longues tables en bois étaient installées dans la salle à manger. Crush avait indiqué qu'un de ses amis possédait cette maison, ce qui expliquait pourquoi il avait porté son choix sur cet endroit. En outre, c'était isolé, ce qui leur laissait le champ libre, et ils n'avaient pas besoin de cuisiner au feu de bois à l'extérieur.

— C'est sûr que c'est mieux que les haricots en boîte et les saucisses, hein ? lança Diaz en s'asseyant à table.

— Oui, j'aime bien les expériences un peu plus sauvages, comme vous tous. Mais John et Beth font la meilleure viande que j'aie jamais goûtée, affirma Crush.

Jessie n'allait pas se plaindre de manger de la cuisine maison, et en intérieur, dans la chaleur du feu de cheminée. Cet endroit était accueillant, avec son parquet sombre, ses grandes baies vitrées qui offraient des vues du paysage nocturne et de la lune qui se levait. Et il y avait de la nourriture à foison. Crush avait raison. John, Beth et leur personnel étaient agréables, et de vrais cordons bleus. Le repas était délicieux. Après le dîner, Diaz et Jessie trouvèrent une petite minute pour s'entretenir seuls avec Spencer, qui leur fit signe dès qu'il fut parvenu à se dépatouiller de la collante Stéphanie.

— Quelques-uns des gars ont dit qu'ils allaient faire un tour nocturne à moto, dit Spencer tout en gardant un œil sur les alentours pour vérifier que personne ne les écoutait. Ça m'a eu l'air un peu louche.

— Comment ça? fit Diaz en haussant un sourcil.

— Ils parlaient tout bas, comme s'ils voulaient que personne ne soit au courant. J'ai entendu ça vraiment par hasard.

— D'accord. Qui y va?

— Rex, et cinq ou six autres.

— Quel est ton plan? demanda Diaz.

— Je vais me disputer avec Stéph et je filerai tout seul juste après le départ de ces gars. C'est une bonne excuse pour aller faire un tour en solo.

— Et tu vas les suivre.

— Discrètement, acquiesça Spencer. Mais oui, c'est le plan.

Diaz hocha la tête.

— Et tu as une bonne raison de les soupçonner?

— Dans l'immédiat, je soupçonne tout le monde, répondit Spencer en haussant les épaules.

— D'accord. Tu veux que je t'accompagne?

Spencer secoua la tête.

— Il vaut mieux que j'y aille seul. Comme ça, je donne vraiment l'impression d'aller prendre l'air pour souffler un peu. Je vais faire en sorte que notre dispute soit assez publique.

— Fais attention. Prends ton téléphone et fais-moi signe si tu as besoin de renforts.

Jessie s'inquiétait de savoir que Spencer allait suivre le groupe tout seul. Mais elle devait lui faire confiance, il saurait sûrement se débrouiller en cas de besoin.

Ils s'attardèrent un peu dans la maison après avoir dîné. Diaz donna un coup de coude à Jessie quand Rex et quelques autres s'éclipsèrent par la porte. Une minute et quelques plus tard, elle entendit leurs motos démarrer. Diaz fouilla la foule du regard à la recherche de Spencer, qui était déjà en train de travailler Stéphanie. Elle fronçait les sourcils, secouait la tête, et le son de sa voix devenait de plus en plus fort à chaque phrase qu'elle prononçait. Peu de temps après, leur dispute avait attiré l'attention de tout le monde.

— Ça me soûle. Je me barre.

Spencer leva les mains en l'air dans un geste exaspéré et se tourna pour s'en aller.

Stéphanie le suivit.

— Et tu crois que tu vas où comme ça ?

Il s'arrêta, fit volte-face, et même Jessie fut abasourdie de lui voir un regard aussi noir.

— Je n'ai aucun compte à te rendre, Stéphanie. Ni à toi ni à personne. J'ai besoin de rouler pour me vider la tête, alors lâche-moi la grappe.

Spencer partit en trombe et claqua la porte. *Ouah, c'était drôlement bien joué !* Jessie avait envie d'applaudir sa performance, parce que, vu sa mine choquée et furieuse, Stéphanie devait lui en vouloir terriblement. Elle pointa le nez en l'air, pivota sur ses talons, puis partit comme une princesse.

Jessie se tourna vers Diaz.

— Je me fais du souci pour lui.

Diaz prit sa tête entre ses mains et se pencha pour l'embrasser, ce qui surprit Jessie.

— Il se débrouillera. Spencer est un grand garçon, il sait y faire. En même temps, il faut aussi qu'on fasse notre reconnaissance, et la meilleure façon de procéder, c'est de se séparer et de commencer à poser des questions sur les camping-cars et les camions. Je vais cuisiner Crush sur les camping-cars – je lui dirai que toi et moi on cherche un nouveau logement et qu'on pensait peut-être à acheter un camping-car. Il me mettra peut-être en relation avec les propriétaires des deux qui sont garés dehors.

— Bonne idée. Je vais chercher de mon côté à qui sont les caravanes.

Ils partirent chacun de leur côté pour mener l'enquête. Jessie se joignit à un groupe de femmes qui prenait un verre dans un coin, se disant que le meilleur moyen d'obtenir des informations serait de demander aux filles. À tous les coups, elles sauraient tout sur une organisation comme les *Skulls*.

Et elle avait raison. En l'espace d'une heure, elle avait appris les noms des propriétaires des quatre caravanes, et elle avait même parlé aux épouses de deux d'entre eux. Bien sûr, elle ne coupa pas au passionnant débat sur les remorques ouvertes ou fermées avant que les deux femmes traînent leurs maris pour qu'ils viennent faire la connaissance de Jessie. Elle leur posa des questions sur la propriété de remorques, tâchant de refréner son enthousiasme quand ils l'invitèrent tous deux à les visiter le soir même avec Diaz.

Elle faillit bondir de joie, fouillant la salle du regard à la recherche de Diaz. C'était le moment idéal pour procéder à une inspection surprise de deux caravanes, non ? Mais Diaz était introuvable. Crush aussi, d'ailleurs. C'est ce qu'elle indiqua aux hommes. Les femmes lui proposèrent alors de lui faire la visite. Elle accepta et descendit la colline avec elles, parlant tranquillement de moto et de longs voyages, des camions et SUV les mieux équipés pour remorquer des motos.

Les sujets qu'elles abordaient étaient sans importance. Ce qui comptait, c'était d'entrer dans les deux caravanes, même si ce n'était que pour y jeter un coup d'œil rapide. Le tout était assez vide, à l'exception de la moto, des bagages et de la remise à outils. Elle ne vit rien qui soit susceptible de contenir des armes, donc elle barra ces deux caravanes de sa liste.

Une partie de la mission était accomplie. Deux caravanes éliminées, plus que deux à voir. Elle remercia les couples, qui lui proposèrent de montrer les caravanes à Diaz quand il le voudrait. Puis elle retourna au chalet principal pour trouver Diaz.

Heureusement, elle n'eut qu'à remonter un peu le chemin, car lui se dirigeait vers leur cabane.

— Tu étais où ? lui demanda-t-il.

Elle regarda alentour pour vérifier qu'il n'y avait personne dans les environs. Ils semblaient bien être seuls, mais elle ne voulait prendre aucun risque. Elle lui raconta qu'elle avait vu les deux caravanes, espérant qu'il marche dans son jeu de « vouloir les acheter ». Il acquiesça tandis qu'ils retournaient vers leur cabane. Une fois à l'intérieur, porte fermée, elle lui raconta ce qu'elle avait trouvé.

— Pas de double fond ou de fausse cloison ?

Elle secoua la tête.

— Rien que j'aie pu voir. Les deux étaient solidement bâties et n'avaient pas l'air de pouvoir être plus grandes. À l'intérieur, je n'ai vu aucun endroit où éventuellement stocker des armes, du moins pas dans la quantité dont il est question pour cette mission.

— D'accord. Donc on les élimine.

— Et les camping-cars ?

Il retira son blouson et le posa sur une chaise non loin.

— Je suis resté un moment avec Crush, je lui en ai parlé. Il m'a emmené voir un des gars qui possèdent le camping-car marron.

Jessie se sentit gagnée par une vague d'excitation. Elle s'assit sur le lit près de lui, retirant sa veste et la posant sur celle de Diaz.

— Et tu as vu l'intérieur ?

— Oui, acquiesça-t-il. J'ai eu droit à la visite complète, intérieur et extérieur.

— Et alors ?

— A priori rien, du moins à vue de nez, déclara-t-il en haussant les épaules. Je ne pouvais pas vraiment faire d'inspection fouillée en présence de Crush et Nate. Mais rien n'a semblé sortir de l'ordinaire.

— Dommage.

C'était décevant. Trouver une cache d'armes aurait été une jolie conclusion à leur mission, et aurait voulu dire qu'ils pouvaient arrêter les frais avant de se retrouver impliqués dans quoi que ce soit de dangereux. Mais peut-être n'y avait-il aucune arme. Tandis qu'elle retirait ses bottes, son regard se posa sur Diaz.

— Tu es sûr qu'on est sur la bonne piste ?

— Comment ça ? lança-t-il en fronçant les sourcils.

— Est-ce qu'on est sûrs que les *Skulls* fournissent des armes illégales au groupe de survivalistes ?

— Oui.

Aucune hésitation. Bon, d'accord.

— Et est-ce qu'on est sûrs qu'ils ont des armes sur eux en ce moment même ?

— Tu veux dire sur ce site ? Non. Ça, on n'en est pas sûrs. Ils peuvent avoir une cache dans un autre endroit où ils comptent se rendre uniquement au moment de les contacter. C'est pourquoi il est important pour nous d'intégrer ce gang. Maintenant, notre boulot consiste à rester proches d'eux et à observer leurs moindres mouvements.

— On ne les observe pas des masses d'ici, pas vrai ? demanda-t-elle.

— Non, pas encore, mais on va le faire.

— Vraiment ? Et comment tu comptes t'y prendre ?

— Attrape une couverture et viens avec moi.

C'était pour le boulot, ça ? *Cool.* S'il fallait qu'elle prenne une couverture pour passer du temps avec Diaz, elle était partante.

Il la guida par la porte de derrière et sous le porche de la cabane. Là, il y avait une chaise à bascule pour deux personnes située dans un endroit idéal, dans un coin de la cabane, avec une vue imprenable sur les allées et venues de la route. On voyait tout jusqu'au chalet principal en hauteur, et un peu plus loin le chemin qui passait devant leur cabane. Etant donné que personne ne pouvait se trouver derrière eux, c'était l'emplacement idéal pour s'asseoir et… observer, tout simplement.

En d'autres termes, un point de surveillance parfait.

— Viens, lui dit-il en s'asseyant et en lui tendant la couverture.

La nuit était tombée, et il faisait vraiment froid. Elle s'assit à côté de Diaz et se lova contre lui. Il tira la couverture épaisse sur eux, lui couvrant soigneusement les épaules. Entre ça et sa chaleur corporelle, elle était hyper à l'aise.

Il n'y avait personne aux abords de leur cabane, mais plusieurs membres du gang traînaient près du chalet principal, en haut de la colline. Quelques lumières étaient allumées dans les cabanes, alors que d'autres étaient plongées dans l'obscurité.

Jessie et Diaz se balancèrent en silence pendant un moment, observant les *bikers*, la route, à l'affût de tout ce qui pourrait avoir l'air suspect. Jessie posa la tête sur l'épaule de Diaz et il passa un bras autour de ses épaules, puis joua avec ses cheveux.

C'était confortable, bien chaud, et la façon dont il la caressait la faisait se sentir en sécurité. Elle voulait que cet instant dure une éternité.

Pourquoi est-ce que cela ne pouvait pas durer une éternité ? Pourquoi est-ce que les relations étaient toujours si compliquées ? Qu'est-ce qu'il y avait en Diaz qui le poussait à une telle retenue ?

— Diaz…

— Chut. Ne dis pas un mot.

Il se tourna, releva le menton de Jessie du bout des doigts et pressa ses lèvres contre les siennes. C'était un baiser doux, et elle perdit le fil de ses pensées, elle perdit tout sauf le désir que cet instant demeure pour l'éternité.

Le froid qu'elle avait ressenti auparavant s'était dissous en une chaleur liquide tandis qu'il la serrait dans ses bras, l'attirant sur ses genoux. Elle gémit, la bouche ouverte, et il glissa sa langue à l'intérieur, prenant possession d'elle avec des caresses douces et veloutées qui la firent frémir.

Il chercha la fermeture Éclair de sa veste, l'abaissa et glissa une main à l'intérieur pour la poser sur ses seins. Elle sentit son cœur s'emballer contre sa paume tandis qu'il caressait sa poitrine, taquinant son téton du bout de son pouce.

— Je croyais qu'on faisait de la surveillance…

Elle prononça ces paroles à bout de souffle, ses pensées éparses comme les feuilles dispersées par le vent.

— Je surveille. Concentre-toi sur ce que je suis en train de faire.

— C'est bien mon problème, répliqua-t-elle, haletant tandis qu'il faisait rouler son téton entre ses doigts. C'est tout ce sur quoi j'arrive à me concentrer.

— Ah, Jess, j'ai besoin de te baiser.

Ses paroles lui évoquèrent des choses très coquines. Elle s'approcha de lui, embrassa la commissure de ses lèvres. Il ne savait donc pas qu'elle était prête à tout lui donner, à tout moment ?

— Oui.

Il haleta en sifflant, la souleva et la fit se tenir debout.

— Tiens la couverture devant toi.

Elle se tenait entre ses jambes, dos à lui. Il passa le bras autour d'elle et ouvrit le bouton de son jean, puis en abaissa la braguette. Elle sentit ses jambes flageoler tandis qu'il faisait descendre son pantalon sur ses hanches, puis sur ses cuisses, emportant sa culotte dans le même mouvement jusqu'à ce que tout arrive au niveau de ses genoux. Elle se sentit devenir moite, son clitoris frémissant d'anticipation.

Fais vite. C'était coquin, tellement excitant, d'être dehors, là où tout le monde pouvait les voir. Est-ce qu'elle s'en souciait ? *Oh non, carrément pas.*

Elle le sentit se soulever contre elle, entendit sa braguette, le froissement d'un étui de préservatif.

— Viens là, mon cœur.

Puis Jessie sentit des mains nues sur la peau dénudée de ses hanches qui la surélevaient sur ses genoux.

Ce n'était pas la plus simple des positions, mais elle s'en fichait. Elle voulait son sexe en elle, sentant son gland frotter contre ses lèvres. Il la guida, car elle ne pouvait pas voir, la faisant glisser le long de sa queue, soulevant les hanches pour s'enfoncer plus loin. Elle mordilla sa lèvre inférieure pour s'empêcher de crier tandis que la chaleur de sa queue épaisse s'élançait en elle jusqu'à ce qu'elle se trouve assise sur lui, son sexe enfoui dans ses profondeurs.

C'était si bon qu'elle avait envie de crier. Elle palpitait autour de lui et entama un mouvement de va-et-vient, d'arrière en avant, son clitoris frottant contre les cuisses de Diaz.

— C'est ça, baise-moi, juste comme ça, murmura-t-il, passant un bras autour d'elle pour la coller contre lui.

Il glissa son autre main sous le tee-shirt de Jessie et taquina ses tétons, jusqu'à ce qu'elle ne puisse plus réprimer les gémissements de plaisir qui lui échappaient.

— Oui, baise-moi, Diaz, baise-moi.

À présent, elle ne se souciait pas de qui pouvait l'entendre, ou savoir ce qu'ils étaient en train de faire. Elle ne voulait que l'orgasme qu'elle désespérait de connaître, celui qu'elle sentait se rapprocher à mesure qu'il donnait des coups de reins, pour toujours aller plus loin en elle. À chacun de ses mouvements, son clitoris frottait contre lui, ce qui faisait redoubler le plaisir qu'elle ressentait au point qu'elle dut s'agripper à la chaise pour ne pas chavirer.

— T'aimes ça, baiser dehors, là où tout le monde peut te voir ? demanda-t-il, son murmure comme une douce caresse contre sa joue.

— Oui.

Elle ondulait sur lui, son sexe se resserrant.

— Quelqu'un pourrait être en train de nous observer en ce moment même, Jess. Quelqu'un qui saurait qu'on est train de baiser. Est-ce que ça te fait mouiller ?

— Oui.

— Oui, je sens que tu mouilles de plus en plus.

Diaz intensifia ses coups de reins, soulevant ses hanches pour enfoncer son membre délicieux encore plus loin en elle. Se trouvant au bord du gouffre, elle abaissa les doigts pour recouvrir son clitoris.

— C'est ça, caresse-toi et fais-toi jouir pour moi.

Diaz lui pinça légèrement le téton, le fit rouler entre ses doigts, et elle sentit une véritable explosion en elle, comme si elle s'éparpillait en mille morceaux. Elle voulut rejeter la tête en arrière et crier, mais n'osa pas le faire. Au lieu de cela elle frissonna contre lui, agrippant son bras, la chaise, pendant qu'elle subissait plusieurs vagues d'orgasme, haletant sous l'ampleur de cette extase. Diaz enfouit son visage dans son cou, chuchotant son nom tout doucement pendant qu'il jouissait à son tour, attrapant la main de Jessie et la serrant fort pendant ce qui lui sembla une éternité jusqu'à ce qu'il finisse par se détendre.

Quand Jessie eut repris ses esprits, quand elle eut remis ses vêtements en place et lui aussi, elle s'assit correctement et posa la tête sur son épaule.

— C'est toujours comme ça ?
— Quoi ? demanda-t-il en lui caressant le bras.
— Le sexe.

Diaz prit quelques secondes avant de lui répondre.

— Non, Jessie. Ce n'est pas toujours comme ça.

Elle sourit. C'était bien ce qu'elle pensait.

Chapitre 13

Chaque fois que Diaz tenait Jessie dans ses bras, il se rendait compte à quel point il serait difficile de la laisser partir. Il s'était habitué à sa présence, à sa proximité. Il avait commencé à la considérer comme sienne.

Il était dans une merde noire.

Mais il allait bien *devoir* la laisser partir.

Elle s'était lovée contre lui, le nez contre son torse, les yeux fermés. Bon sang qu'elle était belle, et encore si innocente. Il ne voulait surtout pas gâcher cette part d'elle en la forçant à vivre avec lui. Il la ruinerait. Peut-être pas dans l'immédiat, mais sur le long terme, à force, sa véritable nature ressortirait. Il avait déjà eu du mal à maîtriser son tempérament. Que se passerait-il le jour où elle l'énerverait vraiment ? Est-ce qu'il la poursuivrait comme son père l'avait fait avec sa mère ?

L'idée de faire du mal à Jessie lui causait des douleurs physiques. Il aimait penser qu'il ne ferait jamais rien de tel, mais refusait de prendre le risque.

Il valait mieux commencer à prendre ses distances maintenant, mais il devait être faible, car il n'y parvenait pas.

Plus il passait de temps avec elle, plus il en voulait. Il ne semblait jamais en avoir assez, surtout sachant que ce qu'ils vivaient serait temporaire. Chaque jour, le temps qui passait se faisait plus pressant, annonçait qu'il touchait à sa fin. Peut-être que s'il restait un peu avec elle et s'il l'effaçait ensuite brusquement de sa vie, ce serait plus facile. Elle le détesterait, mais elle s'en remettrait plus vite.

Oui, parce qu'il adoptait une conduite exemplaire, pas vrai ? Il ne pensait pas du tout à Jessie. Il ne pensait qu'à lui. S'il avait pensé à Jessie, il n'aurait rien commencé du tout. Il avait fait preuve de faiblesse. Au lieu de lui tourner le dos, il l'avait mise dans son lit.

Il aurait pu baiser des tas d'autres femmes, qui auraient été d'accord pour passer du bon temps avec lui.

Mais ça ne l'intéressait pas de passer du bon temps, pas vrai ? Avec Jess, ça allait plus loin que ça. Elle l'avait cherché plusieurs fois. Bon sang, c'était presque du harcèlement. Quand elle avait une idée derrière la tête, elle ne l'avait pas ailleurs. Et au lieu de lui barrer le passage, il lui avait ouvert grand les bras. Il ne pouvait s'en prendre qu'à lui-même. Mais comment s'en sortir ?

— Il y a quelque chose qui te tracasse.

Diaz baissa les yeux sur Jessie. Il ne s'était pas rendu compte qu'elle était réveillée.

— Je réfléchissais.

— Je sais. Tu fais ça souvent. Mais tu ne me dis jamais à quoi.

— À des choses et d'autres. Surtout la mission, mentit-il.

Elle se redressa pour lui faire face, ses yeux d'un vert émeraude si clair qu'on le discernait même dans la pénombre. Il retenait toujours son souffle quand il observait son visage de près. Bon sang, il était vraiment mal barré.

— C'est plus que la mission. C'est nous, pas vrai ?
— Nous ? Non.
— Diaz, tu peux me parler. Je suis une adulte. Je peux gérer une discussion en toute franchise s'il y a quelque chose qui te tracasse.

Non, pas cette discussion-là. Celle qu'elle voulait avoir. Celle qui mènerait aux larmes et aux émotions qu'il serait incapable de gérer.

— Crois-moi, Jessie. Je pense à notre mission. C'est ça qui m'occupe en ce moment.

Elle l'examina attentivement. Il savait qu'elle n'avalait pas ses excuses. Elle lisait trop bien en lui. Tôt ou tard, ils devraient parler de leur relation. Il ne voulait pas le faire maintenant, voilà tout.

Le vrombissement des motos lui sauva la mise. Ils tournèrent tous deux leurs regards vers le chalet principal. Rex et les *bikers* partis un peu plus tôt étaient revenus et se dispersaient vers leurs logements respectifs.

— Spencer est déjà là ? demanda-t-elle.
— Non.
— Ce n'est pas bon, ça.
— Non, pas vraiment.

Diaz sortit son téléphone portable et composa le numéro de Spencer.

Il attendit que ça sonne plusieurs fois avant de tomber sur la messagerie vocale.

— Il ne répond pas.
— Il est peut-être sur sa moto, en route vers ici. Il ne peut pas entendre les sonneries pendant qu'il roule.

— Peut-être.

Diaz se radossa à la chaise. Quelque chose clochait. Ça ne ressemblait pas à Spencer de disparaître sans donner de nouvelles.

Une heure plus tard, Diaz était convaincu qu'il lui était arrivé quelque chose. Spencer aurait dû les avoir contactés ou être de retour à cette heure.

— Allons le chercher.

Jessie jeta la couverture par terre.

— J'attendais que tu le proposes.

Ils s'équipèrent et enfourchèrent leurs motos. Alors qu'ils arrivaient au niveau du chalet, Crush s'avança à pied au milieu de la route.

Merde. Diaz s'arrêta.

— Il se fait un peu tard pour une balade, non ? lança Crush en haussant un sourcil.

— Oui.

— Vous allez où ?

— Spencer et Stéphanie se sont disputés dans la soirée.

— On l'a tous vu, fit remarquer Crush en esquissant un sourire. Ça arrive.

— Il est parti se vider la tête à moto. Il y a quatre heures.

Crush fronça les sourcils.

— Il n'est pas encore rentré ?
— Non.
— Et il est parti tout seul ?
— Oui.

Diaz espérait qu'il n'allait pas rester là à leur poser des questions. Il fallait qu'ils prennent la route.

— Attendez, je viens avec vous.

Merde et re-merde. C'était la dernière chose que Diaz voulait.

— C'est bon, on va se débrouiller.

— Oui, je suis sûr que vous en êtes capables, mais je connais cette région comme ma poche, chaque sentier. Et vous non. Laissez-moi vous aider.

Diaz ne pouvait en aucune façon refuser. Ils n'avaient pas le choix.

— D'accord. Merci.

Diaz regarda Jessie, qui secoua la tête pendant qu'ils attendaient que Crush se prépare.

Si Crush était impliqué dans ce que Rex et les autres fabriquaient, et si cela avait un lien avec un trafic d'armes, Diaz et Jess seraient peut-être pris au piège.

Diaz n'aimait pas que Jessie soit avec eux pour cette sortie.

— Tu peux retourner à la cabane, lui dit-il.

— Dans tes rêves, répondit-elle en fronçant les sourcils. Je viens avec toi.

Il se doutait que Jessie lui répondrait ça. Il n'aimait pas savoir que son arme était dans sa sacoche et non à sa ceinture, mais, au moins, il en avait une. Avec un peu de chance, il n'aurait pas à s'en servir.

Crush sortit et grimpa sur sa moto.

— On va commencer par les sentiers les plus proches, en imaginant qu'il n'est pas forcément allé très loin. Ensuite, on élargira le champ des recherches.

— On te suit, dit Diaz.

Ils démarrèrent leurs bécanes et partirent. La nuit noire et les routes étroites n'offraient pas les meilleures conditions pour rouler. Au moins avaient-ils une lune digne de ce nom pour éclairer leur chemin.

Ils mirent environ une demi-heure à parcourir le premier sentier, surtout en descente, pour aboutir à une impasse au bord de la rivière. Aucune trace de Spencer. Crush fit donc demi-tour et remonta par le même chemin qu'ils avaient emprunté à l'aller. Il roula un peu sur la route puis prit le sentier suivant : toujours rien. Diaz ouvrait l'œil pour détecter l'éventuelle présence d'autres *bikers* ou d'un camp de survivalistes. S'il y avait bien une chose qu'il voulait éviter, c'était de tomber dans un piège. Si Crush avait l'air de chercher à les entourlouper, il prendrait Jessie avec lui pour s'enfuir à toute vitesse.

Crush prit subitement un grand tournant vers la droite pour s'engager sur quelque chose qui ne ressemblait pas à une route. En réalité, s'il ne les avait pas guidés, Diaz n'aurait rien vu du tout. La piste n'était pas signalée, et il était difficile d'y manœuvrer à cause des arbres et de la végétation qui l'envahissait, de grands dangers pour les motards. Ils roulèrent donc lentement. Ce qui était une bonne chose : au bout de dix minutes, Jessie cria et klaxonna pour attirer leur attention. Diaz et Crush s'arrêtèrent et firent demi-tour. Jess avait garé sa moto en travers du chemin pour que les phares éclairent une bécane à terre.

La moto de Spencer. Ils se ruèrent dessus, descendirent de leurs motos et attrapèrent des lampes torches pour inspecter les environs.

— Là! s'écria Jessie qui courait déjà vers Spencer, étendu face contre terre.

Il était à moitié couvert de feuilles mortes. Tous trois convergèrent vers lui. Diaz retint son souffle pendant que Jessie examinait leur ami.

— Il est en vie, déclara-t-elle en posant deux doigts sur son cou. Spencer, tu m'entends ?

Il gémit.

— Éclairez-le, dit Jessie.

Diaz et Crush dirigèrent leurs lampes torches sur Spencer et Jessie l'examina, retirant les feuilles mortes au fur et à mesure.

— Il saigne à la jambe, déclara-t-elle.

— J'ai une trousse de premiers secours, lança Crush qui se dirigeait déjà vers sa moto.

Jessie lança un regard inquiet à Diaz.

Bon sang, mais qu'est-ce qui s'est passé ?

Crush revint avec la trousse et Jessie entreprit de panser Spencer, qui commençait déjà à remuer un peu.

— Ne bouge pas. On est là.

— Putain, ma jambe me fait un mal de chien.

— Reste tranquille. Je regarde ça tout de suite.

Elle s'empara des ciseaux et commença à découper son pantalon autour de la plaie.

Diaz se pencha sur lui.

— Tu sais ce qui s'est passé ?

— Ouais, on m'a tiré dessus, putain !

— Quoi ? fit Crush en écarquillant les yeux. Qui t'a tiré dessus ?

— Si seulement je savais.

— Pourquoi tu n'as pas appelé à l'aide ? demanda Diaz.

— Je devais être trop occupé à me faire tirer dessus, virer de ma moto et tomber dans les pommes. Bon sang, je ne sais même pas où est mon portable, dit-il en tâtonnant les poches de son pantalon. Où est ma moto ?

— Elle est sur le côté, à une dizaine de mètres. Tu as dû voltiger.

— Génial, dit Spencer avec une grimace.

Jessie pressa un épais carré de gaze sur sa blessure.

— Bon, j'ai arrêté l'hémorragie. Je vais mettre un bandage, mais il faut qu'on le sorte de là et qu'un professionnel soigne cette plaie.

— Un des *Skulls* est généraliste, indiqua Crush.

— Sans blague ? demanda Spencer en levant la tête.

— Sans blague, répondit Crush.

Il fallait qu'ils lui amènent Spencer sur-le-champ.

— Tu peux tenir sur une moto ? demanda Diaz.

— Carrément. Aidez-moi juste à me relever.

Crush et Diaz le soulevèrent, plaçant leurs bras autour de ses épaules, et Spencer boita jusqu'à la moto de Diaz.

— Tu vas monter derrière moi, déclara Diaz.

— Comme une gonzesse. Ne le prends pas mal, Jessie.

Elle leva les yeux au ciel.

— Je ne te botte pas le derrière non seulement parce que tu es blessé, mais aussi parce que je suis trop contente que tu ne sois pas mort. Sans ça…

Spencer éclata de rire. C'était bon signe. Crush et Diaz parvinrent à l'installer sur la moto sans qu'il fasse trop la grimace.

— Je vais envoyer mes gars récupérer ta bécane, dit Crush.

Spencer hocha brièvement la tête, échangea un regard avec Diaz et ils démarrèrent, Crush en tête. Ils roulèrent lentement pour ménager Spencer, ne voulant pas malmener sa blessure.

Quand ils rentrèrent au campement, une poignée de personnes attendaient déjà au chalet. Crush avait dû utiliser son portable pour prévenir qu'ils étaient en chemin. Bien. Ça voulait dire qu'il y aurait plein de bras pour les aider à faire descendre Spencer de la moto et le porter à l'intérieur du chalet.

Ils l'emmenèrent dans une des chambres et l'installèrent sur un lit une place. Un homme du nom de Mark, qui semblait avoir la quarantaine bien tassée, s'avança, un sac noir à la main. Diaz se dit qu'il devait s'agir du médecin, vu qu'il fouilla dans son sac et commença à découper le pantalon de Spencer tout en lui posant un million de questions.

— Tu peux zapper les questions, Mark, et te concentrer sur les soins, d'accord ? lui dit Crush.

Alors comme ça Crush ne voulait pas qu'on soumette Spencer à un interrogatoire, pas plus que Diaz ? *Bien*. La dernière chose dont ils avaient besoin, c'était que quelqu'un appelle les flics ou pose trop de questions auxquelles Spencer ne serait pas préparé à répondre. C'était un moment clé, et ils ne pouvaient pas perdre leur couverture maintenant.

Mark demanda à tout le monde de sortir à l'exception de Crush, Diaz, Jessie et une femme du nom de Laura qui était aussi infirmière. Rien de tel que les *bikers* qui avaient une autre activité professionnelle. Laura se plaça de l'autre côté de Spencer, aidant Mark à nettoyer la plaie et l'anesthésiant pour qu'ils puissent extraire la balle.

— La balle s'est logée dans l'épaisseur de la cuisse, juste à la surface, déclara Mark.

Diaz regarda Mark la retirer avec un forceps et la faire tomber dans un bol. Il faudrait la conserver au cas où ils en auraient besoin plus tard en guise de preuve.

— Je vais la garder en souvenir, doc, fit Spencer.

— D'accord, je te la mets dans un sac.

Beau boulot, Spencer.

— Tu as de la chance qu'elle ne soit pas allée plus profond et n'ait touché aucune artère.

— Oui, je me sens incroyablement chanceux, dit Spencer en levant les yeux au ciel.

— C'est tout ? Pas de dégâts supplémentaires ? demanda Jessie en jetant un coup d'œil à Diaz.

— C'est ça. Je vais le recoudre. Il a perdu un peu de sang et sera faiblard quelque temps. Je vais lui administrer un antibiotique pour éviter l'infection. En dehors de ça, il devrait guérir facilement.

— Merci, Mark, dit Diaz en poussant un soupir de soulagement.

Ça aurait pu être bien pire. Il était heureux que Spencer ne soit pas grièvement blessé, et encore plus heureux qu'ils n'aient pas grillé leur couverture en emmenant Spencer à l'hôpital. Son ami était costaud, il guérirait vite.

Quand Mark eut terminé, il quitta la pièce avec Laura, après avoir fermement ordonné à Spencer de ne pas faire le moindre mouvement. Stéphanie se présenta sur le seuil, mais Diaz lui demanda de revenir plus tard, une fois qu'ils lui auraient parlé. Puis il ferma la porte. Malheureusement, Crush insista pour rester, et, vu que c'était son gang et qu'ils étaient censés en faire partie, Diaz ne put rien lui objecter.

— Bon, qu'est-ce qui s'est passé là-bas ? lança Crush, le visage déformé par la colère.

Spencer regarda Diaz puis haussa les épaules.

— J'étais là en train de rouler tout seul, après ma dispute avec Stéph. J'ai entendu des motos, j'ai cru que c'était Rex et les autres qui étaient partis avant moi. Je me suis dit que j'allais les rattraper et rouler avec eux. Je me rapprochais d'eux et de ce sentier, et un coup de feu a retenti. J'ai volé de ma moto et c'est la dernière chose dont je me souvienne avant que vous veniez à mon secours.

— Tu as vu quelqu'un d'autre ?

— Il n'y avait personne sur ce sentier, Crush, répondit Spencer. En tout cas, je n'ai vu personne.

Le témoignage de Spencer fut suivi d'un silence, la situation étant assez claire. Quelqu'un du groupe de Rex lui avait-il tiré dessus ?

— Crush, comment tu as su qu'il fallait prendre ce sentier ? demanda Diaz. C'était facile de le louper. Tu devais savoir qu'il était là.

— Je me suis baladé dans ce coin plein de fois, et je l'avais déjà pris. On le connaît tous. J'ai vu des traces de moto, alors je me suis dit que Spencer était peut-être parti de ce côté.

Assez plausible, reconnut Diaz.

— Rex aussi aurait pu l'emprunter avec ses potes, déclara Diaz, exprimant clairement ses doutes.

Il voulait lancer l'accusation et voir comment Crush réagissait.

Ce dernier se passa une main dans les cheveux.

— C'est pas possible. Ce devaient être des chasseurs ou quelque chose comme ça.

— Ce n'est pas la saison de la chasse, fit remarquer Diaz.

— Putain! lança Crush en faisant les cent pas dans la petite chambre. Il faut que je trouve Rex.

Il quitta la pièce sans leur adresser un mot de plus.

Jessie s'assit sur le fauteuil.

— C'était intéressant. Crush a eu l'air surpris. Énervé. Comme s'il se doutait de ce qui s'était passé.

Diaz secoua la tête.

— Je ne le crois pas. Il nous cache des choses en feignant de ne pas être au courant de tout.

— Peut-être a-t-il été surpris qu'on me tire dessus, suggéra Spencer en se redressant sur son oreiller.

— Peut-être bien. C'est sûr qu'il ne voudrait pas attirer l'attention sur cette zone s'il est sur le point de livrer des armes dans le coin. Mais je suis convaincu qu'il en sait plus qu'il ne le dit.

— Pourquoi est-ce qu'il nous aurait menés sur ce sentier si Rex et les autres étaient censés rencontrer les survivalistes à cet endroit? objecta Jessie.

— Bonne question. Il nous en aurait plutôt détournés, dit Diaz. Rien de tout cela n'est vraiment logique. Qui sont les méchants dans cette histoire?

— Je l'ignore, Diaz, répondit Spencer. Je n'ai vraiment vu personne, mais j'ai cru entendre Rex et les autres, et je n'ai pas pu me rapprocher suffisamment pour en être sûr. Ils pouvaient simplement être en train de se balader. Peut-être qu'ils n'ont rien à voir avec le trafic d'armes. Mais peut-être que si et que Crush n'y est pour rien.

— Crush est peut-être le seul impliqué. Ou alors c'est Crush et quelqu'un d'autre, suggéra Diaz.

— Ou Rex et ce groupe, et Crush n'est au courant de rien, proposa Jessie.

— Je ne crois pas.

Jessie se tourna vers Diaz.

— Et pourquoi pas ? Pourquoi es-tu si sûr que Crush est coupable ?

— Parce qu'on l'a dans notre ligne de mire depuis le tout début. C'est lui notre cible, c'est lui qu'on doit surveiller. C'est le chef de ce groupe.

— Ce qui ne veut pas dire que quelqu'un d'autre de son gang pourrait être en train de vendre ces armes.

— Elle n'a pas tort, Diaz. On peut au moins explorer cette piste, déclara Spencer.

S'était-il trompé ? S'était-il focalisé sur Crush alors qu'il aurait mieux fait de chercher quelqu'un d'autre ?

— Je vais vérifier ça, et vous, commencez à surveiller Rex. S'il part en balade avec ses potes, ce sera mon tour de le surveiller.

— Et j'irai avec toi, affirma Jessie.

C'était la dernière chose dont il avait besoin. Il ne pouvait pas gérer cette mission et s'inquiéter de savoir si quelqu'un allait tirer sur Jessie.

— Je ne crois pas, non.

— Pourquoi pas ?

Diaz désigna Spencer du doigt.

Jessie haussa les épaules.

— Je serai prudente, et je serai avec toi. À deux, on peut mieux assurer nos arrières, non ?

— Non, Jess. Tu ne viendras pas avec moi, et c'est définitif.

— N'importe quoi, fit-elle en plissant les yeux vers lui. Je crois qu'il est inutile de te rappeler qu'on est ici en mission. Regarde ce qui est arrivé à Spencer. Primo, il faut qu'on roule en couple, et deuzio, ce n'est pas prudent que l'un d'entre nous parte seul, même toi. Arrête de jouer les mamans poules, je fais partie de l'équipe. Il serait temps que tu me traites comme une vraie *Wild Rider*.

Spencer s'esclaffa et Diaz lui lança un regard noir.

— Désolé, mais elle a raison.

Diaz sentait qu'il perdait le contrôle. Il ne pouvait pas faire ça, être à la fois l'amant et le boss de Jessie. Il bouillait intérieurement, avait besoin de relâcher la pression. Il fallait qu'il sorte. Il se tourna vers Jessie, serrant les poings.

— Cette situation, c'est précisément la raison pour laquelle ça… ne peut pas marcher… entre nous.

Il se retourna et quitta la chambre avant de faire quelque chose d'incroyablement stupide, comme admettre à quel point il tenait à elle.

Bouche bée, Jessie fixait du regard la porte par laquelle Diaz venait de sortir. Elle s'avança, l'observa en train de s'éloigner, furieux, et sortir du chalet par la porte de devant. Elle ferma la porte de la chambre et revint au chevet de Spencer.

Spencer arborait un sourire en coin.

— Qu'est-ce qui te fait rire comme ça ? Tu as vu ce qui vient de se passer ?

— Oui, répondit Spencer en joignant ses mains derrière sa tête. C'était très divertissant.

Jess se laissa tomber dans le fauteuil et secoua la tête.

— Je ne comprends pas. Il était furax. Vraiment en colère. Contre moi.

— Oui.

— Pourquoi ? demanda-t-elle en levant les yeux vers Spencer.

— Parce qu'il est amoureux de toi, andouille.

— Amoureux… Tu es fou ? Jamais de la vie ! fit-elle en bondissant du fauteuil.

Spencer sourit de plus belle.

— Bien sûr que si. Et il n'a aucune idée de comment le gérer, alors il fait face à la Diaz. Il se met en colère, mélange tout et fait tout foirer.

Jessie regarda la porte, se tourna vers Spencer puis se rassit. Elle sentit son cœur s'emballer. Diaz, amoureux d'elle ? Était-ce possible ?

Non. Spencer délirait complètement.

— Il m'a fait comprendre de mille et une façons que ça ne marcherait jamais entre nous.

Spencer lui adressa un sourire entendu.

— Ma belle, il essaie de se convaincre lui-même, pas toi. Il a peur.

— De quoi ?

— De toi. De l'engagement. D'une relation. Mais surtout il a peur d'aimer quelqu'un et de finir par lui faire du mal.

— Comme son père avec sa mère.

— Oui. On est plusieurs à venir de familles où il y avait de l'abus, donc on connaît la chanson. C'est difficile de sortir indemne de ce cercle de violence, dur de se persuader que ce mal ne vous poursuit pas. Diaz pense qu'il va finir comme son père parce qu'il a un sale caractère.

— Il ne me ferait jamais aucun mal. Je le vois bien. Je joue avec lui presque tout le temps. Je l'agace, je l'irrite, je teste ses limites. Je ne l'ai jamais vu sur le point de me frapper. Il a toujours été patient avec moi.

— Je ne pense pas qu'il ressemble à son père. Mais, quand on lui dit ça, il ne nous croit pas.

— Alors qu'est-ce que je fais ?

Spencer haussa les épaules.

— Je suis la dernière personne qui pourrait te donner des conseils en amour, ma petite. Ce n'est vraiment pas mon truc. Je dirais seulement que, si tu tiens à lui, il faut que tu le convainques que vous êtes faits l'un pour l'autre.

N'était-ce pas ce qu'elle essayait de faire depuis le début ? Elle tenait à lui. Ça avait toujours été le cas. Mais, avec ces moments qu'ils avaient partagés, lui donnant l'occasion de le connaître – de vraiment découvrir sa personnalité, la façon dont il la traitait –, elle savait qu'elle voulait qu'il fasse partie de sa vie.

Seulement, Diaz avait la tête dure. Le convaincre d'entamer une vraie relation honnête avec elle – de rester ensemble même après la mission – serait encore plus compliqué que de terminer leur job.

Apparemment, il avait décidé que le sexe suffisait entre eux, du moins pour l'instant. Elle avait le pressentiment que, dès que cette affaire serait bouclée, il lui « parlerait ». Pour lui dire qu'ils avaient travaillé ensemble, mais ne pouvaient pas se lancer dans une relation. Ou bien que son passé l'influençait encore et qu'il ne voulait pas lui faire de mal.

Jessie allait devoir se préparer pour cette conversation, parce qu'elle était tout aussi têtue que Diaz, et elle avait déjà décidé qu'elle ne le laisserait pas se débarrasser d'elle comme ça.

Elle allait le garder, que ça lui plaise ou non.

Et elle ferait bien de commencer dès maintenant, en le suivant et en essayant de comprendre ce qui le préoccupait, puis en tâchant de le calmer.

— Ça va aller ? demanda-t-elle à Spencer.

— Oui, répondit-il en bâillant. Je suis naze. Il faut que je dorme pour être d'attaque demain.

— Mais bien sûr. Tu n'iras nulle part demain.

— C'est ce qu'on verra, hein ? lança-t-il avec un clin d'œil.

Elle secoua la tête, déposa un baiser sur son front et éteignit la lumière avant de fermer la porte derrière elle. Elle demanda à Mark de ne laisser personne entrer dans la chambre de Spencer — elle pensait surtout à Stéphanie, car Jessie était sûre qu'elle serait capable de tenir Spencer éveillé toute la nuit, soit en le soûlant de paroles, soit en lui proposant du sexe. Mark lui assura que personne ne viendrait déranger son ami.

Elle sortit du chalet et descendit le chemin menant à leur cabane, espérant y trouver Diaz. Il était assis sur la chaise qu'ils avaient occupée un peu plus tôt dans la soirée. Elle sentit une vague de chaleur parcourir son corps quand elle se souvint de ce qu'ils y avaient fait.

Comment un homme capable d'élans aussi chaleureux, passionnés, pouvait-il craindre de lui faire du mal ? Il ne voyait donc pas ses propres sentiments envers elle ?

Peut-être pas. Parfois, les hommes avaient besoin d'une bonne claque pour revenir à la réalité.

Elle ne s'assit pas à son côté, préférant s'appuyer contre la rambarde, face à lui.

— Ça y est, t'as fini ta crise ? demanda-t-elle en croisant les bras.

Il haussa un de ses beaux sourcils bruns.

— Pardon ?

— Tu m'as très bien entendue. Qu'est-ce qui s'est passé là-haut ?

Il leva les yeux vers le chalet, derrière Jessie.

— Rien. Oublie.

— Super, la communication.

— Il y a des fois où je n'ai pas envie de parler, Jess.

— C'est ça. Et parfois tu évites certains sujets. Surtout quand il est question de toi et moi.

Il la regarda fixement.

— Il n'y a rien entre toi et moi. Tu ne comprends donc pas ?

— Oh, allez, arrête de jouer à la Belle et la Bête. C'est des conneries, Diaz.

Elle passa à côté de lui et ouvrit la porte de la maisonnette.

Comme elle s'en doutait, il la suivit.

— La Belle et la Bête ?

— Oui, comme si tu étais cette pauvre Bête incomprise, méchante et violente. Et comme si j'étais la tendre Belle qui voit autre chose que le monstre qui est en toi, mais que tu n'oses pas aimer. Pitié ! fit-elle en levant les yeux au ciel. C'est une histoire ancienne et ça n'a rien à voir avec toi. Tu es un homme, pas une bête. Tu commettras des erreurs, et moi aussi. Mais je ne t'avais jamais vu comme un lâche.

— Je ne suis pas un lâche.

Sa voix avait baissé d'un ton. Cela signifiait qu'il commençait à se mettre en colère, qu'il essayait de garder le contrôle. *Bien*. Au moins, elle avait attiré son attention.

Jessie se retourna pour lui faire face.

— Ah, vraiment ? Tu as trop peur pour seulement essayer d'avoir une relation avec moi. Si ce n'est pas de la lâcheté, qu'est-ce que c'est alors ? Et si tu me dis encore une fois que tu essaies de me protéger, je te file un coup de pied dans les couilles.

Il ouvrit la bouche, puis la referma, et il sembla esquisser le plus léger des sourires.

— Peut-être que c'est moi qui devrais avoir peur de toi. Bon sang, Jessie, tu deviens violente quand tu te mets en colère !

— Oui, peut-être que tu *devrais* avoir peur de moi, Diaz, parce que je n'aime pas qu'on me dise ce que je suis censée ressentir. Et je n'ai pas besoin qu'on me protège. Je n'en ai plus jamais eu besoin depuis mes quinze ans. Et au cas où tu ne l'aurais pas remarqué, je suis une adulte à présent. Une femme. Et j'ai des sentiments, putain ! Pourquoi tu ne commencerais pas par remarquer ces sentiments que j'ai pour toi ?

— Quels sentiments, Jess ?

— Je t'aime ! Tu es débile au point de ne pas être capable de comprendre ça tout seul ?

Bon, c'était sorti dans un élan de colère. Peut-être pas la plus belle déclaration d'amour, mais elle l'avait dit. C'était fait. Et maintenant ?

Diaz la dévisageait, choqué.

Elle aurait éclaté de rire si la situation n'avait pas été aussi pathétique.

— Tu ne t'en doutais pas, c'est ça ?

Comment pouvait-il ne pas le savoir ? N'était-ce pas une évidence ? N'était-*elle* pas une évidence ?

Il se balança d'un pied sur l'autre pendant quelques secondes, les mains enfoncées dans ses poches. Elle se dirigea vers lui.

— Ne fais pas ça, lui dit-il.

Elle s'arrêta.

— Ne m'aime pas, Jess.

Elle sentit son cœur se serrer.

— C'est pas comme ça que ça marche, Diaz. Tu ne peux pas demander à quelqu'un de ne pas avoir de sentiments pour toi.

— Je ne peux pas te donner ce dont tu as besoin.

— Si, tu le peux.

— Ça ne marchera pas, dit-il en secouant la tête. Je ne suis pas le genre d'homme que tu veux.

— Pourquoi tu ne me laisses pas en décider ?

Peut-être avait-il seulement besoin d'un peu de pression, de quelques arguments pour le convaincre…

— Je n'ai pas… je n'éprouve pas les mêmes sentiments pour toi.

Et comme ça, en une fraction de seconde, elle sentit comme une déflagration dans sa poitrine. Elle avait entendu les mots de Diaz, mais elle ne voulait pas les croire. Et pourtant ils résonnaient à l'infini dans son crâne, finissant par faire sens.

Des larmes emplirent ses yeux. Elle cligna plusieurs fois des paupières pour les repousser, se refusant à pleurer, refusant de s'effondrer comme une gamine. Elle lui avait dit qu'elle était une adulte, une femme, qu'elle était une dure.

C'était vrai. Elle allait encaisser son rejet, même si elle était anéantie à l'intérieur. Parce qu'elle n'avait rien à répondre à cela.

Il ne l'aimait pas. Spencer s'était trompé. Elle s'était trompée.

Elle comprenait, maintenant. Diaz avait bien aimé le sexe entre eux, mais c'était tout. Peut-être qu'il tenait un peu à elle, mais il ne l'aimait pas. Rien ne le ferait changer d'avis.

Jessie prit une profonde inspiration et hocha la tête.

— D'accord.
— Je suis désolé, Jess.

Elle secoua la tête.

— Non, c'est moi qui suis désolée, fit-elle d'une voix éraillée, sur le point de craquer. Il fait froid dehors. Je vais me coucher.
— Attends.
— Non. J'en ai assez d'attendre.

Elle passa à côté de lui et entra dans la maison, referma la porte et essuya les larmes qui roulaient sur ses joues.

Elle parvint tout juste à atteindre la salle de bains, poussa le verrou et éclata en sanglots. Elle ouvrit le robinet à fond pour que Diaz ne l'entende pas.

Chapitre 14

Pas fermé l'œil de la nuit. Diaz n'avait pas du tout réussi à dormir la veille.

Entre la culpabilité qu'il ressentait et les larmes que Jessie avait essayé de lui cacher, il était hors de question de seulement songer à dormir. Il l'avait entendue malgré la porte fermée, et ses sanglots lui avaient fait l'effet de coups de couteau dans les tripes. Il avait blessé Jessie, la seule chose qu'il avait juré de toujours lui épargner.

Alors il était resté dehors, recroquevillé sur la chaise, avec la couverture comme seul rempart contre le froid.

Pourquoi ? Parce qu'il était un connard de première et un menteur éhonté.

Jessie lui avait dévoilé son âme. Elle avait dû faire preuve d'audace pour partager ses sentiments de cette façon. Bon Dieu, ce qu'elle était courageuse ! Et qu'avait-il fait, confronté à cette vérité ? Il lui avait menti. Il s'était comporté comme une vraie mauviette, s'était enfui la queue entre les jambes.

Ce qu'il lui avait infligé était impardonnable. Parce qu'il l'aimait. Tout son être le poussait à le lui avouer. Les paroles étaient restées suspendues à ses lèvres dès lors qu'elle les lui avait dites. Ça aurait été tellement facile.

Et tellement mal.

Alors il avait menti, lui avait dit qu'il ne l'aimait pas. Et il l'avait détruite. Il avait vu son visage se décomposer, avait presque ressenti la douleur intense qui l'avait anéantie. Il l'avait ressentie pendant toute la nuit.

Il n'aurait jamais dû la toucher, et aurait mieux fait de garder ses distances avec elle, depuis le début. Ça aurait été la meilleure manière de gérer la situation. Elle était jeune. Il était plus âgé, plus expérimenté. Il aurait pu la repousser facilement, lui dire qu'il n'était pas intéressé avant que rien ne commence entre eux. Au lieu de cela, il l'avait caressée, aimée, était entré en elle tant physiquement qu'émotionnellement.

Et il était tombé amoureux d'elle. Bon sang, il était déjà amoureux d'elle avant même qu'ils fassent l'amour. Leurs rapports physiques n'avaient fait qu'ancrer ce qu'il ressentait déjà.

Elle le savait, et il le savait très bien. Mais il était le seul à le nier.

Mais ne valait-il mieux pas lui faire du mal maintenant, plutôt que plus tard ? Parce qu'il lui ferait forcément du mal un jour ou l'autre, et plus tard ce serait, pire ce serait. Bien pire. Il le savait, en était persuadé.

Jessie éprouverait de la douleur maintenant, mais elle s'en remettrait, elle l'oublierait. Elle passerait à autre chose, trouverait un autre mec. Un mec sympa. Et puis elle se remettrait à rire, redeviendrait elle-même. Elle oublierait Diaz.

Rien que d'y penser, il sentait son estomac se nouer. Imaginer un autre homme embrassant sa bouche si douce, posant ses mains sur sa poitrine généreuse, se glissant entre ses cuisses chaudes et prenant ce qui lui…

Non. Elle ne lui appartenait pas. Plus maintenant. Plus vite ils se feraient à cette idée, mieux ce serait.

Le brouillard s'étendait sur les berges de la rivière au bas de la colline, et le soleil avait commencé à s'élever lentement derrière les arbres. Diaz maudit cette lumière, lui préférant l'obscurité qui convenait mieux à son humeur sombre. Il se leva, posa la couverture désormais humide sur la chaise et entra dans la cabane, se dirigeant en silence vers la salle de bains. Il passa devant Jessie, perdue sous un tas de couvertures au milieu du lit. Il marqua une pause pendant une fraction de seconde, ressentant l'envie de grimper sur ce lit et de l'attirer à lui pour sentir son corps contre le sien, une envie si puissante que c'en était douloureux. Il se contenta de prendre des vêtements propres, de fermer la porte de la salle de bains derrière lui, de se déshabiller et de faire couler la douche, laissant l'eau chaude glisser sur sa peau, espérant qu'elle ferait disparaître ses regrets.

Il ne sentit pas tellement mieux après sa douche, mais au moins avait-il retrouvé un peu de tonus. Il parviendrait peut-être à survivre à cette journée. Quand il sortit de la salle de bains, Jessie était encore enfouie sous les couvertures. Le jour venait tout juste de se lever, et il doutait que quiconque soit debout à cette heure-ci. Il s'assit sur le canapé de la pièce unique de la cabane et posa les pieds sur la table basse usée, puis la regarda en train de dormir.

Les rayons du soleil projetaient un éclat doré sur le lit, mettant en valeur son visage. Elle fronça les sourcils pour ne pas avoir de lumière dans les yeux, ce qui fit ressortir les taches de maquillage qui avaient coulé.

Il se demanda combien de temps elle avait dormi. Probablement pas beaucoup. À cause de lui. Elle méritait mieux. Quelqu'un qui ne la rendrait pas malheureuse. Cela ne prouvait-il pas qu'il avait fait le bon choix, ou est-ce qu'il cherchait seulement des excuses pour avoir moins l'impression d'être un connard avec elle ?

Bon Dieu, qu'il était fatigué ! Il passa une main sur son visage, laissant ses yeux papillonner.

Diaz luttait pour garder les yeux ouverts. Il avait l'impression d'avoir du plomb à la place des paupières. Il leva la tête et se massa la nuque. Il cligna des yeux pour s'éclaircir les idées, se redressa et se rendit compte qu'il s'était assoupi sur le canapé. La lueur du soleil envahissait la cabane, faisant briller le parquet. Il se tourna vers le lit. Il était fait au carré, et, quand il regarda alentour, il n'y avait plus aucune trace de Jessie.

Il se leva, se rendit dans la salle de bains. La porte était entrouverte, alors il la poussa doucement. Jessie n'était pas là. Elle avait quitté la cabane.

Bon sang ! Combien de temps avait-il dormi ? Il sortit son téléphone portable de sa poche en jurant entre ses dents. Dix heures du matin. Il avait dormi cinq heures. Lui qui pensait pouvoir s'en sortir sans dormir du tout, c'était plutôt raté. Il n'avait pas entendu la jeune femme se lever et s'affairer autour de lui. Ou elle avait fait attention à ne pas faire de bruit, ou il avait vraiment dormi comme une pierre.

Sûrement un peu des deux.

Il enfila ses bottes et marcha jusqu'au chalet pour voir comment Spencer se portait. Il trouva Jessie assise à côté du patient.

— Je reviens tout à l'heure, dit-elle dès qu'elle le vit.

Elle passa près de lui sans lui adresser un seul regard.

— Alors, qu'est-ce que tu as fait pour la mettre en rogne comme ça ? demanda Spencer.

Diaz ferma la porte.

— J'ai pas envie d'en parler. Comment tu te sens ?

— Comme si une hache m'avait traversé la jambe. À part ça, tout va bien. Mark est venu ce matin pour refaire mon bandage. Il a dit qu'il n'y avait pas de signe d'infection.

— C'est bien. Est-ce que tu peux bouger un peu ?

— Oui. Je peux me lever pour aller aux toilettes. À part ça, le toubib m'a conseillé de rester immobile pendant un jour ou deux, ce qui craint carrément.

— Hé, ça aurait pu être pire. Ta moto aurait pu être complètement démolie. Heureusement, c'est ton corps qui a tout pris.

— C'est vrai, s'esclaffa Spencer.

— J'ai raconté à Grange ce qui s'était passé.

— Ah oui ? Qu'est-ce qu'il a dit ?

— Que tu ne devrais plus partir tout seul comme ça et que tu es un gros débile, mais il est content que tu ne sois pas mort. Oh, et la prochaine fois, accroche-toi à ta bécane.

Spencer éclata de rire.

— C'est du Grange tout craché, ça. Tu ferais bien de l'écouter, toi aussi, et de ne pas suivre mon exemple. Quelqu'un ne voulait pas que je suive sa trace, hier soir.

— Je m'en suis occupé. Comme ça, la prochaine fois, on saura exactement où ils iront et on pourra les suivre en respectant une distance de sécurité.

— Comment as-tu fait ?

— J'ai posé des mouchards GPS sur quelques-unes des motos qui étaient sorties hier soir.

— Là où ils ne vont rien remarquer ?

— C'est des micropuces et elles sont bien cachées. Crois-moi, ils n'y verront que du feu. S'ils ressortent avec tout le gang, je pourrai les traquer.

— Bien joué. J'aimerais bien t'accompagner.

— Si au moment venu tu es rétabli, tu pourras. Mais d'ici là…

— Tu emmèneras Jessie, fit Spencer en lui adressant un regard grave. N'y va pas tout seul.

— J'emmènerai Jessie, acquiesça Diaz. Mais, quand même, je pense qu'elle n'est pas prête pour tout ça.

Jessie se faufila dans la pièce et referma la porte derrière elle, lançant un regard noir à Diaz.

— Quelle surprise ! Tu es encore en train de décider dans mon dos de ce que je peux faire ou ne pas faire. Tu es sûr que tu ne te prends pas un peu pour mon père ?

Spencer réprima un rire. Cela n'amusait pas du tout Diaz.

— Je crois que tu es la mieux placée pour savoir qu'on n'a aucun lien de sang, Jess.

— Joli, Diaz, fit Spencer.

Jessie s'assit près du lit de Spencer et le fusilla du regard.

— Et toi, tu fais l'arbitre ?

Spencer haussa les épaules.

— Vu que vous n'arrêtez pas de vous disputer, il faut bien que quelqu'un le fasse.

— On n'a pas besoin de compter les points. C'est terminé, déclara Jessie en se renfonçant dans sa chaise et en croisant les bras.

— Rooh, une prise de bec d'amoureux ? demanda Spencer en les regardant à tour de rôle.

— Me cherche pas, Spencer. Je peux te faire mal et je ne vais pas me gêner, dit Jessie.

Spencer regarda Diaz qui secoua la tête.

— J'ai placé des mouchards GPS sur les motos de Rex et de quelques autres qui sont sortis hier, expliqua Diaz à Jessie. Comme ça, s'ils repartent, on pourra les suivre à bonne distance, en espérant ne pas se faire remarquer, et voir où ils vont. Ce sera plus sûr.

Jessie acquiesça brièvement.

— Dis-moi quand on aura besoin de prendre la route.

— Ça marche.

— Et pour Rex ? demanda Spencer. Est-ce qu'on sait des choses sur lui ?

— J'ai noté la plaque de sa moto. Je l'ai donnée à Grange pour qu'il fasse une vérification. On devrait en savoir plus aujourd'hui.

— D'accord.

— Il faut que j'y aille, j'ai… des trucs à faire, déclara Jess en se levant de nouveau. Tu as besoin de quelque chose ? demanda-t-elle en se tournant vers Spencer.

— Un shot de whisky et une meuf canon.

— Je ne peux te fournir ni l'un ni l'autre, dit Jessie en riant, mais je reviendrai avec un déjeuner tout à l'heure. D'ici là, essaie de te reposer un peu.

— Ouais, ouais. C'est tout ce que je fais, là. Je suis déjà fatigué de me reposer.

— C'est bon pour ce que tu as.

Jessie partit sans un regard pour Diaz.

— Tu l'as blessée, dit Spencer en lui adressant un regard accusateur.

— Oui. Mais, crois-moi, c'est mieux comme ça. Elle s'en remettra.

Spencer secoua la tête.

— Tu es vraiment un sale fils de pute, Diaz.

Diaz plissa les yeux.

— Ne t'en mêle pas.

— Ça saute aux yeux. Elle tient à toi, tu tiens à elle. Tu fais ton chevalier, à essayer de la sauver du grand méchant homme que tu es.

Les propos de Spencer rappelaient beaucoup ceux de Jessie.

— Tu ne sais rien du tout.

— J'en sais plus que tu ne le penses.

— Ah oui ? Et qu'est-ce que tu aurais fait à ma place ?

— Je ne suis pas à ta place, ce n'est pas la même chose. Toi et moi, on n'est pas pareils, et tu le sais bien.

Diaz haussa les épaules.

— Jessie est amoureuse de toi, mec. Et tu es train de tout faire foirer.

— J'ai pas envie d'en parler avec toi, Spencer. Reste en dehors de ça, dit Diaz en se dirigeant vers la porte.

— Je n'aurais jamais pensé que tu étais un lâche, Diaz.

Exactement ce que Jessie lui avait dit la veille.

— Je commence à en avoir marre d'entendre ça.

— Peut-être que tu devrais commencer à écouter.

Diaz serra les poings, marqua une pause de quelques secondes, puis ouvrit la porte et sortit.

Il sentit sa colère monter, son corps tout entier s'échauffant de rage tandis qu'il sortait du chalet dans l'air du matin. Même la fraîcheur extérieure ne parvenait pas à le refroidir.

Diaz avait besoin de partir à moto. Seul. Il grimpa sur sa bécane, démarra le moteur et laissa ses vibrations le traverser jusqu'à l'os. Il ferma les yeux quelques secondes, ressentant sa moto, se perdant dans ses sensations, avant de filer, faisant crisser le gravier sur son passage. Il s'éloigna du chalet et suivit le sentier jusqu'à ce qu'il arrive à la route de bitume, et il mit vraiment les gaz, laissant l'air froid lui transpercer la peau, lui éclaircir les idées.

Il ne savait même pas où il allait, il avait seulement besoin de cette balade solitaire et du ronronnement de son moteur sous lui.

Spencer avait raison. Il était lâche. Ce qui ne changeait rien. Ce qu'il était en train de faire n'avait rien d'admirable. Mais c'était la seule réaction possible. Il savait qui il était, quel était son passé, son tempérament. Il le contrôlait peut-être pour l'instant. Comme son père l'avait fait, à une époque.

Diaz était une bombe à retardement. Et il était hors de question qu'il explose aux mains de Jessie. Pas avec quelqu'un qu'il aimait.

Jamais.

Alors ils pouvaient bien penser qu'il était un connard. Ça ne le dérangeait pas.

Jess serait en sécurité.

Il sortit de la ville et trouva un bar accueillant les *bikers*, en haut d'une colline surplombant la rivière. Il passa la journée là, seul, heureux d'être assis près de la fenêtre, avec de la musique assez forte pour noyer le bruit de ses pensées, et quelques bières pour étancher sa soif. Quand il fut lassé de la bière, il passa à l'eau, se disant qu'il faudrait qu'il ait les idées claires au coucher du soleil. Il gardait un œil sur sa montre, voulant retourner au chalet avant la nuit, au cas où Rex ou Crush décideraient de faire une petite balade nocturne. En fin d'après-midi, il remonta sur sa moto pour retourner au chalet. Quand il arriva, ils étaient en train de servir le dîner, et tout le monde s'entassait dans la salle à manger. Jessie était assise à côté de Spencer, qui avait réussi à sortir de son lit et s'était installé à un angle, sa jambe pansée posée sur une chaise. Stéphanie s'affairait d'un côté, Jessie de l'autre.

Le chanceux.

Diaz entra et Spencer lui fit signe.

— Salut, t'étais passé où ?

Diaz s'assit sur la chaise vide en face de lui. Comme d'habitude, Jess évitait tout contact visuel.

— J'ai fait une longue balade.

— Belle journée pour faire ça. Le soleil était de la partie.

— Oui. J'ai trouvé un bar quelques villes plus loin. J'y ai passé un moment et j'ai écouté de la musique en regardant le paysage.

— Bien.

— Il s'est produit quelque chose par ci ?

Spencer secoua la tête.

— Rien de rien. Quelques gars sont partis à la pêche. Crush a emmené des mecs en balade. D'autres sont allés faire du tout-terrain.

Diaz acquiesça, puis se rendit au buffet pour se préparer une assiette. Le reste du repas se déroula en silence la plupart du temps, Spencer et lui échangeant quelques rares propos. Jessie n'adressa la parole qu'à Spencer. Stéphanie l'avait remarqué, car elle n'arrêtait pas de rapprocher sa chaise de celle de Spencer, s'imaginant sans doute que Jessie était en train d'essayer de lui piquer son mec. Si Stéphanie s'approchait encore de Spencer, elle allait finir sur ses genoux. En réalité, elle n'arrêtait pas de percuter sa jambe, le faisant grimacer.

Jessie ne fit rien pour clarifier la situation auprès de Stéphanie. Mais elle avait déjà clairement affirmé qu'elle ne portait pas la jeune femme dans son cœur.

Le portable de Diaz vibra, ce qui interrompit le petit ballet. Il se leva, vit le numéro qui s'affichait. C'était Grange. Il sortit du chalet pour prendre l'appel.

— Allô.

— La plaque que tu m'as donnée pour Rex est revenue, déclara Grange.

— Et?

— Elle est revenue au nom de Landon Mitchell.

— C'est qui, ce Landon Mitchell? Ce n'est pas un membre du gang de Crush.

— Je ne sais rien de plus. Ce nom n'est lié à aucun antécédent, il ne se trouve dans aucune base de données de criminels.

— Alors la plaque est volée ou falsifiée?

— C'est ce que je crois, répondit Grange.

— D'accord. Il faut qu'on trouve un autre moyen d'identifier Rex. Je vais voir ce que je peux faire.

— Tiens-moi au courant.

Diaz raccrocha et médita sur la situation. Il fallait qu'il en parle à Jessie et Spencer, qu'il trouve une stratégie. Il rentra, termina son dîner et attendit que les autres se dispersent. Là, il annonça à Spencer qu'il fallait qu'il lui parle. Seul.

Stéphanie fit la moue, et dit à Spencer qu'elle l'attendrait. Un bal était prévu dans le chalet. Bien sûr, et comment Spencer était-il censé danser ? Diaz leva les yeux au ciel en aidant son ami à regagner sa chambre. Il adressa à Jessie un regard qu'il espérait capable de lui faire comprendre qu'il voulait la voir, elle aussi. Il fallait qu'elle se soustraie à la curiosité de Stéphanie.

Une fois Spencer dans sa chambre, ils attendirent que Jessie fasse son apparition. Elle arriva enfin, refermant la porte derrière elle.

— J'ai fait ce que j'ai pu pour me débarrasser de Stéphanie de-quoi-je-me-mêle. Elle croit que j'en ai après toi, Spencer.

Elle ricana et s'assit dans le fauteuil.

— Bien. Peut-être qu'elle me fichera la paix, alors. Cette femme commence à me soûler.

Jessie s'esclaffa.

— Bon, alors voilà l'histoire, annonça Diaz, essayant de les faire se concentrer sur la mission. Grange a vérifié la plaque de Rex et elle est bidon. Cela veut dire qu'on doit trouver un autre moyen de l'identifier. Je suis ouvert aux suggestions.

— C'est facile, dit Jessie en haussant les épaules. On lui pique son portefeuille, on regarde son permis de conduire ou les autres documents qu'il peut avoir sur lui.

— Plus facile à dire qu'à faire, ma jolie, dit Spencer.

Elle posa les pieds sur la table basse.

— Je fais ça tout le temps. Je suis certaine que j'arriverai à mettre la main sur le sien.

Spencer manqua de s'étouffer en riant.

— Pas une bonne idée, fit Diaz en fronçant les sourcils.

— Pourquoi ? demanda Jessie en croisant son regard.

— Trop dangereux.

Elle leva les yeux au ciel.

— Allez. Je peux piquer un portefeuille les yeux fermés. On est des voleurs, à la base, vous vous souvenez ? Je n'ai pas oublié le b.a.-ba.

— Et comment comptes-tu t'y prendre ?

— Facile, répondit-elle. Tout ce que j'ai à faire, c'est attirer son attention, me rapprocher de lui.

— Il y a un bal, ce soir, fit remarquer Spencer. Une salle sombre, pleine de corps qui se pressent entre eux.

— Le tour est joué, dit Jessie en adressant un regard à Diaz. C'est parfait, quelques danses, collé-serré, et il sera distrait. Il ne se rendra compte de rien.

— Mouais, il risque seulement de se rendre compte qu'il a envie de toi, ma chérie, dit Spencer en riant.

Jessie se mit à rire aussi.

Mais Diaz ne les imita pas.

— Alors ? demanda-t-elle.

Il ne pouvait pas refuser. Il n'avait aucune raison valable, sauf qu'il était jaloux à en mourir. Ce qui n'avait rien à voir avec la mission, et tout avec les sentiments qu'il éprouvait pour Jessie.

S'il lui avouait la véritable raison de sa réticence, il ferait tout foirer. Il venait juste de lui avouer qu'il ne l'aimait pas. S'il commençait à se montrer jaloux, elle n'en serait plus convaincue, n'est-ce pas ? Et ce n'est pas lui qui serait capable de glisser la main dans la poche du pantalon de Rex. Il fallait que ce soit Jessie.

Et merde.

— OK, fais-le. Au moindre pépin, fais-moi signe.

— Il n'y aura pas de pépin. Ce sera simple comme bonjour.

C'était bien ce qu'il craignait.

Au moment où le groupe s'était installé dans la salle, une foule dense était déjà à l'aise au bar. L'alcool coulait à flots, il y avait du bruit, et Diaz et Jessie eurent du mal à trouver une table libre. Heureusement, Spencer avait insisté pour les accompagner, et les gens libérèrent de la place pour qu'il puisse s'asseoir. Une table bien placée, près de la piste de danse, avec des chaises supplémentaires pour qu'il puisse surélever sa jambe. Les *bikers* étaient des gens géniaux. Toujours à prendre soin de leur prochain.

Diaz et Jessie ramenèrent des chaises à leur table. Stéphanie se fraya un chemin à travers la foule, déçue de trouver Spencer entouré de Diaz et Jessie. Elle fit la moue de ses lèvres lourdement maquillées.

Trop dur pour elle. Avec un peu de chance, peut-être qu'elle finirait par lui en vouloir.

Le groupe commença à jouer, démarrant par une série de grands classiques du rock'n'roll. Quasiment tout le monde se mit à danser sur la piste. Stéphanie jeta une œillade pleine d'espoir à Spencer.

— Même pas en rêve, ma belle, lui dit-il. Je reste assis toute la nuit. Ma partenaire de danse, ce soir, c'est elle, fit-il en levant sa bouteille de bière dans un grand sourire.

Stéphanie se renfonça violemment dans sa chaise et poussa un long et fort soupir.

Jessie gloussa et murmura quelque chose à l'oreille de Spencer, qui rejeta brusquement la tête en arrière pour éclater de rire.

Elle essayait délibérément d'énerver Stéphanie. Et, vu l'expression morne qu'arborait la jeune femme, ça fonctionnait.

Au bout de trois ou quatre chansons, ils repérèrent Rex, accoudé au bar, parlant à deux ou trois mecs. Jessie se concentra sur lui, lui adressant quelques regards appuyés.

Rex l'avait remarquée aussi. Bon sang, comment ne pas la remarquer ? Jessie portait un jean moulant et un crop top rouge qui faisait ressortir ses seins.

— J'ai besoin d'un autre verre, dit-elle. Je reviens tout de suite.

Elle se leva, s'avança avec une grâce féline jusqu'au bar. Diaz sentit son pantalon le serrer, sa queue s'animant alors qu'il se souvenait de ce que ça faisait de passer les mains sur le corps d'une femme aussi belle.

Elle s'imposa entre Rex et ses amis, focalisant toute son attention sur ce grand musclé au crâne rasé qu'était Rex. Il lui sourit et ils commencèrent à discuter.

Peut-être parviendrait-elle à prendre son portefeuille. Facile et rapide.

Mais non, apparemment, ça n'allait pas fonctionner comme ça, parce qu'elle posa sa bière sur le comptoir, prit la main que Rex lui tendait, et ils se dirigèrent tous deux vers la piste de danse.

Diaz se pencha en avant, tâchant de mieux les voir, mais ils s'étaient fondus dans la foule dense.

Merde.

Il se leva, s'approcha du bord de la piste, tâchant de garder l'air dégagé. Après tout, il ne faisait que se dégourdir les jambes.

— Tu veux danser, mon chou ?

Il baissa les yeux pour découvrir Stéphanie près de lui.

— Non merci.

— Tu es sûr ? dit-elle en se rapprochant de lui, ou plutôt en collant ses seins contre son bras, s'assurant de frotter ses tétons durcis contre son biceps.

— Tu ne devrais pas rester avec Spencer, toi ?

— Non, j'ai envie de danser. Spencer est hors jeu. Et tu as l'air d'avoir envie de te lancer.

— J'admire ta dévotion, lui dit-il sans même tenter de dissimuler le sarcasme dans sa voix.

Stéphanie ne sembla pas s'en offusquer, continuant d'onduler contre lui.

— Un peu comme la dévotion de Jessie à ton égard, j'imagine ? Elle est en train de faire des étincelles avec Rex sur la piste en ce moment.

Il finit par les repérer. Rex avait les mains sur les hanches de Jessie, et ils bougeaient au son d'une chanson pop mielleuse. Ils avaient l'air d'être collés l'un à l'autre. Jessie avait noué ses bras autour du cou de Rex, donnant l'impression qu'elle pouvait enrouler ses jambes autour de lui à tout moment. Malgré la montée en flèche de son rythme cardiaque, Diaz haussa les épaules et dit :

— Jessie est une femme libre. Elle peut faire ce qu'elle veut.

— Comme moi. Spencer et moi, on ne s'est pas engagés. Je peux faire ce que je veux, avec *qui* je veux.

Avec audace, elle posa la main sur son entrejambe, passant une main sur sa queue.

C'est à ce moment que Jessie le vit, et remarqua où se trouvait la main de Stéphanie. Elle fronça les sourcils, virevolta et frotta ses fesses contre Rex. Était-ce pour faire enrager Diaz, ou simplement pour garder un œil sur Stéphanie ? Diaz avait un doute, mais il était très distrait.

Et, bon sang, il commençait à se sentir très excité. Pas par Stéphanie, elle le laissait de marbre. Alors que Jessie de son côté… Tous ses gestes le faisaient bander, même avec un autre mec.

Il saisit la main de Stéphanie et l'entraîna.

— Allons danser.

— Enfin ! dit-elle.

Il mena Stéphanie sur la piste, se frayant un chemin parmi la foule de danseurs pour se trouver à seulement quelques couples de Jessie et Rex. Jess n'essayait même pas de l'ignorer, même si elle portait beaucoup d'attention à Rex. Elle se retourna, enlaçant Rex tout en bougeant au rythme de la musique.

Diaz prit Stéphanie dans ses bras, sans faire attention à tout ce qu'elle pouvait faire. Elle s'accrocha à lui, frottant ses seins contre son torse, puis sur son ventre tandis qu'elle ondulait contre son corps tout entier.

Il s'en fichait. Il regardait Jess, chacun de ses mouvements. Il imaginait ses mains à elle sur son corps, en train de le caresser, le brûler, faisant durcir sa queue à chacun de ses déhanchés. Jess se détourna de Rex, et il s'empara de ses hanches, la faisant aller et venir contre son sexe, de la même façon que Diaz aurait voulu le faire.

Il sentit sa respiration s'accélérer, son cœur tambouriner dans sa poitrine tandis qu'il se concentrait sur Jess, la musique, les rythmes primaires sur lesquels ils bougeaient. Il était hypnotisé tandis qu'elle levait lentement les bras en l'air, d'un geste séducteur, comme si elle était une flamme qui s'élevait au ciel. Son haut se souleva, dénudant un peu plus son ventre.

Rex posa une main sur sa peau, ses doigts remontant doucement sous le tee-shirt de Jessie.

Elle adressa un sourire à Diaz, le mettant au supplice en lui montrant ce qu'il ne pouvait pas avoir, enroulant ses bras autour du gros bras musclé de Rex, qui la tenait fermement en place tandis qu'elle ondulait contre lui.

C'était la pire des tortures pour Diaz : se trouver contraint de regarder un autre homme poser ses mains sur Jessie, savoir qu'il n'avait aucun droit de s'y opposer alors qu'elle caressait Rex de façon presque intime – ses épaules, ses bras, son ventre, ses hanches, son cul, se glissant sur lui comme un serpent qui explorerait toutes les parties de son corps. Rex demeurait immobile, les yeux fermés, sa queue compressée dans son pantalon, preuve que Jessie l'excitait bien.

Rex avait envie de baiser Jessie. Est-ce qu'elle lui dirait non, ou, maintenant que Diaz l'avait rejetée, est-ce qu'elle l'accepterait ?

Stéphanie se frotta contre Diaz, apparemment perdue dans sa propre danse de la séduction. Il avait à peine conscience de ses mains qui parcouraient le corps de Stéphanie, tous deux bougeaient sur le lent tempo de la chanson, mais il était entièrement concentré sur Jessie. Il n'y avait qu'elle dans son esprit. Aucune autre femme n'existait pour lui.

Diaz sentit la chaleur monter en lui, un feu de joie qui devenait incontrôlable à mesure que la musique gagnait en intensité, faisant vibrer tout son corps. Stéphanie le serra dans ses bras, ronronna contre lui tout en caressant sa queue. Jessie continuait de danser autour de Rex, lui caressant les fesses, se baissant dans une posture d'adoration, puis remontant lentement pour nouer ses bras autour de sa taille, enfermant leurs deux corps qui se balançaient au son de la musique. Elle pressait ses seins contre le dos de Rex jusqu'à ce qu'il se retourne, empoigne ses fesses et la soulève. Elle enroula ses jambes autour de lui et éclata de rire en rejetant la tête en arrière tandis qu'il la faisait danser en décrivant des cercles.

Bon Dieu, Diaz avait envie de ça, il voulait la voir rire en toute légèreté comme ça, il voulait danser en la tenant dans ses bras.

La musique s'arrêta, et Rex déposa Jessie. Il se pencha à son oreille pour lui murmurer quelque chose. Elle sourit, lui tint la main, le regarda dans les yeux, lui dit quelque chose et lui adressa un clin d'œil. Rex se mit à rire, et Jessie tourna les talons, quitta la salle, passa la porte.

Seule.

— Purée, c'était chaud.

Diaz savait que le commentaire de Stéphanie ne concernait pas Jessie. Il baissa les yeux sur la rousse et lui sourit.

— Trop chaud pour moi. Merci pour cette danse.

Il se détourna pour s'éloigner, laissant Stéphanie plantée sur la piste de danse.

Diaz rattrapa Jessie sur le chemin qui menait à leur cabane. Ils ne prononcèrent pas un mot jusqu'à ce qu'ils soient à l'intérieur. Elle ferma la porte, la verrouilla, sortit le portefeuille de la poche arrière de son jean et le lui tendit.

Celui de Rex, sans aucun doute. Elle devait l'avoir récupéré pendant leur danse.

Diaz en sortit la carte d'identité qu'il examina.

— Pas de Landon Mitchell ici. Elle est au nom de Rex James.

— L'immatriculation de sa moto est bien louche.

— Oui.

— Il faut que je lui rende son portefeuille avant qu'il se rende compte de sa disparition. Je reviens tout de suite.

Elle s'absenta pendant une dizaine de minutes, revenant par la porte de derrière.

— Tu as réussi ? lui demanda-t-il.

— Oui, je l'ai laissé par terre, près du bar. Il pensera l'avoir fait tomber pendant qu'il se payait des bières.

Elle était douée pour le vol.

Bon sang, quel homme pourrait rester de marbre quand une femme telle que Jessie glissait les mains partout sur son corps et se frottait contre lui ?

Même les quelques pas dans la fraîcheur de la nuit n'avaient pas éliminé la chaleur qui rampait sous la peau de Jessie. Ses joues étaient encore roses, des gouttes de sueur perlaient dans son décolleté.

— Elle t'a plu, cette danse ? lui demanda-t-il.

— Oui, et toi ?

— Non.

Elle leva un sourcil.

— Dommage. Stéphanie avait l'air de bien s'amuser.

— Je n'ai pas fait attention à elle.

— Ta queue avait l'air de penser autrement.

Elle marqua une pause, ses seins se soulevant à chaque respiration, la tristesse se lisant sur son visage.

— Ça craint, Diaz.

— Oui, je sais.

— Je suis sur les nerfs, inquiète, chaude et excitée. J'ai besoin de toi.

Son honnêteté avait toujours été un trait de caractère qu'il avait admiré chez elle, ce qui faisait de Jessie une femme différente de toutes celles qu'il avait pu connaître.

— Jess.

Elle fit un pas vers lui, ouvrant le bouton de son jean.

— C'est juste une histoire de besoins physiques. J'ai bien conscience que tu ne veux pas d'une relation avec moi. Tu veux qu'on fasse comme ça, ça me va. On se limite au sexe. Rien que le sexe. Tu en as envie avec moi, pas vrai ?

— Oui.

Elle souleva son tee-shirt, le passa par-dessus sa tête et le jeta sur une chaise à proximité. Ses tétons étaient durcis, par le froid ou l'excitation, il n'aurait su le dire, mais peu importait. Tout ce qu'il savait, c'est qu'elle était belle à lui couper le souffle, à s'avancer vers lui à demi nue comme ça, sa peau rosissant de désir et d'envie, de cette même envie qui soulevait sa queue qui se pressait avec insistance contre son jean. Ce même désir qui lui donnait l'impression que ses testicules allaient se nouer sous l'effet de la pression.

Pourquoi diable hésitait-il ? Jessie connaissait la chanson maintenant, et elle lui proposait du sexe sans sentiments. Il devrait sauter sur l'occasion pour les soulager tous les deux.

— Tu es sûre que c'est ce que tu veux ?

Elle s'arrêta à quelques centimètres de lui, une lueur d'hésitation dans le regard.

— Arrête de me poser la question. Je sais ce que je veux : toi et moi dans ce lit. J'ai besoin de jouir, Diaz. Tu m'as chauffée et frustrée sur la piste de danse.

Elle tendit la main vers la boucle de sa ceinture et l'ouvrit, puis elle s'attaqua à sa braguette. Quand elle effleura son érection, il haleta. Il était prêt, il l'était depuis cette danse de la séduction sur la piste. Elle baissa sa braguette et glissa une main à l'intérieur. Il siffla en sentant ses doigts frais encercler sa queue, la serrer.

— Je t'ai chauffé, hein ? demanda-t-elle en se penchant vers lui, la pointe de ses seins frôlant le tee-shirt de Diaz.

— Tu sais bien que oui.

— Bien. Parce que ça m'a fait mouiller de danser pour toi, d'allumer Rex comme ça.

— Il bandait.

— Je sais, il l'a frottée contre moi.

— Il voulait te baiser.

Elle caressa Diaz, baissa son jean jusqu'à ce qu'il tombe sur ses chevilles.

— Oui, c'est ce qu'il m'a dit.

— Alors pourquoi tu l'as pas fait ?

Elle haussa les épaules, captura sa queue entre ses deux mains et la massa jusqu'à ce qu'il ait envie d'elle à en avoir mal.

— C'est moi qui décide qui je baise. Je sais déjà ce que tu peux me donner.

Il commença à la déshabiller, voulant la voir nue, mais elle lui saisit les poignets.

— Oh non, pas encore.

Elle s'agenouilla, faisant glisser ses ongles sur ses cuisses. Sa bouche se trouvait au niveau de son sexe. Elle le prit entre ses lèvres, en léchant le large gland, passa la langue sur le liquide qui se formait à l'extrémité avant de refermer ses lèvres et d'engloutir son membre.

— Ah, mon Dieu, Jessie ! dit-il en posant la main sur le sommet du crâne de la jeune femme qui le suçait avec appétit.

Sa bouche était humide, chaude, sa langue s'enroulait autour de sa queue, ses mains passaient sur ses testicules, sa verge, pressant et caressant le tout chaque fois qu'elle éloignait un peu la bouche. Voir son sexe disparaître entre ses douces lèvres était un mélange de paradis et d'enfer, de ravissement et de torture. Ses testicules se contractèrent, emplis de sperme qu'il voulait déverser dans sa gorge. Mais il voulait aussi jouir dans sa chatte chaude et resserrée sur lui.

— Allez, ma belle, arrête de m'allumer, parvint-il à articuler dans un souffle. Laisse-moi te baiser.

Jessie relâcha sa queue, se leva et s'écarta de lui, baissant la braguette de son propre jean tout en retirant ses bottes. Il ôta entièrement son jean et ses bottes, faisant passer son tee-shirt par-dessus sa tête, et il suivit Jessie dans le lit. Elle retira le couvre-lit et grimpa sur le matelas, s'y étendit, les jambes pendant sur un côté du lit.

Diaz enfila un préservatif, puis il saisit les jambes de Jessie au niveau de ses hanches, soulevant ses fesses du matelas.

— Ta chatte est tellement belle, Jess.

Elle passa une main sur son ventre, puis captura son clitoris entre ses doigts.

— Baise-moi. Fais-moi jouir. J'en ai besoin.

Ses mots crus décuplèrent l'excitation de Diaz. Il entra en elle, ses testicules frémissant tandis qu'elle l'agrippait comme un étau, le guidant dans une chevauchée sauvage et rapide. Jessie continua à masser son clitoris pendant qu'il la baisait, son visage crispé par le plaisir qui s'amplifiait.

Il aimait bien la regarder se caresser, adorait cette position qui faisait qu'il les voyait se joindre tous les deux, regarder sa queue disparaître entre les lèvres moites et gonflées de désir de sa chatte. Elle approchait de l'orgasme, se cambra, ses doigts accélérant leur cadence.

Mais il y avait quelque chose de différent. Elle avait rejeté la tête en arrière et fermait les yeux.

Alors, il comprit. Elle était totalement déconnectée de lui, pas comme les fois précédentes. En dehors de sa queue à l'intérieur d'elle, elle ne le caressait pas du tout.

— Oui, baise-moi plus fort, dit-elle en se soulevant contre lui, s'activant de plus belle sur son clitoris. J'y suis presque.

Elle avait les yeux bien fermés, une main saisissant les draps. Il s'enfonça en elle, sentant ses parois se resserrer autour de lui, l'agripper. Elle entrouvrit les lèvres et laissa échapper un gémissement grave, frémissant sous l'effet de l'orgasme. Il l'observa – si belle quand elle s'abandonnait comme ça – et se laissa aller à sa propre jouissance.

Elle haleta, ouvrit les yeux, lui offrit un sourire satisfait dépourvu de toute chaleur, puis elle le repoussa. Elle se glissa hors du lit pour aller dans la salle de bains quelque temps, revenir et se rhabiller.

Diaz se nettoya et s'habilla, ressentant un grand vide. Il s'assit sur le canapé et enfila ses bottes, refusant de regarder Jess.

Il se leva, prit son blouson et se dirigea vers la porte, ressentant le besoin de dire… quelque chose.

— Jess, je…

Elle détourna brusquement la tête.

— Non. Ne dis rien.

Il la dévisagea, notant encore une fois l'expression neutre de son visage, l'absence de toute étincelle.

Et, pendant une fraction de seconde, Diaz voulut retrouver l'ancienne Jessie. Celle qui se mettait en colère contre lui, qui riait, qui pleurait, celle qu'il avait envie de prendre dans ses bras et qui lui provoquait des émotions chaque fois qu'il la touchait.

Mais il n'avait aucun droit sur cette Jessie-là. C'était comme ça entre eux maintenant, selon ses propres règles.

Et il détestait ça.

Chapitre 15

Jessie regarda partir Diaz. Dès qu'il eut fermé la porte, elle s'effondra sur le lit, ses yeux se remplissant de larmes. Elle en essuya une qui roulait le long de sa joue, furieuse de ressentir ces sentiments, de ressentir quoi que ce soit. Elle avait cru pouvoir assumer. Elle était tellement excitée qu'elle s'était laissé emporter par les sensations physiques, pensant que cela suffirait à lui faire tenir le coup. Elle avait supprimé toute émotion.

Ça avait été tellement dur de se retenir, elle en avait été dévastée. Elle ne pourrait pas recommencer. Peut-être que Diaz était capable de supporter le sexe sans sentiments, mais elle non. Elle y impliquait son cœur autant que son corps.

C'était la dernière fois. Et ça avait été désagréable. Enfin, pas complètement désagréable. Le sexe était bon, évidemment. Elle avait joui, mais à distance, rien à voir avec ce qu'ils avaient partagé auparavant. Avant, il y avait eu une connexion qui allait plus loin que le physique. Quelques instants plus tôt, il n'y avait eu que deux adultes qui baisaient, qui se faisaient du bien chacun de leur côté.

Jessie aimait Diaz. Elle ne pouvait pas se contenter de le baiser. Peut-être que, lorsqu'elle aurait plus d'expérience, elle saurait mieux se servir des hommes.

Mais, d'ici là, il valait mieux qu'elle retourne à sa main et son vibromasseur. Ça lui ferait moins mal au cœur.

La porte s'ouvrit et Diaz rentra. Elle cligna des yeux, espérant que son visage n'était pas strié de larmes.

— Spencer dit que Rex et quelques autres mecs ont décollé il y a environ une demi-heure.

Du boulot, c'était exactement ce dont elle avait besoin pour se vider la tête. Elle sauta au bas du lit et s'empara de ses bottes, les enfila en vitesse et prit sa veste.

— Pourquoi n'a-t-il pas appelé ?

— Il m'a dit qu'il l'avait fait, répondit Diaz en faisant la moue. Mon portable était sur vibreur. Dans mon jean, qui était par terre.

— Oh.

— Tu es prête à rouler ?

Jessie enfila sa veste.

— Oui. On a leur signal sur le GPS ?

Il hocha la tête en levant la petite interface de suivi.

— J'ai une localisation de leur emplacement. Je vais la fixer à mon poignet, comme ça je pourrai continuer à suivre pendant qu'on roule, et je pourrai aussi la cacher sous mon blouson.

— Alors on y va.

Ils enfourchèrent leurs motos et les firent démarrer. À peine avaient-ils avancé que Crush arriva à leur niveau.

— Vous partez ? demanda-t-il.

Oh, oh.

— Oui, répondit Diaz. On va faire une balade.

— Et si je vous accompagnais ?

— Ma copine et moi, on a besoin d'intimité, fit Diaz en secouant la tête.

— Pas ce soir, non. Je viens avec vous, déclara Crush.

— Pardon ? Je viens de te dire qu'on voulait être seuls.

— Et je viens de te dire que ça n'arriverait pas ce soir. Pas après ce qui est arrivé à Spencer hier.

— Je pense que je suis capable de prendre soin de ma copine sans baby-sitter.

Crush plissa les yeux.

— Tous les deux, avec Spencer, vous êtes nouveaux dans mon gang. Je me sens responsable de ce qui lui est arrivé, ça ne s'était jamais produit auparavant. On aime rouler, jouer, se bastonner... mais je ne veux pas d'histoires de ce genre.

Diaz haussa un sourcil.

— Tu es en train de dire que ce qui s'est passé est la faute de Spencer ?

Jessie se mordilla la lèvre inférieure. Tout cela était en train de mal tourner. Et chaque seconde qui passait, Rex et les autres s'éloignaient.

— Ce n'était pas la faute de Spencer, Crush, intervint Jessie, sentant le besoin de s'impliquer dans la conversation, espérant qu'il l'écouterait. Tu n'es quand même pas en train de l'accuser de s'être fait tirer dessus ?

— Je ne sais pas quoi en penser. Rex m'a dit qu'avec les autres, ils ne se trouvaient pas du tout dans le coin où on a trouvé Spencer hier soir. Personne de mon gang ne s'était jamais fait tirer dessus avant votre arrivée.

— C'est quand même mon ami qui s'est pris cette balle, rétorqua-t-elle, trouvant cette idée ridicule.

Qu'essayait-il de leur dire ?

— J'ai seulement besoin de garder un œil sur vous, alors si vous voulez rouler ce soir, je vous accompagne.

Diaz détestait cela, mais ils étaient à court d'arguments, et il ne voyait aucun moyen de contourner Crush. Il était le chef des *Skulls*, et, en tant que membres, ils étaient contraints d'obéir. S'il voulait rouler avec eux, Diaz allait devoir le laisser faire.

Peut-être serait-ce l'occasion de passer Crush sur le gril, de découvrir s'il savait quelque chose, d'observer ses réactions. Ils pouvaient toujours suivre Rex, et s'ils découvraient quoi que ce soit de suspect, ce serait l'occasion de voir ce que Crush savait déjà.

— C'est toi le boss, dit-il en haussant les épaules. Roulons.

Diaz avait le GPS et il avait bien l'intention de suivre la trace de Rex. Si Crush essayait de les arrêter ou les détourner, il saurait pourquoi.

Après avoir quitté le terrain du chalet, ils empruntèrent la route principale vers l'ouest. Il laissa Crush les guider quelque temps, tant qu'ils allaient dans la bonne direction. Diaz gardait l'œil sur son traqueur GPS qui lui indiquait l'emplacement de Rex. Quand Crush vira vers le nord, Diaz et Jessie ne le suivirent pas. Crush fit demi-tour et les rattrapa. Ils s'arrêtèrent.

— Je voulais vous montrer cette route qui longe la rivière, dit-il. C'est une jolie balade.

Diaz secoua la tête.

— C'est ma balade, ce soir. Si tu veux venir avec nous, très bien, mais c'est moi qui choisis le chemin.

Les yeux plissés de Crush indiquèrent qu'il avait quelques soupçons. Diaz s'en contrefichait. La mission arrivait à son terme, alors si Crush devait montrer son jeu, autant qu'il le fasse tout de suite.

— Tu as un endroit précis en tête ? demanda le chef du gang.

— Peut-être. Ou pas.

Il espérait que Crush prendrait cette attitude rebelle pour une vengeance contre sa présence, et rien de plus.

Crush l'examina pendant quelques secondes, puis hocha brièvement la tête.

— Je te laisse ouvrir la voie.

Au bout d'une trentaine de minutes, Rex et son groupe s'arrêtèrent. Ils les rattraperaient rapidement. Il fallait que Diaz trouve quoi faire de Crush, parce que Jessie et lui allaient devoir se garer pour découvrir ce que Rex et les autres manigançaient.

Diaz quitta la route principale et roula vers le sud, dans une zone bien boisée, tout en suivant le traqueur GPS. Il s'arrêta à quelques dizaines de mètres de l'emplacement de Rex.

— Pourquoi est-ce qu'on s'arrête ici ? demanda Crush en garant sa moto.

Diaz leva une main.

— J'ai vu quelque chose. Ne faites pas de bruit et suivez-moi.

Heureusement, Crush ne formula aucune objection, car Diaz n'était pas prêt à s'expliquer. Parfois il valait mieux laisser les choses suivre leur cours, et c'était un test pour Crush. En outre, Diaz et Jessie étaient armés, et il n'allait pas laisser Crush partir de son côté au cas où ce dernier était au courant de ce qui se passait. Il s'occuperait de lui si besoin.

Ils avancèrent vers le groupe de Rex, menés par Diaz. Crush ne s'était même pas rendu compte qu'il avait un GPS. Maintenant qu'il avait un chemin assez clair en tête et qu'il savait où se trouvaient Rex et les autres, Diaz n'en avait plus besoin ; il se contentait de marcher vers le nord, tâchant de faire le moins de bruit possible, se dissimulant derrière des troncs d'arbres jusqu'à ce qu'ils aient une vue plus claire du groupe.

Ils avaient installé des lanternes dans ce qui ressemblait à une clairière dans un site de camping abandonné.

— Hé, mais c'est…

Diaz leva une main pour faire taire Crush. S'il essayait de signaler leur présence à Rex, Diaz avait la ferme intention de l'en empêcher en l'assommant avec la crosse de son pistolet. Mais Crush se tut et observa la scène.

Au bout de quelques minutes, ils entendirent le rugissement d'autres moteurs, le son se dirigeant vers eux. Diaz demanda à ses compagnons de se baisser tandis qu'ils attendaient de voir qui approchait. D'autres *bikers* peut-être ?

Ce n'étaient pas des motos. C'était des tout-terrain, six, qui se garèrent près du camping. Leurs occupants coupèrent les moteurs et descendirent pour s'approcher de Rex et des autres. Diaz sortit son kit d'écoute, tout comme Jessie.

Crush lui lança un regard interrogateur. Diaz secoua la tête, regarda Crush, puis Jessie, qui hocha la tête. Crush ne les avait pas trahis, n'avait pas sorti d'arme, n'avait rien fait qui indiquait qu'il savait ce qui se passait. Diaz décida de prendre le risque ; il fouilla dans sa poche pour en sortir un autre kit d'écoute qu'il tendit à Crush, tout en lui indiquant d'un geste de rester silencieux.

À présent, tous trois pouvaient suivre ce qui se disait dans la clairière.

Diaz entendit une voix impossible à reconnaître.

— Tu es sûr que personne ne t'a suivi ?

— On n'est pas vraiment des amateurs, George, répondit Rex. On est seuls, alors arrête de t'en faire.

— J'ai entendu que tu avais eu des soucis hier soir, que tu avais dû tirer sur un gars.

Crush lança un regard à Diaz. Ce dernier leva une main pour lui indiquer de garder le silence. Soit le chef de gang jouait aux innocents, soit il ignorait réellement tout cela. Comment pouvait-il ne pas être au courant ?

— Qui t'a dit ça ?

— Tu crois qu'on ne t'observe pas ? On ne veut pas de problèmes, nous. On mène cette affaire en direct, sans rameuter les flics.

Rex marqua une pause.

— Il n'y a pas de flic, ici. Je te l'ai dit, on s'occupe de tout. C'était seulement un nouveau du gang qui s'est retrouvé au mauvais endroit au mauvais moment. Il est venu trop près et on a dû lui faire peur. Bon, tu les veux, les armes, ou pas ?

Bingo.

— Tu les as avec toi ?

— Tu sais qu'on les a. Mais j'ai hâte de m'en débarrasser. Tu as l'argent ?

— Oui. On a l'argent. Tu n'as qu'à apporter la marchandise comme on l'avait prévu et on procédera à l'échange.

Personne ne parlait à part Rex et ce George. Ils devaient donc être les deux responsables de ce marché. Diaz jeta un coup d'œil à Crush. Il avait porté une main à son oreille pour mieux écouter. Il avait l'air terriblement choqué.

Diaz n'était toujours pas convaincu.

— Demain soir. Apporte les fusils et les munitions. On sera là.

— Nous aussi. Vous, apportez l'argent.

— Je l'ai, ton argent, t'en fais pas. Tu empêches juste les flics ou n'importe qui de te suivre. Si tu m'amènes des ennuis, mon gars, on vous bute tous.

Diaz écouta la suite de la conversation qui portait sur la définition du point de rendez-vous. Ils devaient prévenir Grange pour que les Fédéraux soient sur place et fassent une descente en bonne et due forme.

Les tout-terrain repartirent. Diaz, Jessie et Crush restèrent accroupis. Diaz demanda à Crush de rester discret jusqu'à ce que Rex et son groupe repartent à moto. Quand ils entendirent le rugissement de leurs pots d'échappement diminuer, ils se levèrent.

— Putain, qu'est-ce qui se passe ?

Diaz se doutait que Crush serait le premier à prendre la parole. Il n'était simplement pas sûr d'être prêt à lui fournir des réponses.

— Tu pensais qu'on tomberait là-dessus ? demanda Jessie.

Diaz lui adressa un bref hochement de tête.

— Quelqu'un peut m'expliquer ce qui se passe ? Vous avez des infos, vous ?

— Oui.

Diaz lança un regard perçant à Jess.

— Dis-lui. Il ne sait pas.

— Il n'a pas besoin de savoir.

— Me dire quoi ?

— Diaz, c'est évident qu'il n'a rien à voir avec ça.

— On ne peut pas en être sûrs.

Plus ils parleraient devant Crush, plus il en apprendrait. C'était peut-être un piège. Crush pouvait jouer la comédie, pour en savoir plus sur Diaz et Jessie. Cela risquait de leur exploser au visage.

— Mais qu'est-ce que vous savez de ce qu'on vient de voir ? De quelles armes Rex parle-t-il ? Qui étaient ces gars ?

Jessie leva une main.

— Crush, s'il te plaît. Donne-nous une minute. Dis-lui, il peut nous aider, ajouta-t-elle à l'intention de Diaz.

— On n'a pas besoin d'aide. Et on ne peut pas lui faire confiance.

— Je crois que si. Allez, Diaz, il ne sait absolument rien.

— Bordel ! Vous avez intérêt à commencer à me parler parce que sinon je vais tabasser Rex jusqu'à ce que lui m'explique.

Jessie se tourna vers Crush.

— On pense que Rex et les autres ont passé un marché pour vendre des armes illégales à un groupe de survivalistes.

Merde. Et tant pis pour leur couverture, et peut-être même toute la mission.

Crush se figea, les yeux écarquillés.

— Répète un peu ?

Jessie s'exécuta. Crush plissa les yeux.

— Comment tu le sais ?

— On travaille pour le gouvernement et on a infiltré ton gang pour découvrir qui vendait des armes à un groupe de survivalistes connu qui s'est installé dans les collines.

— Bon sang, Jessie ! Pourquoi tu ne lui donnes pas nos numéros de sécurité sociale pendant que tu y es ? se récria Diaz en se passant une main dans les cheveux et en commençant à faire les cent pas.

Il n'en revenait pas. Grange allait lui faire la peau. Bon sang, à quoi pensait Jessie ?

— Vous êtes sérieux ? fit Crush en les regardant l'un après l'autre. Vous êtes des agents du gouvernement, des agents spéciaux ?

— Cela n'a pas d'importance, répondit Jessie. Qu'est-ce que tu sais de ce marché de vente d'armes qui est en cours ?

— Rien, bordel !

Crush se mit à faire les cent pas, comme Diaz.

— Comment Rex peut-il me faire ça ? reprit-il. On est amis depuis le lycée !

— Et tu ne savais rien de ces activités ?

— Non ! répondit Crush en serrant lentement les poings. Je suis paumé. J'ai besoin de réponses. Je pensais que ces hommes étaient mes amis, que je pouvais leur faire confiance.

Crush s'assit sur un tronc, se prenant le visage dans les mains.

— Je comprends mieux ce que disait Stéph, maintenant.

— Qu'a dit Stéphanie ? demanda Jessie.

Le chef de gang leva la tête.

— Il y a six mois, quand ils se sont séparés, elle s'est plainte en disant que Rex filait un mauvais coton. Elle a dit qu'il avait pété un câble et parlait de s'installer dans les collines, de vivre un peu plus dans la nature, de subvenir à leurs propres besoins, dans des endroits où ils pourraient être libres et protégés. Stéph a dit qu'il avait changé et qu'elle ne voulait pas participer à tout ça. Je l'ai rembarrée, pensant que Rex parlait de construire une cabane dans les bois. Je n'imaginais pas qu'il rejoindrait un camp de survivalistes. Je n'avais jamais fait le lien.

— Tu n'avais aucune raison de le faire, dit Jessie.

Crush leva des yeux malheureux vers la jeune femme.

— J'aurais dû écouter Stéphanie. J'aurais dû demander à Rex ce qui lui arrivait, mais je ne voulais pas m'impliquer. Merde. Personne ne peut me la faire à l'envers comme ça, personne ne peut se servir de mon gang pour écouler des armes illégales.

Crush se leva et commença à s'éloigner, mais Diaz le rattrapa.

— Tu crois aller où, là ?

— Je retourne au chalet pour remettre un peu d'ordre dans tout ça. Les *Skulls* vont s'occuper de Rex et des autres.

Précisément ce que Diaz avait voulu éviter. Il lança un regard assassin à Jessie. Regard qu'elle lui rendit.

— Non. Tu ne vas pas faire ça.

— Ne me dis pas ce que je peux ou ne peux pas faire avec mon gang, Diaz.

Jessie s'approcha de Crush et posa une main sur son épaule pour attirer son attention.

— Crush, si tu vas trouver Rex tout de suite et que tu fais tout éclater au grand jour, tu vas foutre en l'air ce sur quoi on bosse depuis un moment. Je comprends que tu aies envie de te venger de cette trahison, mais notre mission consiste à saisir ces armes avant que les survivalistes ne mettent la main dessus. La dernière chose qu'on voudrait, ce serait qu'elles tombent entre de mauvaises mains.

Crush ne répondit rien, regardant les arbres dans un silence obstiné.

— S'il te plaît, réfléchis-y, poursuivit-elle. Aide-nous dans cette mission. Aide-nous à coincer Rex et les survivalistes. Là, tu te seras rendu justice.

Crush pencha la tête sur le côté.

— Vous me laisseriez vous aider ?

Jessie regarda Diaz, qui secoua la tête.

— Peut-être, ça dépend. Il faut qu'on en parle, qu'on voie ce que tu pourrais faire.

Diaz leva les yeux au ciel. Clairement, il avait perdu le contrôle de Jess et de la mission. Il faudrait qu'il lui en touche deux mots un peu plus tard. Il était hors de question qu'ils impliquent Crush.

— J'arrive pas à croire que je ne vous aie même pas repérés comme des Fédéraux. Spencer aussi ?

Jessie hocha la tête.

— Bon sang. Vous n'en avez pas l'air.

— C'est l'idée, Crush, fit Jessie avec un grand sourire.

— Je veux les exclure de mon gang. Je veux qu'ils paient pour leur trahison, et je veux que ce soit fait en public, pour que les autres *Skulls* voient ce qui arrive aux traîtres.

Jessie lança un regard à Diaz.

— On va s'en occuper, dit-il.

Apparemment, il n'avait pas le choix. Ses projets pour la mission étaient modifiés de façon irrévocable. Impossible de rester incognito.

Mais il se pourrait que Crush leur soit d'une certaine utilité. Il dirigeait le gang. Il avait des connexions et des relations dont eux ne disposaient pas. Il n'allait pas s'emballer trop vite.

— Une condition, lança Diaz. Tu restes le seul à savoir qui on est, et il faut que ça reste comme ça. Pour le reste des *Skulls*, on est toujours les nouveaux du gang. Si jamais tu en parles à qui que ce soit, on te fait disparaître du tableau. Et quand je parle de tableau, je veux dire que tu ne seras même pas dans l'Arkansas. On fournira une raison valable qui justifiera ton absence. Quelque chose de vérifiable, bien documenté, indécelable. Et ne va pas croire qu'on n'en sera pas capables. Un coup de fil, et tu disparais. Compris ?

Crush hocha brièvement la tête.

— Compris. Qui vous êtes, tous les trois, ça ne m'intéresse pas autant que de comprendre qui sont ces gars qui sont censés être mes amis.

— Alors on est bon, conclut Diaz.

— Une dernière chose, dit Crush en se tournant vers Diaz. Je suis un bien meilleur allié qu'ennemi. Je peux vraiment vous aider sur ce coup. Tu devrais peut-être écouter Jessie. Je suis digne de confiance.

— Jessie te fait confiance. Pas moi. Enfin, pas complètement. Tu vas devoir me le prouver. En attendant, il faut qu'on y retourne. Je veux prévenir Spencer de ce qui s'est passé, puis il va falloir que je passe quelques coups de fil et qu'on planifie l'opération.

— Tu vas me raconter tout ça, dit Crush tandis qu'ils retournaient à leurs motos.

— Dans la mesure du possible, oui, répondit Diaz. Mais il y a certaines choses que tu ne peux pas savoir. Pour ce qui est du plan, on va arrêter Rex, saisir les armes et voir combien de ces survivalistes on peut traduire en justice, alors oui, on va te faire participer.

— Ça me va.

De retour au chalet principal, Crush les accompagna pour parler à Spencer. Au départ, le jeune homme eut l'air surpris de le voir, mais, quand ils lui racontèrent ce qui s'était passé, il fut d'accord.

— Au moins, personne d'autre ne s'est fait tirer dessus ce soir, déclara-t-il en se déplaçant dans sa chambre avec bien plus d'aisance que la veille.

— Je suis désolé pour ta blessure, dit Crush. Je n'avais aucune idée de ce qui se passait.

Spencer haussa les épaules.

— Si tu ne savais pas que tes gars étaient impliqués là-dedans, alors ce n'est pas ta faute. Ce n'est pas toi qui as appuyé sur la gâchette.

— Au fait, comment tu te sens ? demanda Jessie.

— Bien. Un peu raide, mais je peux marcher, m'asseoir, me lever, et je pourrai assurément rouler demain. Même le toubib a dit OK.

— Bien, acquiesça Diaz. On a besoin de toi. On va réfléchir à un plan dans la matinée. D'ici là, repose-toi, et ne fais rien de stupide.

— Moi ? fit Spencer en se désignant du doigt. Faire quelque chose de stupide ? Comme si c'était mon genre.

Diaz et Jessie laissèrent Crush et Spencer au chalet pour retourner à leur cabane au bas de la colline. Une fois à l'intérieur, Diaz verrouilla la porte derrière eux et se tourna vers Jessie.

— Alors, dis-moi quel plan on suit, lui dit-il en se laissant tomber sur le canapé et en posant les pieds sur la table basse.

Elle retira sa veste et se dirigea vers lui en fronçant les sourcils.

— Mon plan ?

— Oui. Vu que tu as pris la main sur la mission, j'aimerais que tu me dises quelle est la prochaine étape.

Elle s'assit près de lui.

— Diaz, il faut que tu écoutes ton instinct de temps en temps. Crush n'était pas impliqué, ça sautait aux yeux.

— Et tu ne devrais pas accorder une confiance aveugle à quelqu'un sans aucune preuve. Ça en a tué plus d'un.

— Mon instinct ne m'a jamais trompée.

Le boulot de Diaz consistait à former Jessie. N'était-ce pas le moment idéal ?

— L'instinct, ce n'est pas la même chose qu'une preuve, ou qu'attendre qu'une personne ait prouvé son innocence. Ce soir, Jess, tu t'es mise toi-même en danger, mais tu as aussi mis en péril tous les *Wild Riders* en révélant qui nous sommes.

Elle leva le menton.

— Je ne lui ai pas dit qui on était, seulement qu'on travaillait pour le gouvernement.

— Tu lui en as trop dit. Tu n'aurais rien dû révéler du tout. Ce n'est pas toi qui es aux commandes. Au mieux, tu es quelqu'un que je qualifierais de junior, une apprentie. C'est ta première mission, c'est l'occasion pour toi d'apprendre auprès de Spencer et moi. Nous, on a pas mal de missions au compteur et je pense quand même qu'on sait à peu près ce qu'on fait, même si on n'aborde pas la situation de la même façon que toi. Je ne veux pas avoir à te rappeler une nouvelle fois que ce n'est pas toi qui diriges. Tu as merdé, Jessie. On a vraiment de la chance, Crush n'est pas impliqué. Dans le cas contraire, alors en ce moment même, il doit être en train de démanteler tout le trafic d'armes et on aura tout perdu. Et, si on perd, l'erreur reposera entièrement sur tes épaules.

Jessie ouvrit la bouche pour prendre la parole, puis la referma, se détourna pour regarder ses bottes.

Il était évident qu'elle n'aimait pas ce qu'il venait de lui dire. Il n'avait pris aucun plaisir à lui assener tout ça, mais c'était nécessaire. Elle était allée trop loin. Si ça avait été un des gars, il n'aurait pas hésité à faire preuve d'autant de franchise. Il aurait été sans pitié, et lui aurait dit sans ménagement où et comment il avait merdé. Il ne pouvait pas se permettre de traiter Jessie différemment. Sans quoi, elle ne le respecterait plus.

— Tu as raison, dit-elle, ce qui le surprit. J'ai clairement outrepassé ton autorité. Je me suis imposée et j'ai pris une décision qui ne me revenait pas le moins du monde. Une décision qui aurait pu compromettre la mission.

Il avait envie de la réconforter, mais c'était la partie de Diaz qui éprouvait des sentiments pour Jessie. Il résista, la laissa mariner.

— Je ne sais pas ce qui m'est passé par la tête, poursuivit-elle. J'avais tellement envie de bien faire, sous le coup de l'enthousiasme, et j'ai vraiment l'impression d'avoir raison là-dessus, Diaz. Crush n'a rien à voir dans tout ça.

Jessie croisa les mains sur ses genoux et se tut quelques instants.

Elle finit par bouger pour lui faire face.

— Tu as raison, j'ai merdé. Je suis désolée.

Diaz sentit son estomac se nouer en voyant son air malheureux. Il voulait la serrer dans ses bras, lui passer une main dans les cheveux et l'embrasser pour qu'elle oublie cette douleur. Mais, dans l'immédiat, il était son supérieur, et la consoler ne faisait pas partie de son boulot. Si elle voulait être une *Wild Rider*, il fallait qu'elle apprenne à en supporter tous les aspects, les bons comme les moins bons.

— Ne refais pas cette erreur. Espérons simplement qu'on arrive à sauver la mise, que Crush puisse vraiment nous aider.

La jeune femme acquiesça.

On frappa à la porte. Jessie se leva pour ouvrir, puis laissa entrer Crush. Il ne s'avança pas franchement dans la pièce, se contentant de s'adosser au mur.

— Je ne sais pas combien d'armes il y a, mais une cache est dissimulée sous un faux plancher dans le camping-car de Nate.

— Comment le sais-tu ? demanda Diaz en se levant.

— J'ai rampé en dessous pour vérifier. Nate était avec Rex, ce soir. Je me suis dit que s'ils devaient apporter des armes quelque part, le camping-car de Nate serait assez grand pour les cacher. J'ai commencé par l'extérieur.

— Quelqu'un a pu te voir ?

— Ils font tous la fête dans le chalet, répondit Crush en secouant la tête. Je suis pas complètement inutile non plus. Je sais comment ne pas me faire prendre.

Jessie fourra ses mains dans les poches de son jean et s'approcha de Diaz.

— Une idée de la quantité d'armes ?

— Des centaines. Je ne me suis pas arrêté pour les compter, mais il y a des pistolets, des fusils, quelques automatiques. Des munitions aussi. Certaines ont l'air d'équipements militaires. Et il y a d'autres trucs rangés dans des boîtes vert foncé. Je pense que ce sont des explosifs, ou peut-être des missiles.

Diaz n'avait vraiment pas envie d'entendre ça.

— C'est possible.

— Maintenant que vous savez ça, quel est le plan ? Vous faites venir les Fédéraux et on boucle tout ça ?

— Ce n'est pas si simple, expliqua Diaz. Si on fait venir les Fédéraux maintenant pour s'occuper du camping-car, on perd les survivalistes, on renonce à une occasion de coincer ces fraudeurs du fisc d'enfoirés antigouvernementaux. On aimerait bien en arrêter quelques-uns.

— Ah, d'accord. Alors quel est le plan ?

— J'y travaille. Il faut que je passe des coups de fil, que j'organise des choses avec les Fédéraux pour qu'ils soient prêts à faire des arrestations demain. Le rôle que nous allons jouer est encore incertain. On se retrouve demain matin pour en parler avec Spencer.

— OK. J'y vais. Je garderai un œil sur le camping-car, ce soir, fit le chef de gang en se tournant vers la porte.

— Crush ?

— Oui.

— Je me suis peut-être trompé sur ton compte. Merci pour l'info.

— De rien, répondit-il avec un sourire en coin.

Après le départ de Crush, Jessie se tourna vers Diaz.

— Merci d'avoir dit ça.

— Ton instinct était peut-être juste au sujet de Crush, mais ça ne veut pas dire que tu dois foncer tête baissée chaque fois que tu en as envie.

— Je comprends, acquiesça-t-elle. Mais je lui fais confiance. Et toi ?

— Je commence. On va voir ce qui se passe au fil du plan.

— Et c'est quoi, exactement ?

— Je ne sais pas encore, dit-il en haussant les épaules. Il faut que je réfléchisse aux différentes options. On aura du solide pour demain.

Diaz savait qu'il ne fermerait pas l'œil de la nuit. Il fallait qu'ils prennent ces armes avant les survivalistes, et il voulait aussi les arrêter.

Ce qui signifiait qu'il leur fallait un plan en béton, pas le droit à l'erreur. Il devait tout envisager.

Jessie se rendit dans la salle de bains, ferma la porte et fit couler la douche. Il passa un coup de fil à Grange, lui indiqua l'heure et le lieu de livraison des armes, puis ils discutèrent des diverses options. Grange lui dit que les Fédéraux entreraient directement en contact avec lui pour faire la liaison le lendemain, afin d'élaborer un plan.

Après avoir raccroché, il regarda la porte de la salle de bains. Il entendait l'eau qui coulait, pensa au corps nu de Jessie et sentit le besoin pressant de la rejoindre. Tant pis pour son choix passé de cesser toute relation personnelle avec la jeune femme, alors qu'il avait envie de choses très, très personnelles avec elle.

Mais après ce qui s'était passé entre eux la veille, ce serait vraiment une mauvaise idée. Elle s'était montrée distante, émotionnellement absente de leur étreinte, blessée. Il ne voulait pas continuer à lui faire miroiter des choses alors que c'était seulement sa queue qui avait besoin de se distraire.

Il avait déjà supporté des périodes d'abstinence auparavant, de sacrées longues périodes. Il survivrait, même en côtoyant Jessie et ne s'en tenant qu'à la mission.

Elle ouvrit la porte, et son odeur s'échappa de la pièce. Elle apparut dans la buée, sa peau toute rose après la douche. Elle portait un sweat-shirt, ses tétons se dessinant contre le tissu marron. Il se souvint de la sensation de sa peau sous ses doigts : douce, chaude, souple.

Malgré sa détermination, sa queue tressauta, commença à durcir, comme rivée sur elle, la suivant comme un missile à tête chercheuse tandis qu'elle se déplaçait dans la pièce, s'affairant à… Bon sang, il n'en avait aucune idée. Il regardait son corps : la façon dont elle marchait, dont ses hanches bougeaient, la foulée sensuelle de ses jambes, ses seins qui rebondissaient à chaque mouvement…

Elle se figea, prenant conscience du poids de son regard, car elle se tourna lentement pour lui faire face tandis qu'il s'installait dans un fauteuil.

Jessie s'avança vers le lit, souleva les couvertures et remonta les oreillers contre la tête du lit. Elle s'adossa de son côté et le regarda, son intention évidente quand elle posa la paume de sa main sur le matelas.

Une invitation. Sans aucun mot, sans explication, sans récriminations à venir.

Peut-être était-ce ce dont ils avaient besoin tous les deux. Relâcher un peu la pression avant cette grosse journée du lendemain. Mais serait-il capable de recommencer ? Saurait-il garder ses distances ? Est-ce qu'il pouvait être question de « sexe uniquement » entre lui et Jessie ?

Il se leva, marcha vers le lit et s'arrêta quand il arriva au pied.

— Tu en es sûre ?

Elle acquiesça.

Il ne lui poserait pas la question une nouvelle fois, parce qu'il en avait besoin. Et, vu la façon dont elle dévorait des yeux son érection, elle aussi.

Il se déshabilla et monta dans le lit à côté d'elle, posant une main sur la douceur de sa hanche, puis remontant plus haut, soulevant son sweat-shirt.

Sa peau nue. Si douce et chaude, parfumée par la douche. Elle le regardait la toucher, sans bouger, mais sa respiration s'accéléra. Il l'étendit sur le dos et se servit de ses deux mains pour soulever son haut au-dessus de ses seins. Ses tétons étaient déjà très durs, n'attendaient que sa bouche. Il se pencha et en saisit un entre ses lèvres, envoûté par la douce odeur qui émanait de sa peau. C'était presque vertigineux de pouvoir la toucher et la goûter de nouveau, lui qui pensait ne plus jamais pouvoir le faire. Et de la sentir se cambrer sous lui, de se délecter de ses seins. Tout ça le faisait bander de plus belle, pressé contre le matelas.

Il avait envie d'entrer en elle, de s'y enfoncer tout entier et de la baiser sans plus penser à rien. Mais il voulait plus que ça, parce qu'il savait que ce serait la dernière fois.

Et ce ne serait pas « juste du sexe ». Pas cette fois.

Diaz s'attaqua au second téton, le taquina de ses dents et de sa langue, puis il embrassa ses côtes et son ventre, jouant avec le petit piercing qu'elle avait au nombril.

Ça allait lui manquer, de ne plus avoir accès à son corps, et il refusait de penser que ce serait le terrain de jeu d'un autre. Il repoussa les signaux d'alerte qui se déclenchaient dans son esprit et lui disaient qu'il était vraiment crétin de la laisser partir.

Pas maintenant, pas quand ses mains étaient pleines de sa peau laiteuse et douce, pas quand il humait l'odeur de l'excitation de Jessie qui émanait d'en dessous de son petit bijou de nombril.

Diaz glissa vers le bas, faisant rouler sa langue sur son mont, sentant le corps de Jessie se tendre et se cambrer à mesure qu'il s'approchait de son sexe. Il s'installa entre les jambes de la jeune femme, les écarta en grand pour pouvoir la voir, la toucher, l'embrasser à l'intérieur des cuisses tandis qu'elle enroulait les jambes autour de son cou.

Elle était tellement belle, même à cet endroit. Il lécha les lèvres de sa chatte et elle frémit, laissant échapper un cri ravi et empoignant ses cheveux tandis qu'il passait la langue sur son clitoris puis l'aspirait.

Il en voulait plus, tout en continuant à lécher son sexe vers le bas. Elle était tellement moite. Il laissa échapper un grognement quand il glissa sa langue en elle, ne se rendant compte à quel point il avait eu faim d'elle qu'en sentant le goût de Jessie dans sa bouche. Elle se serra contre lui, secouée de spasmes incontrôlables, gémissant son nom avant de crier de toutes ses forces sans honte aucune. Il se tenait à elle, continuait à la lécher, aspirant tout ce qu'elle avait à lui donner jusqu'à ce qu'elle arrive au bout de l'orgasme. C'était ce qu'il adorait chez Jessie, la façon dont elle jouissait pleinement. Sans hésitation, sans retenue, elle lui donnait tout. Il continua d'embrasser et de lécher sa chatte jusqu'à ce qu'elle soit tendue d'un désir nouveau, ses doigts agrippant plus fort encore ses cheveux. Il s'écarta d'elle, le temps de remonter le long de son corps pour lui donner un baiser fougueux. Elle noua ses bras et ses jambes autour de lui, le serrant de toutes ses forces tandis qu'elle lui rendait son baiser avec ferveur.

Il enfila un préservatif avant de la soulever dans ses bras et de la placer sur le côté. Il voulait s'étendre à côté d'elle, bras et jambes entremêlés. Il glissa sa queue au creux de son corps d'un coup de reins délicat, observant la façon dont ses lèvres s'entrouvraient tandis qu'il s'enfonçait plus loin en elle.

Son sexe palpitait, ses testicules se contractaient, pleins et prêts à exploser. Mais il voulait surtout savourer cet instant où il tenait Jessie entre ses bras, son corps accroché au sien, sentait sa chatte qui l'agrippait, son odeur qui emplissait l'air autour d'eux.

Ni l'un ni l'autre ne parla – ils n'en avaient pas besoin. Il n'y avait rien à dire, seul cet instant à partager. Ce contact dont ils semblaient avoir besoin tous les deux, en sachant que ce devait être la dernière fois.

Diaz bougea, s'enfonçant plus avant. Jessie réagit en convulsant autour de lui, ses jambes s'enroulant autour de ses hanches pour le tenir en place. À chaque mouvement, sa respiration se faisait plus courte, plus bruyante, puis elle se transforma en gémissements. Il aspira tous les souffles de Jessie, envoûté par les sons de la jeune femme, ses expressions, les subtils mouvements de son corps jusqu'à ce qu'il ne tienne plus et commence à la baiser en longs et profonds coups de reins, s'accrochant à ses hanches tandis qu'il allait et venait toujours plus fort en elle.

Ensuite, il ne put plus rien retenir. Il partit en vrille, surtout quand il la sentit se serrer autour de lui et commencer à trembler. Elle rejeta la tête en arrière et haleta, s'accrocha à lui de toutes ses forces tandis qu'elle était gagnée par l'orgasme. Il la regarda jouir, puis, incapable de retenir quoi que ce soit, il jouit avec elle, se sentant éjaculer depuis la base de sa colonne vertébrale dans un torrent qui le laissa à bout de souffle et quasiment incapable du moindre mouvement.

Secoué, il la serra contre lui, se rendant compte qu'il ne voulait pas la laisser partir, mais sachant qu'il le devrait.

Jessie poussa un soupir, lui caressa le dos et s'écarta. Elle l'embrassa, passa un doigt sur ses lèvres et, sans un mot, elle descendit du lit pour aller dans la salle de bains.

Était-ce pour lui simplifier les choses à lui ou à elle ?

Bon sang, pourquoi était-ce si compliqué ?

Quand elle ressortit, elle s'était rhabillée.

— Je crois que je vais faire un peu de café. Je ne suis pas fatiguée et je pense que tu as des points à travailler ce soir.

Il acquiesça en gagnant à son tour la salle de bains.

— Bonne idée, merci !

Il ferma la porte, observa son reflet dans le miroir et se passa les doigts dans les cheveux. Oui, il devait travailler. Pour la mission.

Il fallait qu'il se concentre dessus, même si faire l'amour à Jessie l'avait secoué plus qu'il ne l'aurait cru.

Diaz avait toujours été très fort pour quitter les femmes. Jamais il ne s'était laissé déstabiliser. Son cœur était impénétrable, un vrai mur de glace. Il était incapable d'aimer qui que ce soit, ou du moins le pensait-il.

Jessie l'avait atteint.

Pourquoi était-il si dur de la chasser de ses pensées ?

Chapitre 16

Avant le lever du soleil, Jessie, Diaz, Crush et Spencer s'étaient rassemblés dans une salle fermée pour évoquer les différents scénarios. Fidèle à sa parole, Crush avait surveillé le camping-car toute la nuit. Il n'avait aucune activité à signaler. Le véhicule n'avait pas bougé, et Rex était parti se coucher sans incident. Quelques mots à certains de ses hommes permirent à Crush de surveiller Rex de près. Crush leur assura que personne n'était au courant pour eux et qu'on ne leur poserait aucune question. Ce n'était pas la première fois que Crush plaçait des membres sous surveillance, et personne n'avait jamais remis en question son autorité.

Jessie se doutait qu'aucun d'entre eux n'avait beaucoup dormi. Ils bâillaient tous en serrant leurs premières tasses de café. Elle avait essayé de dormir, se retournant en tous sens dans le lit pendant que Diaz faisait les cent pas, s'allongeait sur le lit, se levait et faisait encore les cent pas.

Elle ne manqua pas de remarquer qu'il n'était pas retourné se coucher auprès d'elle.

Jessie avait envie de sa présence, de son grand corps viril lové contre le sien. Mais la distance qu'il avait instaurée entre eux était sûrement préférable. Faire l'amour avec lui la veille avait été un coup de tête, un choix à elle. Elle en avait eu besoin, et lui aussi, pour relâcher la pression avant le « grand jour ».

Mais, à présent, il était temps de se concentrer sur son travail. Elle s'était montrée trop empressée. Trop empressée envers lui, mais aussi dans son implication dans cette mission. Et cela lui avait coûté cher dans les deux cas. Il était temps qu'elle prenne un peu de recul et laisse Diaz mener la danse sur le plan professionnel. Et sur le plan personnel…

Il n'y en avait pas. Et elle allait devoir apprendre à vivre comme ça. Elle ne pouvait pas continuer le sexe sans sentiments avec lui. Elle l'avait appris à la dure. Sans réelle émotion, le sexe n'avait plus aucun sens.

La veille, elle avait laissé libre cours à ses émotions. Ça avait été merveilleux. Mais elle avait aussi gardé en tête que Diaz ne serait jamais l'homme doux avec lequel elle pourrait entretenir une relation. Cela lui convenait, tant qu'ils étaient au lit.

Mais quand ils avaient eu terminé, elle avait su que ça ne lui conviendrait pas. Ça ne lui conviendrait jamais d'être sans lui.

C'est pourquoi elle ne coucherait plus jamais avec lui. Elle ferait mieux de s'éloigner le plus vite possible au lieu de se faire du mal en le côtoyant. Mieux valait qu'elle se concentre simplement sur leur mission, qu'elle arrive au bout de cette affaire et qu'elle retourne au quartier général des *Wild Riders* et passe à autre chose.

Sans Diaz, parce que c'était ce qu'il voulait. Elle demanderait à Grange de ne pas lui assigner les mêmes missions que lui pendant un moment. Puis, avec le temps et la distance, peut-être pourrait-elle travailler avec lui de nouveau. Son cœur finirait sûrement par guérir, et ils pourraient être amis. Elle passerait à autre chose, verrait d'autres hommes, ce qu'elle aurait dû faire pendant tout ce temps, au lieu de s'accrocher à un mec qui ne s'intéressait pas à un avenir avec elle. Après quelques relations, elle pourrait en rire avec Diaz.

En théorie, tout cela semblait merveilleux. Mais la réalité serait probablement très différente.

Assez. Il était temps de se concentrer. Tout le monde réfléchissait et elle suivait à peine. Elle se concentra sur les hommes.

— On pourrait braquer le camping-car, suggéra Crush.

Diaz secoua la tête.

— Les survivalistes ne suivraient jamais. Ils s'en rendraient compte et iraient se cacher encore mieux. On perdrait les arrestations, et on risquerait de louper les survivalistes, mais aussi Rex, Nate et les autres.

— Alors le mieux serait de laisser le transfert se faire ? demanda Jessie.

— Oui, acquiesça Diaz. J'ai déjà parlé avec Walt, notre contact chez les Fédéraux. Le projet, c'est de s'installer sur le lieu de livraison plusieurs heures avant que Rex rencontre les survivalistes. Les agents spéciaux prévoient déjà de quadriller la zone et de s'assurer qu'il n'y a personne alentour. On sera bien cachés, dans des véhicules banalisés, et on en sortira dès qu'ils commenceront l'échange. Comme ça, on pourra en arrêter des deux côtés, aussi bien chez les vendeurs que chez les acheteurs d'armes illégales.

— Quand est-ce qu'on y va ?

Diaz regarda Crush.

— On a été entraînés pour ça. Pas toi. Ça pourrait devenir dangereux.

Crush lança un regard à Diaz.

— Tu ne peux pas m'exclure de l'opération maintenant. Je peux me débrouiller. En plus, mes gars sont impliqués jusqu'au cou. Je me sens responsable, je veux voir comment ça se termine.

Diaz réfléchit. Mauvaise idée d'emmener un civil, mais Crush pourrait sûrement se débrouiller, et ils auraient peut-être bien besoin d'un autre motard expérimenté si jamais ça partait en vrille. En outre, Crush savait déjà ce qui allait se passer. Mieux valait le garder à portée de main plutôt que de le forcer à rester ici. Sinon, il risquait de s'énerver et pourrait se pointer au mauvais moment et faire foirer toute l'opération.

— D'accord, mais si tu fais le moindre faux mouvement, je te vire. Ils vont me massacrer s'ils savent que j'emmène un civil au milieu de tout ça. Donc tu restes avec moi et tu fais exactement ce que je te dis.

— Compris, acquiesça Crush.

— On a déjà dissimulé des mouchards sur la moto de Rex et sur celles des autres gars impliqués, indiqua Diaz. Mais je veux en placer un sur le camping-car. Je ne veux prendre aucun risque si jamais ils décident de changer de chemin à la dernière minute, surtout qu'on ne sera pas sur place pour les surveiller.

Crush hocha la tête.

— On dirait que tu as tout prévu.

— Ce n'est jamais aussi facile que ça en a l'air, s'esclaffa Spencer. Comme ça, le plan a l'air simple. C'est souvent les plus simples qui sont les pires.

— Parce qu'un millier de choses différentes peuvent mal se passer, et parce que la nature humaine est imprévisible par définition, ajouta Jessie.

— Exactement.

Diaz se leva et fit les cent pas dans la chambre de Crush, où ils s'étaient rassemblés parce que Crush leur avait assuré qu'ils ne seraient pas dérangés.

— On peut planifier différentes fins, mais on ne sait jamais laquelle surviendra. Ce qu'il faut éviter à tout prix, c'est de se faire repérer. Personne dans le camp de Rex ou celui des survivalistes ne doit savoir qu'on les observe.

— Est-ce qu'on filme ? demanda Spencer.

— Oui, je m'en suis occupé.

En réponse au regard interrogateur de Crush, Diaz dit :

— On va filmer l'échange armes contre argent. Les Fédéraux s'en serviront de preuve, et j'ai dit à Walt qu'on s'en chargeait.

Jessie prit un bloc-notes et un crayon pour commencer à prendre des notes. Il fallait qu'ils s'occupent de l'équipement vidéo, qu'ils arrivent à sortir du camp assez tôt pour retrouver les Fédéraux et tout mettre en place. Diaz confia à Crush la mission de leur trouver des excuses pour leur absence. Crush dirait qu'il emmenait Diaz, Spencer et Jessie dans un de ses coins préférés. Qu'ils seraient partis une bonne partie de la journée et de la soirée. Avant de partir, ils devraient vérifier et charger leurs armes, s'assurer d'avoir des munitions de rechange.

Jessie espérait qu'ils n'auraient pas besoin de s'en servir. Ils devraient aussi garder un œil sur Crush, parce qu'il était un civil. S'il lui arrivait quoi que ce soit, ce serait leur faute. Oui, elle lui faisait confiance, mais ce n'était pas son métier de mettre sa peau en jeu pour les aider à coincer des délinquants.

Quelle idée, Jessie ! Elle savait qu'elle aurait mieux fait de le tenir en dehors de tout cela. Elle devait modérer un peu son enthousiasme et commencer à se ranger derrière le chef de la mission.

Si par chance elle avait bien un avenir avec les *Wild Riders* une fois cette mission terminée. Elle n'en voudrait pas à Diaz s'il la dénonçait à Grange.

Ils passèrent la matinée à la jouer discrets. Ils faisaient mine de bavarder et de boire du café au restaurant du chalet, tâchant d'avoir l'air le plus normal possible. Crush passa du temps à parler à Diaz, ayant l'air de vouloir le convaincre de faire une balade, une promenade qui les mènerait au nord pour passer la journée dans le Missouri avant de rentrer pour la nuit. Peu de temps après, ils prirent leurs affaires et partirent.

Peu après midi, ils arrivèrent sur le lieu de l'échange, plus de huit heures avant le rendez-vous entre les survivalistes et le groupe de Rex. Les Fédéraux étaient déjà sur place, passant la zone au peigne fin. Ils rangèrent et couvrirent leurs motos, s'assurant qu'elles ne se voyaient pas depuis la route. Walt retrouva Diaz pour échanger quelques informations.

— J'ai des équipes qui nettoient la zone jusqu'à huit kilomètres alentour, pour s'assurer qu'il n'y a personne d'autre dans les bois, indiqua Walt. La météo s'annonce catastrophique pour ce soir, nuages bas et éventuelles averses. Avec toutes ces collines et ces arbres, c'est trop dangereux pour les hélicoptères, alors nous n'aurons pas de soutien aérien.

Walt était grand, bien bâti ; il avait des yeux bleu foncé et des cheveux d'un noir de jais, coupés court, quasiment invisibles sous une casquette de l'agence fédérale. Tous ses hommes étaient habillés de la même façon, en tenue de camouflage sombre.

Les agents grouillaient de toutes parts, faisant peu de bruit, ne disant presque rien, mais chacun semblait savoir précisément quoi faire et où aller. Leurs véhicules avaient disparu, et tout se faisait à pied. C'était du beau travail.

— Tous les quatre, vous pouvez vous avancer avec moi, dit Walt. Vous avez la caméra donc il faut que vous vous trouviez près du cœur de l'action.

Diaz hocha la tête, et ils le suivirent. Il n'y avait qu'un sentier visible depuis la route, assez large pour que Nate puisse y engager son camping-car. En dehors de cela, la forêt était dense autour de la route. La végétation couvrait le sol, ce qui pouvait rendre la marche périlleuse.

— La nuit, ça va être compliqué, marmonna Jessie en se frayant un chemin parmi les branches et les cailloux. Si on doit se lancer à la poursuite de ces hommes, on risque de trébucher et de se retrouver les quatre fers en l'air.

— À ce moment-là, on éclairera le chemin, cela devrait simplifier la marche, proposa Walt.

Oui, mais serait-ce suffisant ? Jessie espérait que la lune serait pleine. Elle rejeta la tête en arrière et regarda la canopée des arbres au-dessus d'elle. Elle se rendit compte qu'ils auraient de la chance s'ils y voyaient quoi que ce soit avec toute cette végétation.

Voilà qui s'annonçait intéressant.

Ils discutèrent du périmètre, de l'endroit où s'installer et comment s'y prendre. Ils avaient dissimulé des 4 x 4, les conducteurs cachés derrière les roues, prêts à bloquer la route principale et toutes les sorties le moment venu. Ils ne pouvaient pas se garer plus près au risque de se faire repérer, mais Walt leur assura que les véhicules démarreraient au quart de tour et pourraient réapparaître rapidement. Jessie se dit qu'ils savaient ce qu'ils faisaient.

Ils s'installèrent à une vingtaine de mètres de la clairière, derrière un gros rocher moussu et un épais taillis. Au nord pointait une falaise et une pente abrupte menant à la rivière, aucune chance que les survivalistes arrivent de ce côté. Le seul chemin qu'ils pouvaient emprunter partait de l'est et de la route principale, et les agents fédéraux n'y étaient pas. Tout le monde était bien camouflé dans la forêt, indécelable.

Jessie s'adossa au rocher et sortit sa bouteille d'eau de son sac. Elle se tourna vers Spencer, qui laissa échapper un juron en s'installant.

— Ça va ?

Il lui adressa un rapide hochement de tête et un sourire rassurant avant de serrer sa main.

— J'ai déjà géré pire que ça, ma belle. Je vais très bien m'en tirer.

Elle n'avait aucune idée de ce qui pouvait être pire que de se prendre une balle, et n'était pas sûre de vouloir savoir ce que Spencer avait pu endurer d'autre.

Maintenant, il ne leur restait plus qu'à attendre. Elle consulta sa montre : il était 18 heures.

Ils avaient trois heures devant eux. Les missions de surveillance étaient toujours ennuyeuses. Trop de temps à ne rien faire, à réfléchir, à penser. Jessie ne supportait pas l'inactivité.

Diaz s'était installé près d'elle. Ils étaient assis sur un terrain humide, avec des feuilles sur eux. Elle commençait à sentir la crampe venir.

Le ciel s'assombrit et une pluie brumeuse s'abattit sur eux. *Génial, vraiment génial.* Jessie remonta sa fermeture Éclair jusqu'au menton, relevant son col, heureuse d'avoir pensé à mettre des chaussettes épaisses. Il allait faire froid, vu l'humidité ambiante.

— Tu as froid ? demanda Diaz.

— Mes claquements de dents s'entendent ?

Il rit et se rapprocha d'elle.

— Je m'allongerais bien sur toi pour te réchauffer, mais j'aurais beaucoup de mal à me concentrer sur la mission après.

Elle s'esclaffa, puis tourna la tête pour le regarder, haletant en voyant ses yeux noirs posés sur elle.

— Quoi ? demanda-t-elle.

— Rien, fit-il avec un sourire en coin.

Oui, elle allait vraiment devoir demander à Grange de ne plus lui assigner de mission avec Diaz.

Son estomac se noua et elle se sentit un peu ramollie. Rien qu'en le regardant, ses pensées partaient en vrille. Mais, au moins, elle avait plus chaud à présent. *Bonus*.

Les heures s'écoulèrent lentement. Ils parlèrent de la mission, et Walt les aida à passer le temps en leur racontant des surveillances qu'il avait déjà faites. Certaines avaient été risquées, débordantes d'action, d'autres vraiment pourries, et certaines, comme celle-ci, avaient impliqué des heures à rester assis et à attendre. Mais son univers était fascinant quand même, et il avait fait des arrestations de taille.

Ils finirent par entendre des bruits. Des sons de moteurs. Le rugissement bruyant des tuyaux d'échappement. Il était temps.

— En position ! ordonna Walt à son équipe par son talkie-walkie.

Ils se tapirent quand des motos s'engagèrent dans la clairière. Les moteurs furent coupés et des murmures se firent entendre dans la forêt vide.

C'était Rex et des motards du gang de Crush. Diaz leur fit signe à tous de rester cachés. Jessie consulta sa montre. Vingt et une heures pile. Rex était ponctuel. Sans doute avait-il hâte de toucher son magot.

Le camping-car arriva quelques minutes plus tard. Nate se rangea sur un emplacement du camping et coupa le moteur. Il fut suivi de plusieurs tout-terrain et camionnettes. Les survivalistes. Pendant un moment, ce fut le chaos entre le bruit des moteurs et le son des voix. Diaz leva un pouce et ils se redressèrent lentement pour regarder à travers les rochers et la végétation.

C'était le même groupe sauf que, cette fois, ils étaient un peu plus nombreux. Une vingtaine d'hommes, d'après les calculs de Jessie, tous lourdement armés.

Elle sortit la caméra de son sac.

— Laisse-moi faire, murmura Spencer. J'ai un bon angle.

Elle lui tendit la caméra, et il commença à filmer. Les phares du camion et des tout-terrain avaient été laissés allumés, ce qui leur fournissait pleine lumière pour voir tout le monde.

Les survivalistes avaient tous des airs de rebelles. Ils portaient des casquettes sombres bien enfoncées sur les yeux, arboraient des barbes fournies – impossible de reconnaître les traits d'un seul visage. Ils portaient tous des chaussures de randonnée, des pantalons et des blousons de camouflage, sûrement pour passer inaperçus dans la forêt, sans aucun signe distinctif.

Et leurs fusils n'avaient vraiment rien à voir avec ceux que l'on peut acheter dans une armurerie. Jessie n'était pas une experte en armes, mais il lui sembla reconnaître de l'armement militaire. Où qu'ils les aient obtenus, ils avaient l'air illégaux. Ces hommes étaient prêts à faire la guerre. Un frisson parcourut l'échine de la jeune femme quand elle pensa à ce qui pouvait se passer. Cette mission était sérieuse, et elle se sentait mal préparée pour affronter ces gens avec un calibre .40. Rex, Nate et les autres motards étaient sûrement armés, eux aussi. Elle fut soudain assez contente d'avoir les agents fédéraux de son côté.

Leurs oreillettes leur permettaient d'entendre ce qui se disait. Les survivalistes s'approchèrent du camping-car. L'homme qui avait le plus parlé la veille – George, selon les souvenirs de Jessie – était présent.

— Elles sont là ?

— Il y a un faux plancher, acquiesça Rex. Ça fait un bon espace de stockage. Des armes et des munitions.

George cracha une chique de tabac.

— Bien.

— Vous avez l'argent ? demanda Nate.

— Bien sûr que oui. On est honnêtes dans les affaires, nous. On a passé un accord, on s'en tient aux termes, fit George en balayant les environs du regard. Vous êtes sûrs de ne pas avoir été suivis ?

— J'aurais du mal à faire partie du groupe si j'étais assez bête pour me faire suivre.

Rex voulait rejoindre les survivalistes ?

— On va voir à quel point tu es malin, dit George en s'avançant d'un pas pour s'accroupir devant le camping-car.

Il rampa dessous et y resta cinq minutes avant de réapparaître en s'essuyant les mains.

— Du génie de créer ce faux plancher. On le remarque à peine.

— Merci, fit Nate avec un grand sourire.

— On pourrait avoir besoin de quelqu'un d'aussi futé que toi dans nos rangs. Ça t'intéresse d'intégrer une vraie milice ?

Rex donna un coup de coude à Nate, qui balbutia :

— Euh, oui, bien sûr. Oui, monsieur. Ça m'intéresserait vraiment de m'engager.

George hocha la tête et cracha de nouveau.

— On va t'évaluer alors. Tu as de la famille ?

— Une ex-femme, c'est tout. Je ne lui manquerais pas si je disparaissais.

— Pas mal. On parlera de toi plus tard. Occupons-nous de la livraison.

Maintenant, l'action allait vraiment commencer. Jessie se demanda combien de temps les agents fédéraux attendraient avant de se manifester. Elle lança un regard à Walt, mais il observait la scène, concentré, sans donner aucun signal. Il avait un talkie-walkie fixé à son épaule, son fusil était prêt, mais il semblait détendu, à l'écoute. Spencer filmait, enregistrait tout, ce qui ferait une preuve idéale quand tous ces gars seraient arrêtés puis traduits en justice.

Les motards et les survivalistes commencèrent à décharger les armes de sous le camping-car pour les charger dans les camionnettes.

Jessie se tendit, sortit son arme, attendant le signal.

Dès que les camionnettes furent chargées, Rex et George se retrouvèrent devant un des véhicules. George sortit un sac marin de la cabine du camion et le tendit à Rex.

— Deux cent cinquante mille, comme on avait dit. Tout est là.

Rex hocha la tête et prit le sac.

— C'est bon, dit Walt avant de donner le signal dans son talkie-walkie. On y va, maintenant !

Des grenades incapacitantes détonèrent dans la clairière pour aveugler les survivalistes et les *bikers*. Les agents fédéraux surgirent de toutes parts, ordonnant à tout le monde de ne plus faire un geste.

Puis des coups de feu retentirent.

Jessie bondit de sa cachette et s'élança à toute vitesse, dans les pas de Diaz.

Et c'est parti !

Chapitre 17

Diaz mena son équipe au cœur la confusion qui régnait autour d'eux. Les coups de feu retentissaient, si forts qu'il entendait à peine sa propre voix tandis qu'il criait des ordres.

— Profil bas et prêts à partir à couvert ! s'écria Diaz, qui ne s'occupait que de son équipe pour l'instant.

Il lança un coup d'œil à Crush, content de voir qu'il était lui aussi venu armé.

— Reste en retrait, lui ordonna-t-il.

Crush hocha la tête et prit position derrière lui pendant qu'ils suivaient les Fédéraux.

Leur mission ne consistait pas à procéder aux arrestations, mais à fournir des renforts. Ils avaient joué leur rôle, et, maintenant, ils étaient en plein dans la mêlée, et Diaz n'allait sûrement pas rester à se tourner les pouces en regardant tout ça. Il n'allait pas pour autant mettre son équipe en danger. En général, les survivalistes n'étaient pas du genre à se rendre, ce qui signifiait que le danger était réel. Des coups de feu résonnaient de toutes parts, les balles ricochaient sur les arbres, et sifflaient près de leurs têtes. Diaz était content que les Fédéraux aient emmené une armée avec eux.

— Restez derrière ces arbres. N'entrez pas dans la clairière. On ira s'ils ont besoin d'aide.

Mais le bruit caractéristique de moteurs de motos détourna son attention des affrontements pour l'attirer vers la route principale.

— Tu as entendu ça ? demanda Spencer en s'approchant un peu de Diaz.

— Oui.

— Je crois que nos amis sont en train d'essayer de se faire la malle.

— Ah non, pas question !

Les agents fédéraux étaient déjà en pleine action, leurs gros 4 x 4 noirs garés pour bloquer la sortie du camping.

Diaz et son équipe avaient bien plus de chances d'arrêter Rex et les autres.

— Retournez aux motos, dit Diaz en courant. On va devoir les suivre. Je ne veux pas qu'on perde ces gars.

Ils se pressèrent de rejoindre leurs bécanes, les découvrirent et les enfourchèrent. Avec la puce GPS, Diaz suivait Rex et ses hommes. Ils coupèrent par les bois, sans trop se presser, mais en sachant exactement où aller.

Comme il s'en doutait, les motos avaient traversé la forêt tant bien que mal pour retrouver la route principale.

Bon sang, ça ne pouvait pas se passer comme ça ! Ils avaient travaillé trop dur pour que ces mecs s'en tirent. Diaz appuya sur le champignon, suivi de près par les autres. Ils n'étaient pas encore très loin sur la route quand Diaz repéra Rex et son groupe.

Avec la pluie, le ruban étroit de la route à deux voies était encore plus traître.

Diaz les rattrapa, se mit à leur niveau, avec l'intention de les dépasser pour les ralentir. Rex tenta de lui rentrer dedans, mais Diaz était plus rapide, le contourna puis freina brusquement pour revenir derrière lui. Ils prenaient les virages à une telle vitesse que Rex et son groupe ne pouvaient pas utiliser leurs armes.

Quand ils tombèrent sur un embranchement, Rex et deux hommes partirent à gauche, et les trois autres à droite. Diaz fit signe à Spencer et Spencer et Crush prirent le chemin de droite, tandis que Diaz et Jessie suivaient Rex et ses deux acolytes.

La route finirait en impasse sur la rivière. Malgré la pluie battante, Diaz vit un grand banc de sable et une côte parsemée d'herbe et de broussailles. Rien d'autre. Rex monta et mena sa moto jusqu'au sommet, puis il descendit la colline herbeuse pour commencer à suivre la rivière.

Où diable pensait-il aller ? Les amis de Rex le suivirent, tout comme Diaz et Jess.

Diaz vit le pont droit devant. Il accéléra et dépassa les deux motards avec l'intention de leur couper la route avant qu'ils l'atteignent. Jessie le suivit, utilisant sa moto pour s'immiscer entre les deux motards et Rex.

Rex parvint au pont, mais Jessie avait réussi à dérouter les deux autres. Diaz n'avait pas d'autre choix que de poursuivre Rex sur les planches du pont. Il ne pouvait pas le laisser filer, mais il n'aimait pas l'idée de laisser Jessie affronter seule les deux *bikers*.

Il fallait qu'il pense d'abord à la mission. Jessie était armée. Elle pourrait se débrouiller, pas vrai ?

Ben voyons. Il s'occuperait de Rex plus tard. Il n'allait pas laisser Jessie seule avec deux motards.

Un coup de feu retentit et il freina en urgence, fit un dérapage contrôlé et pivota à cent quatre-vingts degrés. Une moto était étendue sur le banc de sable, et, sous la pluie battante, il ne parvint pas à voir laquelle c'était. Était-ce celle de Jessie ou celle d'un autre ? Il jeta un coup d'œil à l'autre bout du pont, vit les feux arrière de Rex disparaître dans la pluie et l'obscurité.

Merde.

On ne peut pas laisser un membre de son équipe exposé au danger. Une règle cardinale des *Wild Riders*, surtout quand les risques étaient sérieux, ce qui était indubitablement le cas. Il était responsable de Jessie, membre junior de l'équipe. Il n'allait pas la laisser, même s'il mourait d'envie d'arrêter Rex.

Diaz accéléra pour atteindre la moto renversée. Il eut l'impression de mettre une éternité, comme si le temps s'était ralenti. Il plissa les yeux pour mieux y voir sous la pluie qui tombait maintenant à seaux, tâchant de discerner la moto et le conducteur étendu à côté. Plus il s'approchait, plus son cœur battait vite.

Et si c'était Jessie ? Et si elle s'était fait tirer dessus, si elle saignait, si elle avait été grièvement blessée ? Ou pire encore ?

Sentant l'adrénaline monter, il sauta de sa moto dès qu'il fut assez près pour courir vers le *biker* tombé. C'était un des hommes de Rex, touché à l'épaule, inconscient. Diaz fut grandement soulagé, mais sentit tout de suite après une confusion et une grande peur revenir en lui.

Où était l'autre homme ? Et Jessie ? Il balaya les environs du regard, mais ne vit rien du tout. Après avoir vérifié que les blessures du motard ne mettaient pas sa vie en danger, il saisit une paire de menottes dans son sac et lui entrava les mains dans le dos, alerta les Fédéraux et leur signala son emplacement, son statut. Puis il remonta sur sa moto en se passant les doigts dans les cheveux.

Il inspira, expira, tenta de conjurer la panique qui le gagnait aux tripes.

Puis il tourna brusquement la tête en entendant le rugissement des moteurs des motos.

Diaz saisit son GPS et suivit les signaux, se disant que si Jessie était en train de suivre les hommes de Rex, alors le signal pourrait le guider jusqu'à elle. Elle ne devait pas être loin. Il manœuvra pour sortir du sable et longea la rive herbeuse, trouvant un sentier dans l'obscurité pluvieuse. Il le suivit tout en gardant un œil sur son GPS. Le vrombissement de sa propre moto l'empêchait d'entendre les autres, mais il se concentra sur le traqueur, convaincu qu'il le mènerait à Jess. Il refusait de considérer toute autre possibilité. Il fallait qu'il la trouve.

Le signal lui indiqua qu'il s'approchait d'un motard en fuite, puis il vit qu'il s'était arrêté. Diaz ralentit, ne voulant pas se faire repérer trop vite. La bécane qu'il suivait ne bougeait plus du tout. Ça pouvait être une bonne nouvelle ou une mauvaise.

Il vit une carrière un peu plus haut, là où s'arrêtait le signal.

Merde. Ça n'augurait vraiment rien de bon. Tous ces rochers constituaient un camouflage idéal. Comment savoir où ils se cachaient? Diaz ralentit et contourna chaque tas de cailloux, cherchant les motos ou leurs conducteurs. Il y avait de la lumière dans un bâtiment au centre de la carrière, mais il était fermé, les verrous bien accrochés aux portes en acier de l'entrée. Il continua, cherchant toujours des signes de motards ou de Jess. Le seul point positif, c'était qu'avec la pluie les motos laissaient des traces évidentes dans la boue. Il en repéra une partant d'une des portes – ils avaient sûrement tenté de pénétrer dans le bâtiment avant de se rendre compte que c'était impossible et de partir ailleurs. Diaz suivit les traces, conduisant lentement et surveillant toujours…

Soudain, il fut éjecté de sa selle par quelque chose qui le frappa à l'épaule gauche. Une douleur intense le traversa tandis qu'il s'étalait dans la boue épaisse. Étourdi, il cligna des yeux pour chasser la douleur et la confusion, luttant pour reprendre son souffle. Il savait qu'on lui avait tiré dessus, mais il ignorait si c'était grave. Il plia les doigts, soulagé de voir qu'ils fonctionnaient encore. Il roula sur le côté, utilisant sa moto comme couverture, et, avec son bras valide, chercha son arme dans sa poche. En observant rapidement les lieux, il ne vit rien. Son bras lui faisait un mal de chien, et il sentait que le sang coulait à flots, mais il ne pouvait absolument rien y faire dans l'immédiat, à part espérer qu'il ne saignerait pas au point de tomber dans les pommes.

Puis il l'entendit: un léger cri, un halètement réprimé. Son instinct lui dit qu'il s'agissait de Jessie. Ça provenait de l'autre côté du bâtiment, à environ six mètres. Malheureusement, s'il se levait et tentait de courir dans cette direction, quelqu'un planqué au coin pourrait le canarder aisément. Ce qui ne figurait pas dans sa liste de priorités.

Puis il entendit un grognement, suivi d'un juron bruyant, et Jessie surgit de derrière le bâtiment, courant vers lui comme si elle avait le feu aux fesses. Des tirs retentirent, mais elle se cacha derrière sa moto, soulevant un tas de graviers.

Sous l'effet de la panique, craignant qu'elle n'ait été blessée, Diaz riposta de quelques coups de feu vers le bâtiment, puis se tourna vers elle.

— Tu vas bien ?

Elle hocha la tête, son visage sale et blessé.

— Oui. Et toi ?

— J'ai pris une balle dans le bras, mais ça va.

Elle écarquilla les yeux en tendant la main vers lui.

— Oh, mon Dieu, Diaz ! Où ça ? C'est grave ?

Il haussa les épaules en guise de réponse, se concentrant plutôt sur le bâtiment.

— Pas maintenant. Je peux gérer. Il faut d'abord qu'on se sorte de là. Qu'est-ce qui se passe ? Il y a combien de mecs ? Rex a rejoint l'homme que tu poursuivais ?

Il sortit son téléphone portable, composa le numéro lui permettant de donner l'alarme à Walt. Avec un peu de chance, Walt trouverait leur emplacement sur le GPS de Diaz et pourrait leur envoyer une équipe.

— Il n'y a que ce gars-là. Je n'ai pas vu Rex, dit-elle à Diaz tandis qu'il rempochait son téléphone.

— Tu as ton pistolet ?

— Il me l'a pris, dit-elle en secouant la tête.

— Il y a une autre arme dans ma sacoche si tu arrives à l'atteindre.

— Ce type… Je crois qu'il s'appelle Dave ? Enfin bref, il m'a poursuivie et m'a fait tomber de ma moto. Puis il m'a attrapée et m'a traînée derrière ce bâtiment quand il t'a entendu arriver.

Diaz sentit son pouls s'accélérer en visualisant quelqu'un en train de faire du mal à Jessie. Il mourait d'envie de mettre la main sur ce Dave.

— Je lui ai filé un coup de pied dans les couilles et un coup de coude au menton, et je suis venue ici en courant.

— Joli travail, commenta Diaz en souriant.

— Il a aussi contacté Rex, qu'il doit retrouver dans peu de temps.

— Content d'entendre ça, dit Diaz qui avait détesté perdre la trace de Rex. Mais, tout d'abord, il faut qu'on sorte de cette clairière. On est des cibles trop faciles.

En plus, Diaz n'aimait pas se cacher derrière un réservoir plein de carburant. C'était risquer à une mort par explosion. Les balles ne sifflaient plus dans leur direction, Dave était sûrement reparti en mode furtif, attendant que Diaz fasse quelque chose. Il était peut-être parti en courant. Ou peut-être n'avait-il plus de munitions. Ce serait une sacrée chance.

Diaz se retourna, observant les tas de cailloux derrière eux.

— Éloignons-nous de cette moto. On pourra s'abriter derrière ces pierres.

Après avoir pris l'arme dans sa sacoche, Jessie empocha des chargeurs de rechange et hocha la tête.

— Je suis prête, à ton signal.

Se servant de son bras valide pour se mettre en position accroupie, il lui fit signe. Jessie sprinta, et Diaz tira sans cesse en direction de l'angle du bâtiment tout en courant à son tour. Il se plaça devant Jessie, au cas où leur adversaire riposterait. Ce déplacement sembla durer une éternité, mais Diaz savait que seulement quelques secondes s'étaient écoulées jusqu'à ce qu'ils se trouvent en sécurité derrière un grand talus gris.

Ils attendirent. Soit Dave était parti, soit il ne voulait plus gâcher de munitions en leur tirant dessus.

— Il faut que tu me laisses voir ton bras, murmura Jessie.

— C'est bon. Je pense que la balle n'a pas pénétré.

La douleur était devenue lancinante, mais moins intense, et l'hémorragie s'était ralentie.

— L'épaisseur de mon blouson a dû ralentir la balle, déclara Diaz.

Jessie lui décocha un regard dubitatif.

— Si tu tombes dans les pommes à force de perdre du sang, je te botte les fesses.

— C'est noté, répondit-il, un sourire en coin.

Elle s'installa contre les cailloux, son arme pointée vers le bâtiment.

— Et qu'est-ce qu'on fait, maintenant ?

— On attend.

Ils n'eurent pas à patienter bien longtemps. Le ronronnement éraillé d'un moteur de moto résonna dans le silence.

— Rex arrive derrière le bâtiment, dit Diaz. Je parie que ton Dave a quitté son poste pour aller à sa rencontre. On va prendre le bâtiment par la gauche, voir si on arrive à les surprendre par-derrière. Bougeons maintenant, pendant qu'ils sont distraits.

Diaz se redressa et Jessie le suivit de près tandis qu'il contournait le tas de cailloux par la gauche, tête baissée. Diaz fit signe à Jess de le couvrir pendant qu'il sprintait vers le flanc du bâtiment. Si quelqu'un devait prendre une balle, il fallait que ce soit lui. Il parvint à destination, puis fit signe à Jessie qui s'empressa de le rejoindre. Ils s'aplatirent contre le béton froid du mur. Diaz tendit l'oreille, à l'affût des bruits ambiants, des sons des motos de Rex ou de Dave, tout ce qui pourrait lui indiquer leur emplacement.

Il lança un regard à Jessie, qui secoua la tête.

Bon sang, ils allaient devoir les pister ! Ce qui les mettrait à découvert et les rendrait aussi vulnérables que les autres. Mais ils n'avaient pas le choix. Ils ne pouvaient pas rester plantés là et attendre que Rex et Dave viennent à eux, même si ça aurait été drôlement plus pratique.

Diaz attira l'attention de Jessie et inclina la tête vers la droite, s'avançant lentement en rasant le mur vers l'autre extrémité du bâtiment. Jessie resta sur ses talons, son arme sortie, prête à tirer.

Des halogènes suspendus au plafond du bâtiment éclairaient les gravats et les environs. C'était à la fois une bonne et une mauvaise chose, parce qu'il était plus difficile pour Rex et Dave de se cacher, mais aussi pour Diaz et Jessie de rester à couvert. Ils devraient les chercher sans s'exposer en pleine lumière, comme des rock stars.

Diaz marqua une pause à l'angle qui séparait le côté de l'arrière du bâtiment. Derrière eux, il n'y avait que des cailloux. À l'ouest se trouvaient des arbustes et une clôture. S'ils arrivaient à faire le tour dissimulés par la végétation, ils resteraient hors de la zone illuminée. Ils pourraient progresser dans la pénombre, ne passant sous la lumière que l'espace de quelques secondes avant de filer dans la nuit.

Diaz pointa le bout de son arme vers les buissons. Jessie acquiesça et leva trois doigts, pour faire le décompte. Il partit en trombe, Jessie à sa suite.

Aucun coup de feu ne retentit tandis qu'ils s'approchaient d'un épais buisson. Avec un peu de chance, les deux *bikers* ne les avaient pas repérés. Diaz espérait que Dave avait indiqué à Rex qu'ils se cachaient sur le devant et qu'ils regardaient par là. Ils avaient l'occasion de prendre l'avantage.

Diaz resta accroupi derrière les buissons, s'avançant vers la zone non éclairée. Le terrain était plat et il n'y avait aucun endroit où se cacher, mais c'était plongé dans l'obscurité. La pluie avait repris de plus belle, couvrant leurs déplacements et dissimulant le clair de lune.

Il aurait préféré que la machinerie en activité dans le bâtiment ne soit pas si bruyante. Ils ne l'éteignaient donc jamais? Elle produisait un ronronnement constant. Il ne pouvait pas entendre les bruits de pas, les murmures ou le moindre son qui aurait pu lui signaler la présence de Rex.

Mais le bruit d'une moto? Oui, ça, il pouvait, et il l'entendit bel et bien. Il y en avait même deux. Il se retourna en entendant une bécane, dont les phares allumés étaient dirigés droit sur eux.

— On bouge! cria-t-il à Jessie.

Elle sortit du faisceau lumineux et il pivota, pointant son arme pour tirer. Il manqua sa cible, mais le gravier vola au visage du motard, ce qui le poussa à faire une embardée et coucher la moto. N'étant apparemment pas blessé, Dave sauta de sa selle.

Oh non. Pas cette fois. Diaz se lança à sa poursuite, le rattrapa et lui administra un tacle à la volée.

Bordel ! Ça lui fit un mal de chien au bras. Diaz repoussa la douleur au fond de lui, retourna Dave et lui donna un grand coup de poing à la mâchoire.

Aïe. La mâchoire de Dave devait être fragile, parce qu'il était K-O. C'était facile. Diaz se leva, donna un coup de pied dans le ventre de son adversaire et le menotta, conscient d'entendre la moto de Rex au loin. Il se releva et fit volte-face pour se rendre compte que Jessie n'était plus là.

Merde.

La pluie ruisselait sur son visage, l'empêchant de voir à plus de quelques mètres devant lui. Il progressa dans la boue et le gravier, suivant les sons, voyant les phares osciller de gauche à droite.

Jessie était en train de courir vers les buissons.

Rex la poursuivait à moto, jouant avec elle, faisant rugir son moteur avant de lui couper la route.

Putain !

Diaz donna tout ce qu'il avait quand il vit avec horreur Rex s'approcher de Jessie qui prit ses jambes à son cou. Le motard était presque à son niveau, et il était évident qu'il ne lui voulait pas du bien.

Il comptait la percuter.

La fureur jaillit en Diaz, et il courut plus vite que jamais pour les rattraper. Ces quelques derniers mètres lui volèrent le peu d'oxygène qui restait dans ses poumons. Ses bottes s'enfonçaient dans la boue, son corps lui donnait l'impression de peser des milliers de kilos tandis qu'il s'approchait de Rex qui avançait sans pitié.

Diaz n'arriverait pas à temps. Il s'arrêta, leva son arme, espérant vraiment réussir son tir, pour ralentir Rex avant qu'il ne percute la jeune femme.

Au moment précis où Jessie était sur le point de se faire heurter par la roue avant de la moto de Rex, Diaz tira. Jessie plongea dans un énorme buisson au moment où la balle touchait la moto, qui vacilla puis dérapa, entraînant Rex dans sa chute. Diaz se remit à courir, sautant par-dessus la moto pour tacler Rex.

Heureusement pour eux deux, la pluie avait ramolli le terrain. L'impact avait été dur. Diaz se releva en un éclair, toujours furieux, toujours gonflé d'adrénaline. Il recula et donna un grand coup de poing à Rex, satisfait d'entendre le bruit d'os qui se brisaient, et de voir du sang gicler.

Mais ça ne lui suffisait pas. Pas après avoir vu Jessie courir pour sa vie au sens le plus littéral.

Il entendit des voitures approcher. Les agents fédéraux, sans doute. Diaz entendit des hommes crier, mais il n'y prêta pas attention. Il était submergé par la rage et continuait de frapper. Rex tentait de lui échapper en rampant, comme un serpent. Diaz le saisit par le col de son blouson et lui administra un autre grand coup de poing, le remettant à terre.

Un halo rouge aveuglait Diaz et il ne pouvait penser qu'à une seule chose, l'expression terrifiée de Jessie pendant que Rex la poursuivait.

— Allez, espèce d'enfoiré ! C'est facile de pourchasser une fille sans défense, hein ? Maintenant, lève-toi et bats-toi comme un homme !

Rex roula sur le ventre en grognant, refusant de se relever.

— Oh non. Tu ne vas pas t'en tirer aussi facilement.

Diaz lui donna des coups de pied, le souleva par le blouson de nouveau, voulant le mettre debout pour lui administrer la raclée de sa vie.

— Diaz, arrête !

Il entendit la voix de Jessie, mais n'était concentré que sur Rex, voulait le voir le supplier d'arrêter. Et, même là, il n'avait pas l'intention de l'épargner. Il voulait que Rex paie.

— Diaz, c'est fini. Les Fédéraux sont là.

Jessie se planta près de Rex et repoussa violemment Diaz.

— Diaz !

Le jeune homme cligna des yeux, son cœur tambourinant follement dans sa poitrine. Il se concentra alors sur Jessie, l'expression de son visage.

— Les Fédéraux sont là. Laisse-les terminer.

Elle parlait d'une voix douce, mais il vit l'expression de son regard, et il sut ce qu'il y distinguait.

Elle avait vu ce qu'il avait fait.

Diaz baissa les yeux sur ses mains, couvertes de sang, puis il regarda Rex, inconscient au sol, le visage boursouflé et ensanglanté. Il était en train de frapper un homme évanoui.

Bon Dieu ! Il prit une profonde inspiration, luttant pour ravaler la bile qui remontait dans sa gorge.

Il pivota, se détourna de Jess, prit un mouchoir dans la poche arrière de son pantalon et essuya le sang.

— Il faut que je trouve Walt, que je lui fasse mon rapport, dit-il.

— Je t'accompagne.

Il fit mine de s'y opposer, mais finit par lui adresser un bref hochement de tête. *Le boulot. Concentre-toi sur le boulot.* C'était bien comme ça.

Tout sauf le corps de l'homme inconscient qu'il aurait sûrement battu à mort si Jessie ne l'en avait pas empêché.

Comme il s'en doutait, sa blessure par balle n'était pas grave et ils le soignèrent sur place. Le médecin lui annonça qu'il aurait encore des douleurs quelques jours, mais qu'il se rétablirait sans peine.

Malgré la fusillade, personne ne fut blessé parmi les Fédéraux. Spencer et Crush avaient encerclé les autres membres du gang de Rex et les avaient gardés pour que les agents puissent les arrêter.

Rex et sa bande étaient maintenant en détention. L'emplacement du camp des survivalistes restait inconnu, mais les Fédéraux étaient contents d'avoir pu en arrêter au moins une vingtaine sur les lieux de la transaction. C'était normalement presque impossible de mettre la main sur un seul, car ils étaient toujours bien cachés, et leur seul délit se limitait souvent à la fraude fiscale. Là, ils les avaient arrêtés, et pour trafic d'armes de surcroît, ce n'était vraiment pas rien. Pour le gouvernement, c'était une belle prise.

Diaz informa Walt qu'il aurait un rapport détaillé sur son bureau le lendemain. Jessie, Spencer, Diaz et

Crush regagnèrent ensuite le chalet. Il était temps de faire leurs bagages et de dire au revoir aux *Devil's Skulls*.

Crush alla informer son gang de ce qui s'était passé avec Rex, Nate et les autres. Il annonça aussi qu'il était temps de faire du ménage chez les *Skulls*, d'exclure tous les sympathisants des survivalistes. Ce n'étaient pas des éléments dont il voulait chez les *Skulls*. Il était encore furieux de voir qu'on s'était servi de son gang de cette façon.

Crush avait du pain sur la planche.

— Alors ça y est ? demanda-t-il en s'adossant au mur de la cabane de Diaz et Jessie.

Spencer avait déjà fait son sac et rendu sa chambre au chalet, et il était maintenant assis sur le canapé.

— Ça y est. À part quelques paperasses, on en a terminé. Les Fédéraux vont prendre ta déposition et peut-être interroger quelques membres, voir ce que vous pouvez leur dire sur Rex, Nate et les autres.

— Oui, ils m'ont prévenu, acquiesça Crush. Je ferai ce que je peux pour aider. Je n'en reviens toujours pas que tout ça se soit passé sous mon nez. Ça me rend fou !

— Ils ne voulaient pas que tu sois au courant. Ils sont forts pour dissimuler leurs activités, dit Jessie.

— Il faut croire.

— Mais on les a eus, ajouta Spencer. Et tu nous as bien aidés.

Crush afficha un grand sourire.

— Oui, ça faisait des années que je ne m'étais pas amusé autant dans une virée de ce genre.

— Tu n'as pas l'habitude de serrer des criminels très souvent, c'est ça ? demanda Spencer en riant.

— Non, ça ne m'arrive pas tous les jours.

Diaz s'approcha et lui tendit la main.

— Tu nous as été très utile. On n'aurait pas pu réussir sans toi.

Crush serra la main de Diaz.

— Comme je le disais, j'ai bien apprécié l'aventure. C'est le genre d'histoire que je raconterai à mes petits-enfants un jour.

— Évite simplement de citer nos noms dans ton histoire, dit Jessie en lui faisant un clin d'œil.

— Je resterai vague.

Diaz ferma son sac de voyage et ils sortirent de la cabane.

— Si un jour vous avez envie de rouler avec les *Skulls*, vous êtes les bienvenus. Vous faites partie du gang, et ce sera toujours le cas.

Diaz adressa un grand sourire à Crush.

— Compte sur moi. J'aime me faire des petites virées. Et cette région me plaît.

— Appelle-moi. On roule ensemble quand tu veux.

Ils firent leurs adieux et partirent. Au lieu d'attendre le matin, Diaz voulait rentrer au quartier général des *Wild Riders* le soir même. Spencer et Jessie étaient d'accord, il était inutile de rester au chalet.

Tout le monde avait hâte de rentrer, songea Diaz. Chacun voulait reprendre le cours de sa vie. La mission était terminée.

Il était temps de rentrer au bercail.

Temps de retourner à la réalité.

Et définitivement temps de remettre les pieds sur terre. Si quelqu'un en avait besoin, c'était Diaz. Il fallait qu'il parle à Grange.

Puis il faudrait qu'il parle à Jessie.

Chapitre 18

La maison. Jessie était heureuse de retrouver le quartier général des *Wild Riders*. Elle était toujours contente de voir Grange et les garçons présents.

Mais là, tout de suite, elle aurait voulu se retrouver seule avec Diaz. Elle voulait passer du temps en tête à tête avec lui, pour parler de ce qui s'était passé avec Rex. Elle savait que ça le rendait fou. Entre autres choses.

Mais ils n'avaient pas eu un instant seuls depuis leur retour, deux jours plus tôt. D'abord, ils avaient dû faire toutes sortes de rapports à Grange, qui les avaient accaparés. Elle aussi avait eu à rédiger le sien. Et elle n'avait pas eu une minute à elle.

Elle donna un coup de pied dans la corbeille à papier de sa chambre, se leva et commença à faire les cent pas, bras croisés.

Diaz l'évitait. Inutile d'être prix Nobel pour comprendre ça. Il ne faisait pas beaucoup d'efforts non plus. Bien sûr, elle savait qu'ils en avaient déjà parlé, qu'il n'y avait rien entre eux, que ce n'était que pour la mission et que leur relation n'irait pas plus loin. Mais c'était sa décision à lui, pas la sienne. Et elle savait pourquoi. Elle comprenait ses hésitations. Elle le comprenait.

Mais Diaz devait ouvrir les yeux sur deux, trois choses, et elle était fatiguée de le laisser fixer les règles. Il était temps qu'elle s'en charge.

Ces derniers jours, Diaz avait peut-être été occupé à faire son maximum pour éviter Jessie, mais elle aussi avait été occupée. Occupée à penser. Et, quand elle s'y mettait, elle ne faisait pas les choses à moitié. Elle avait fini par reconstituer le puzzle de Diaz et Jessie, considérant comment chaque pièce s'emboîtait. Comment *ils* s'emboîtaient. Et à merveille.

Il était temps que Diaz se rende compte qu'elle n'allait pas simplement disparaître parce qu'il le voulait.

Mais, tout d'abord, il fallait qu'elle parle à Grange. Diaz n'allait pas aimer non plus, mais tant pis pour lui. Ils n'étaient plus en mission, et elle était libre de faire ce qu'elle voulait.

Elle quitta sa chambre et descendit l'escalier pour se rendre dans le bureau de Grange, frappant doucement à la porte.

— Quoi ?

Elle sourit au ton renfrogné de la voix. Ça l'amusait toujours.

— C'est Jessie.

— Entre.

Elle pénétra dans sa salle d'opérations et s'installa dans la chaise en face de son bureau, attendant qu'il termine ce qu'il était en train de taper à son ordinateur.

— Bien, dit-il, levant enfin les yeux sur elle.

Jessie étudia son visage, les rides qui encadraient ses yeux, le poids des ans sur sa peau qui en disait long sur les nombreux combats qu'il avait dû mener et remporter. Des combats qui étaient plus que physiques, même. Le général Grange Lee était l'homme qu'elle admirait le plus au monde. Et c'était la seule figure paternelle qu'elle ait jamais connue. Elle lui confierait sa vie.

— Je suis amoureuse de Diaz.

Respectueux des formes, Grange ne cilla pas. Personne ne pouvait rien dire qui choque ou surprenne cet homme.

— Ah oui ?
— Oui.
— Est-ce qu'il t'aime en retour ?
— Je crois que oui. Mais il ne cesse de me repousser.
— À cause de…
— Son histoire familiale. Son père.
— Ah.

Grange leva deux doigts, puis regarda Jessie.

— Il a peur de te faire du mal, ajouta-t-il.

Jessie acquiesça.

— Ce qui n'arrivera pas. Je le connais. Peut-être même mieux que lui-même. Il est incapable de me faire le moindre mal.

— Il n'est pas parfait, Jessie. Il a quelques problèmes.

— J'en suis pleinement consciente. Mais ses problèmes ne me concernent pas. Il ne m'a jamais fait de mal et ne le fera jamais. Il faut qu'il le comprenne.

— Et comment comptes-tu l'en convaincre ?
— Oh, j'ai une petite idée.
— Est-ce que j'ai envie de savoir ?
— Sûrement pas, répondit-elle en souriant.

Il secoua la tête.

— Alors pourquoi est-ce que tu me racontes tout ça ?

Elle se leva, contourna son bureau et lui déposa un baiser sur la joue.

— Au cas où vous entendriez des cris, je ne voudrais pas que vous vous inquiétiez. Je sais gérer Diaz.

Jessie se dirigea vers la porte, et elle entendit un petit rire.

— S'il y a bien quelqu'un qui peut le gérer, Jess, c'est toi.

Elle était contente que Grange lui accorde une telle confiance. Son optimisme retomba quand elle arriva devant la porte de la chambre de Diaz. Elle leva une main pour frapper, puis marqua une pause, inspirant profondément.

Allez, Jessie. Tu en as envie. Ne le laisse pas te forcer à partir en courant.

Elle frappa trois coups fermes à la porte.

Pas de réponse. Il devait s'en douter. Il savait que c'était elle, ou peut-être avait-il l'intention d'ignorer tout le monde.

— Diaz ?

— Je suis occupé, Jess.

Elle tourna le bouton de la porte et l'ouvrit, refermant derrière elle.

Il était assis à son bureau, les yeux rivés sur son ordinateur. Il se retourna pour la regarder.

— Qu'est-ce que tu ne comprends pas dans « je suis occupé », Jess ?

— J'ai décidé de ne pas t'écouter.

Elle s'avança dans la chambre et s'assit sur le lit. Le regard du jeune homme restait froid. *Tant pis.* Elle ne partirait pas tant qu'elle n'aurait pas dit ce qu'elle avait à dire.

Il poussa un grand soupir dont elle était sûre qu'il était entièrement feint, puis il fit pivoter son siège pour lui faire face.

— Bon. Qu'est-ce que tu veux ?

— Te parler de ce qui s'est passé avec Rex.

Il se tourna de nouveau vers son ordinateur.

— Je n'ai pas besoin de psychanalyse, mais merci.

Elle leva les yeux au ciel et s'avança vers son bureau, appuyant sa hanche contre le meuble.

— Je n'ai pas l'intention de te psychanalyser. Je pense que tu es contrarié par ce qui s'est passé.

— Ah oui ? Et tu te fondes sur quoi, exactement ?

— En réalité, je te connais, je peux lire dans ta gestuelle. Tu t'es montré tendu, silencieux, tu n'as pas tellement parlé avec les autres, et tu ne m'as pas adressé la parole depuis qu'on est rentrés.

— J'étais occupé, et je n'ai pas besoin que tu me tiennes la main pour gérer ma relation avec les gars. Et, toi et moi, on n'est pas les meilleurs amis du monde, Jess.

— Meilleurs amis du monde ? fit-elle en réprimant un sourire.

— Ou ce que les gosses disent aujourd'hui. J'essaie de rester à jour sur les expressions des jeunes. C'est pas bon ?

— Si, c'est correct. Et pourquoi on ne pourrait pas être… meilleurs amis ?

Autre soupir.

— Jess, sérieusement. J'ai plein de boulot.

— Tu m'évites, Diaz, tout ça parce que tu as mis une raclée à Rex.

— Non. C'est parce que je dois faire des rapports, travailler avec les Fédéraux, pour que l'affaire soit close de notre côté. En tant que chef de la mission, c'est mon boulot.

— C'est plus que ça.

Elle croisa les bras et baissa les yeux sur lui, refusant de croire que les paperasses avaient quoi que ce soit à voir avec son humeur. Elle s'agenouilla près de lui, caressant le dos de sa main, prenant une voix plus douce.

— Parle-moi, Diaz. S'il te plaît.

Il plissa les yeux, puis poussa un soupir.

— Il a essayé de te tuer. Tu voulais que je fasse quoi ?

Voilà, maintenant ils pouvaient avancer.

— Je te suis reconnaissante de m'avoir défendue. Tu m'as sauvé la vie, tu sais, dit-elle en lui serrant la main. Je n'ai même pas eu l'occasion de te remercier.

Il retira sa main et se leva, s'approchant de la fenêtre.

— C'est mon boulot d'assurer la sécurité des membres de mon équipe. C'est aussi simple que ça.

Elle se leva et le suivit.

— C'est la seule raison pour laquelle tu t'es autant acharné sur Rex ? Parce que tu voulais assurer la sécurité d'un membre de ton équipe ?

— Non. Oui.

Il se passa les doigts dans les cheveux.

— Je ne sais pas. Sors d'ici, Jessie.

Elle se rapprocha, inspirant son parfum. Son odeur l'excitait toujours. Elle sentit ses tétons se durcir. Une passion animale s'attisa silencieusement entre eux, flottant dans l'air, invisible, mais semblable à une chaîne d'acier qui les maintenait en place.

Il baissa vers elle un regard dur et sans merci.

— Je t'ai déjà dit que ça ne marchera jamais entre nous.

— Parce que tu as peur de me faire du mal.

Il ne répondit pas pendant ce qui sembla durer une minute entière, la plus longue minute de la vie de Jessie. Elle refusa de bouger, refusa de dire quoi que ce soit avant lui.

— Mais oui, bon sang! Parce que j'ai peur de te faire du mal. Tu as vu ce que j'ai fait à Rex, ce que j'ai fait à l'autre gars pendant l'initiation. Il y a de la violence en moi, Jessie, et, un jour, ça se retournera contre toi.

— Tu ne t'en serviras pas contre quelqu'un que tu aimes, Diaz. Tu ne me ferais jamais aucun mal.

— Ce n'est qu'une question de temps.

C'était là qu'il fallait qu'elle le défie. C'était le moment de le mettre à l'épreuve.

Elle se détendit, expira.

— Peut-être que tu as raison. Peut-être que je perds mon temps et que je me ridiculise à te courir après comme ça.

Elle vit la confusion traverser son regard, et elle sut qu'elle devait poursuivre.

— Je suis fatiguée, Diaz. Tellement fatiguée de me jeter à ton cou et que tu me rejettes sans cesse. Je suis une femme adulte, et j'ai des besoins et des envies de femme. Il est temps que je trouve quelqu'un qui puisse les satisfaire pour moi.

Elle s'avança vers la porte.

— Jessie, de quoi tu parles ?

— Tu m'as déjà demandé auparavant pourquoi j'étais restée vierge pendant si longtemps. Je t'ai dit que c'était parce que j'étais exigeante. Je crois qu'il est temps que je le sois moins. Tu m'as appris à aimer le sexe, Diaz. Et tu m'as appris l'amour. J'ai décidé d'avoir les deux dans ma vie. Si tu refuses de me les donner, je vais trouver quelqu'un qui voudra bien.

Elle ouvrit la porte de la chambre et en sortit, se dirigeant vers la sienne.

C'était un pari. Un pari risqué.

Elle ravala ses larmes quand il la suivit et mit le pied dans la porte qu'elle tentait de lui claquer au visage.

— Mais qu'est-ce que tu fais ? lança-t-il.

Elle souleva son haut et le jeta par terre. Diaz s'empressa de fermer la porte pour éviter les regards indiscrets. Elle se dirigea vers son placard pour prendre son corset de cuir, celui qui faisait déborder ses seins. En le mettant, elle se tourna vers lui.

— Je vais sortir et faire ma vie, Diaz. Ça te dérange ?

Il serra la mâchoire de cette façon menaçante qu'elle trouvait irrésistible. Il ne dit rien tandis qu'elle fermait son corset et cherchait son pantalon en cuir.

— Alors tu vas mettre ta tenue la plus sexy et te trouver un mec, hein ?

— Je ne sais pas. J'ai seulement besoin de sortir. Que je trouve un homme ou pas, ça reste à voir.

— Où est-ce que tu vas ?

— Pas sûre. AJ et Pax sont revenus de leur mission. Je les ai entendus parler d'un nouveau bar de *bikers* dans le centre de Dallas. Je pensais les rejoindre ce soir.

— AJ et Pax sont des fêtards invétérés.

Elle enfila son pantalon en cuir et vit la manière dont les yeux de Diaz s'assombrirent pendant qu'elle fermait le zip latéral. Et maintenant les bottes.

— AJ et Pax se débrouillent très bien tout seuls. Et moi aussi.

Elle s'assit sur sa chaise et enfila des bottes à talons hauts pour compléter sa tenue. Elle se leva et s'approcha du miroir pour se mettre du rouge à lèvres.

— Bon sang, Jessie, habillée comme ça, tu sais ce que vont penser les hommes ?

Elle se retourna et s'avança vers lui.

— Écoute, Diaz. Je n'ai pas besoin d'un père. Je n'en ai jamais eu et ça ne m'a jamais manqué. J'ai besoin d'un homme qui m'aime, qui a envie d'être avec moi. J'ai décidé d'arrêter de courir après. S'il y en a un qui veut, qu'il vienne m'expliquer pourquoi je devrais lui dire oui. Maintenant, hors de ma route. J'en ai marre de me faire jeter. Je vais faire la fête.

La jeune femme le poussa de côté et s'engouffra dans l'ascenseur, soulagée de le trouver portes ouvertes, comme s'il l'attendait. Elle appuya sur le bouton et descendit au rez-de-chaussée. Elle traversa la pièce principale, ignorant les regards abasourdis de Spencer, AJ et Pax tandis qu'elle composait le code de sécurité ouvrant l'ascenseur menant au garage.

— Je vais faire un tour dans ce nouveau club en ville, lança-t-elle par-dessus son épaule. Si quelqu'un veut m'accompagner, c'est parti. Sinon, je reviendrai tout à l'heure.

Jessie n'attendait aucune réponse et se contenta d'entrer dans l'ascenseur pour descendre et sortir. L'air frais l'aida à éclaircir le brouillard de colère qui avait envahi sa tête.

Diaz s'en fichait. Il n'allait pas la suivre.

Comme tant d'autres hommes dont elle avait entendu parler. Il ne voulait pas d'elle, mais il ne voulait pas que quelqu'un d'autre l'ait non plus.

C'était très mal barré, parce qu'elle était sérieuse. Elle refusait de rester poireauter à l'attendre plus longtemps. Elle avait fait de son mieux.

Parfois, les meilleurs efforts ne suffisaient pas.

Parfois, il fallait aussi savoir jeter l'éponge, abandonner.

— Tu vas la laisser partir... comme ça ?

Diaz regarda les portes de l'ascenseur qui s'étaient refermées. Il était descendu au rez-de-chaussée et avait regardé Jessie partir. Maintenant, Pax et AJ le regardaient, l'air d'attendre qu'il fasse quelque chose.

Bon sang, pourquoi est-ce qu'ils le regardaient comme ça ?

— Je ne suis pas son tuteur.

Pax lui décocha un regard accusateur.

— Je sais pas si t'es aveugle ou quoi, mec, mais c'est évident que tu lui plais.

— Oui, ajouta AJ. Je dirais même qu'elle t'aime. Alors tu comptes faire quoi ?

C'est à ce moment précis que Grange sortit de son bureau pour entrer dans le salon.

— Qu'est-ce qui se passe ?

— Jessie vient de sortir, furax et sexy en diable, déclara Pax, croisant les bras en s'appuyant contre la porte de l'ascenseur.

Grange haussa un sourcil et regarda Diaz.

— Ah, vraiment ?

— Quoi ? fit Diaz en levant les yeux au ciel.

Grange haussa les épaules.

— Rien.

Il se tourna vers Pax.

— Elle allait où ?

— Dans un nouveau club en ville dont on lui avait parlé.

— Vous l'accompagnez, dit Grange.

Ce n'était pas une question. C'était un ordre. Pax et AJ se dirigèrent vers leurs chambres en disant :

— Eh ouais, on va s'y coller.

— Arrêtez. Je m'en occupe, fit Diaz.

Ils s'arrêtèrent net tous les deux, regardèrent Grange, puis Diaz.

— Tu es sûr ? demanda Grange.

Diaz savait ce que Grange voulait dire.

— Oui, je suis sûr. Pax, donne-moi le nom et l'adresse.

Une heure plus tard, il s'était douché et s'était rendu au nouveau club en ville. Un endroit branché, éclairé au néon, et plein à craquer. Il y avait une file d'attente qui descendait le long de la rue, et un videur à l'air féroce relevait les noms à l'entrée. Heureusement, AJ le connaissait et l'avait déjà appelé pour le prévenir de l'arrivée de Diaz. Ce dernier entra directement, au plus grand désarroi des jeunes qui faisaient la queue sur le trottoir et qui grognèrent et le huèrent tandis qu'il franchissait la grande double porte noire de *Hot Shots*.

La musique lui agressa les tympans dès qu'il eut mis les pieds dans la salle. Le son était lourd, avec une basse qui pouvait garantir que tout le monde ait envie de sauter sur la piste de danse.

Enfin, Diaz n'était pas tout à fait comme tout le monde à ce niveau-là. Il chercha le bar et le trouva, long, noir, avec un rebord bien rembourré. Il commanda un double Jack Daniel's et le descendit en une seule gorgée. La brûlure de l'alcool le fit larmoyer, mais il se sentit mieux. Il se tourna et balaya la foule du club du regard. Des corps occupaient le moindre centimètre carré de la salle. Les gens s'entremêlaient, certains étaient debout, d'autres assis à des tables ou sur des banquettes. Les autres se promenaient sur une piste de danse géante, entassés comme des sardines et se bousculant.

S'il voulait trouver Jessie, il allait falloir qu'il se lève.

En s'avançant, il se rendit assez vite compte que cet endroit n'était qu'un gigantesque marché de viande. Les femmes reluquaient les hommes, leurs regards affamés trahissant ce qu'elles recherchaient. Et les hommes étaient tout aussi clairs, à se pencher, prendre des poses suggestives pour peloter et choper tout ce qu'ils pouvaient. L'alcool qui coulait en abondance leur facilitait la tâche.

Diaz avait-il été si jeune et si stupide ? Oui, tristement, il devait l'avouer. Tandis qu'il se frayait un chemin parmi les corps dansants, il perçut de nombreux regards provenant de jeunes femmes du même âge que Jessie. Des femmes qui l'examinaient des pieds à la tête, puis lui envoyaient tous les signaux voulant dire qu'elles étaient ouvertes à une approche. Certaines l'arrêtèrent même, touchant son blouson, lui demandant s'il voulait danser ou si elles pouvaient lui offrir un verre.

Cela ne l'intéressait pas. Pas avec elles.

Les tables et les banquettes étaient réparties un peu partout dans le club, laissant la piste centrale dégagée. C'est là qu'il trouva Jessie, en train d'onduler entre deux hommes au rythme d'une chanson suggestive. Ils étalaient leurs mains sur le ventre et le dos de la jeune femme et elle bougeait les hanches entre eux, les bras levés au-dessus de la tête, les yeux fermés. Ses lèvres s'entrouvrirent et sa langue en sortit pour lécher sa lèvre inférieure.

Un des hommes posa une main sur sa gorge pour qu'elle approche son visage du sien. Jessie ouvrit les yeux, éclata de rire et détourna la tête. Il réessaya et elle repoussa son torse plus fermement, se détournant de lui pour danser avec l'autre homme qui enroulait son bras autour de sa taille pour l'attirer contre son torse.

Diaz prit une inspiration, réprima la fureur qui naissait en lui après avoir vu ces mains se balader sur elle comme ça.

Il n'avait aucun droit de se mettre en colère. Jessie n'était pas à lui. Elle pouvait faire ce qu'elle voulait, avec qui elle voulait.

C'était lui qui avait imposé ces règles, en la rejetant tant de fois, parce que c'était la bonne chose à faire.

Mais, bon sang, ce n'était pas ce qu'il voulait!

Il se fraya un chemin à travers la foule. Jessie le vit quand il se tint à quelques mètres d'elle, et elle continua à danser. En réalité, elle lui tourna même le dos, cherchant derrière elle à attirer le second homme.

Cela n'allait pas fonctionner. Diaz tapota sur l'épaule de l'inconnu qui leva les yeux.

— Barre-toi.

Comme Diaz faisait une bonne tête une vingtaine de kilos de plus que lui, l'homme se dit que ça ne valait pas la peine de se battre. Il haussa les épaules et quitta la piste de danse. Quand Diaz adressa un regard assassin au deuxième homme, ce dernier s'esquiva, lui aussi.

Jessie se tourna pour lui faire face.

— Bon sang, qu'est-ce que tu es en train de faire ?

— Danse avec moi.

— Va te faire voir.

Elle commença à s'éloigner, mais il la retint par le bras.

Jessie regarda sa main, puis leva sur lui des yeux qui brûlaient de fureur dans l'atmosphère sombre du club.

— Lâche-moi, Diaz. Tout de suite.

Il lâcha son bras et elle quitta la piste de danse. Il la suivit tandis qu'elle récupérait sa veste sur un tabouret du bar et se dirigeait vers la porte d'entrée du parking.

Il avait garé sa Camaro près de la moto de Jessie.

— Jess, il faut qu'on parle.

— J'ai déjà tout dit. Il faut que tu me laisses tranquille maintenant.

Il se planta devant elle, l'empêchant de monter sur sa moto.

— Ce n'est pas ce que tu voulais ? Que je te suive ? Bon, voilà, tu m'as fait venir jusqu'ici, alors maintenant on va parler.

— Ce n'est pas ce que je cherchais. Je n'ai pas envie de te parler. Je ne veux plus rien avoir à faire avec toi. J'ai essayé de discuter et ça n'a jamais rien donné. Retourne au QG, Diaz.

Ils avaient attiré des badauds, y compris des hommes assez musclés, sûrement des videurs du club. Ils approchaient. *Génial.* Exactement ce dont il avait besoin.

— Ce type vous embête, mademoiselle ?

Un homme grand, baraqué et chauve s'approcha, ses bras presque aussi larges que son cou.

— Barrez-vous, dit Diaz. On est en train de parler.

— Bon, ça suffit, vous allez devoir partir et laisser cette demoiselle tranquille, dit le chauve en s'interposant entre Diaz et Jessie.

— Tout va bien entre la demoiselle et moi. On n'a pas besoin de votre aide.

Le chauve s'avança encore. Diaz l'imita. Si ce gars voulait en découdre, Diaz était prêt. Il sentait déjà la chaleur de la colère monter dans ses veines, le préparant au combat. Et il était bien assez énervé pour vouloir massacrer cet homme des cavernes. Jessie n'avait pas besoin de protection. Pas venant de ce type en tout cas.

Mais Jessie s'interposa entre eux deux, relevant la tête et regardant Diaz droit dans les yeux.

— Ne fais pas ça. S'il te plaît.

Il était sur le point d'écarter Jessie, mais il y avait quelque chose dans la manière dont elle le regardait qui le poussa à marquer une pause. Son regard si clair qui l'implorait, et le touchait à travers la brume de sa colère, lui rappelant qu'il avait quelque chose à perdre s'il se laissait aller à cette colère.

Elle.

Il fallait qu'il en finisse. Pas pour elle, mais pour lui-même.

Il recula d'un pas, leva les mains, paumes vers le ciel.

— Désolé, mec, dit-il au videur. Je ne veux pas me battre.

Diaz n'avait jamais reculé de la sorte de toute sa vie. Cela lui coûtait, il se sentait lâche. Mais il devait le faire. Pour Jessie. Pour lui-même. Il n'y avait rien à gagner ici, et tout à perdre.

Il tendit la main vers Jessie. Pour une obscure raison, il eut l'impression que c'était son cœur qu'il tenait là pour elle, et qu'elle pouvait le prendre ou le laisser pour de bon. D'accord, c'était assez bête comme idée, mais c'était comme ça.

Jessie esquissa un sourire, puis glissa sa main dans la sienne.

— Allons-y.

Il hocha la tête en direction du videur, qui lui répondit à l'identique et tourna les talons, éloignant les curieux.

C'était terminé.

— Allons faire un tour.

— D'accord, acquiesça-t-elle.

Il lui ouvrit la portière de la voiture et elle se glissa sur le siège passager. Il monta, démarra le moteur et se mit à conduire.

Ils roulèrent en silence. Il savait exactement où il voulait l'emmener. Le ciel nocturne était dégagé, la lune haute et lumineuse. On entendait que le ronronnement du moteur de la Camaro. Il se gara dans le parking, désert à cette heure de la nuit. Il trouva une belle place, bien à l'abri des regards sous les saules, et coupa le moteur.

Maintenant qu'ils étaient là, il ne savait plus par où commencer. Il regarda à travers le pare-brise les branches du saule se balancer au gré du vent.

Elle n'avait pas l'intention de parler la première, pas cette fois, et il le savait. C'était à lui de jouer. Il ferait mieux de commencer par le plus important.

— Je ne veux pas que tu sortes avec quelqu'un d'autre.

Elle ne répondit pas.

— J'ignore comment gérer les relations sentimentales, Jess. Je ne l'ai jamais fait. Je sais que ce n'est pas une excuse, mais c'est tout ce que j'ai. Je ne sais pas comment aimer quelqu'un, parce que je n'ai jamais aimé personne avant.

Il marqua une pause et se tourna pour lui faire face.

— Mais je t'aime toi. Tu te souviens que je t'avais dit que je n'avais peur de rien ?

Elle hocha la tête.

— J'ai menti. La possibilité de te faire du mal un jour me terrifie.

— Tu ne me feras pas de mal. Pas de la manière à laquelle tu penses. La seule façon dont tu pourrais me faire du mal, ce serait en ne nous laissant pas une chance.

— Je m'en rends compte maintenant, acquiesça-t-il. Ce qui me fait encore plus peur, c'est de te perdre. Je t'aime, Jessie.

Elle ferma les yeux, puis les rouvrit doucement. Il vit des larmes se former. Bon Dieu, il avait suscité un tel chaos.

— Alors, je vais sûrement merder quelque part, reprit-il. Je vais probablement me planter. Je ne voulais pas tomber amoureux de toi. Je ne voulais tomber amoureux de personne.

— Tu le regrettes ?

Elle s'était détournée pour regarder par la fenêtre, ne lui faisant même pas face. Elle avait parlé d'une toute petite voix, comme si ça lui faisait mal rien que de le dire.

— Non. Je ne peux pas regretter de t'aimer. Tu m'as fait changer. Tu m'as fait réfléchir à qui je suis, à l'homme que je veux être, et à plein de choses auxquelles je n'aurais jamais pensé si je n'étais pas tombé amoureux de toi. Je n'ai jamais regretté ça.

Elle leva la tête vers lui. Dieu qu'elle était belle, avec son joli petit minois, ses lèvres humides, charnues qui lui donnaient tellement envie de l'embrasser qu'il en avait mal au ventre. Et ses yeux… Tellement expressifs, pleins d'émotions qu'elle ne pouvait pas lui dissimuler.

— J'ai déconné, Jess.

— Je ne m'attends pas à ce que tu sois parfait.

— Ça va plus loin que ça. J'ai un problème. J'en ai déjà parlé avec Grange.

Elle bougea, pivotant sur son siège pour lui faire face.

— Tu crois que je ne sais pas que tu as des problèmes de colère ? Bien sûr que j'en suis consciente, mais ton problème ne s'étend pas à moi.

Il inclina la tête et fronça les sourcils.

— Comment ça ?

— Combien de fois est-ce que je t'ai énervé depuis qu'on se connaît ?

— Plein de fois, répondit-il en esquissant un sourire.

— Est-ce que tu as été violent avec moi quand tu étais en colère ? Est-ce que tu as déjà levé la main sur moi ?

Il eut un mouvement de recul, la simple pensée de lui faire du mal le révoltait au point qu'il en avait la nausée.

— Bien sûr que non.

— Précisément. Et tu ne le feras jamais. Me faire du mal, c'est une chose que tu n'as pas en toi. Tu es incapable de faire du mal à ceux que tu aimes, Diaz. Tu *n'es pas* comme ton père, et il est temps que tu te décharges de ce fardeau – son fardeau. Ce n'est pas une croix que tu dois porter. Il a fait ce qu'il a fait, mais ça n'a rien à voir avec *toi*.

Il avait envie de nier ce qu'elle venait d'affirmer. Il avait passé toute sa vie à se dire qu'il était exactement comme son père. Et, bon sang, cet homme le lui avait suffisamment répété.

Mais Jessie avait raison. Il était différent. Jamais il ne ferait de mal à Jessie, ou à une autre femme, ou à quelqu'un qu'il aimait.

— Tu as raison, mais je m'emballe trop facilement, j'ai encore du mal à contrôler ma colère. Ça a des conséquences sur mon travail.

— Tu comptes y faire quelque chose ?

— Oui. Grange a dit que je pouvais me faire suivre. Il n'avait pas l'air de s'en inquiéter plus que ça.

— Bien.

— Tu veux… tu voudrais bien y aller avec moi ?

— Tu en aurais envie ? demanda Jessie en écarquillant les yeux.

— Oui, ce serait bien. Ce serait plus facile si tu étais là. Je ne suis vraiment pas doué pour exprimer mes sentiments. Peut-être que tu pourrais m'aider.

Les yeux de Jessie s'emplirent de larmes.

— J'aimerais beaucoup t'accompagner.

C'était bizarre. D'être assis là avec Jessie, à faire des projets comme s'ils étaient un couple. Mais ils devaient en être un maintenant. C'était quelque chose qu'il ne savait pas gérer. Il se dit qu'il trouverait bien un moyen.

— Tu as l'air perdu, fit-elle remarquer.

— Oui, fit-il. C'est un peu le cas. Je t'ai dit que je ne savais pas être en couple. On fait quoi à partir de là ?

— Je n'en ai aucune idée, dit-elle en haussant les épaules. Je ne suis pas non plus une experte en la matière.

— Super, pas un pour rattraper l'autre.

— M'embrasser serait un bon début, dit-elle.

— Oui, je pourrais faire ça, pas vrai ? dit-il avec un grand sourire.

Mais, quand il se pencha vers elle, il se rendit compte que les sièges de la Camaro étaient creux et qu'une console de leviers les séparait. Malgré tout, il parvint à effleurer ses lèvres. Dès que sa langue entra en contact avec celle de la jeune femme, la saveur de Jessie lui mit l'eau à la bouche. Elle était chaude et épicée, comme de la cannelle, comme tout ce qu'il avait toujours voulu. Il se pencha plus avant, posant sa main sur sa nuque pour l'attirer à lui et approfondir son baiser, ce qui suscita un gémissement chez la jeune femme. Elle se rapprocha de lui, empoignant son blouson et s'y agrippant de toutes ses forces. Il sentit la tension en elle, son besoin. Il voulait l'installer sur ses genoux pour sentir son corps tout entier contre lui pendant qu'il l'embrassait. Il en voulait plus, bien plus qu'il ne pourrait en avoir dans cette voiture.

— Rentrons, murmura-t-il contre sa bouche. Pour qu'on puisse se rapprocher un peu.

Là où il pourrait la déshabiller et prendre son temps pour lui montrer ce qu'il ressentait vraiment pour elle.

Elle secoua la tête.

— J'ai pas envie de retourner au QG. Il y a trop de monde. Trop de personnes pour nous interrompre. Ici, c'est bien.

Elle tendit le bras derrière elle pour avancer son siège, puis elle s'installa sur la banquette arrière.

— Viens à l'arrière avec moi.

La Camaro n'était pas une voiture très spacieuse, et il n'était pas un petit modèle non plus, mais elle avait raison. Le QG des *Wild Riders* n'était pas le meilleur endroit pour passer un moment intime. Ici, ce n'était pas vraiment pratique, mais c'était le plus intime qu'ils auraient.

Jessie retirait déjà sa veste, révélant ce corset sexy avec lequel elle l'avait allumé plus tôt. Ses seins débordaient un peu du dessus, faisant saliver Diaz qui mourait d'envie de goûter sa peau laiteuse. Elle se positionna sur la banquette, puis écarta les cuisses en se caressant le sexe.

— Quand tu t'es changée, tout à l'heure, j'ai eu envie de te coucher sur mes genoux et de te donner la fessée pour avoir seulement pensé à sortir dans cette tenue.

Elle haussa un sourcil.

— Je crois qu'il nous faudra explorer cette histoire de fessée un peu plus tard. Pour l'instant, j'ai envie de toi, Diaz. Viens ici.

Avec un grognement, de frustration ou d'envie, il glissa son corps imposant sur la banquette arrière. C'était étroit, inconfortable au possible, mais il s'en contrefichait, parce qu'il était plus près d'elle. Il passa le bras autour de sa taille et la plaça au-dessus de lui.

— Tu sens bon, dit-il tandis qu'elle se rapprochait de son torse.

— Tu as bien trop de vêtements sur toi.

Elle l'aida à repousser son blouson sur ses épaules, puis la jeta sur le siège avant. Ensuite elle enfouit son visage dans son cou, lui léchant la gorge.

— Tu m'as manqué, murmura-t-elle contre sa peau. C'est ton odeur et ton goût qui m'ont manqué. Et surtout tes réactions. Tu es tout dur contre moi.

Elle se frotta contre lui et il faillit succomber.

— Continue comme ça et je ne te garantis plus rien du tout.

Son sexe était déjà durci, gonflé et douloureux dans son jean. Il se frotta contre le pantalon de cuir de Jessie, maintenant ses hanches pour qu'elle pose son sexe sur son érection.

— Je n'ai pas besoin de garanties avec toi, dit-elle en se redressant pour poser les mains sur ses épaules.

Elle ondula sur lui, le taquinant délibérément en se frottant contre son sexe.

— J'ai envie que tu sois sauvage, hors de contrôle, surtout quand il est question de sexe.

Il inspira profondément, sentant l'odeur de l'excitation de la jeune femme. Il l'attira contre lui et chercha la fermeture de son corset. Jessie avait les yeux rivés sur lui tandis qu'il la faisait glisser et lui ôtait son haut, libérant ses seins. Il posa le corset par-dessus sa veste et prit sa douce poitrine à pleines mains. Elle était chaude, ses tétons pointant dès qu'il effleura les petits boutons roses des doigts. Jessie se cambra à son contact, lui indiquant silencieusement qu'elle en voulait plus.

— J'ai les mains abîmées, dit-il, mais il continua tout de même à lui masser les seins.

— Je sais. Ça me fait des chatouilles. Continue.

Il s'exécuta, effleurant ses tétons de ses paumes jusqu'à ce qu'elle halète, ses jambes tremblant sous lui. Il adora sa réaction, en voulait plus, alors il passa les mains dans son dos pour approcher ses seins de ses lèvres. Il les titilla l'un après l'autre, savourant la douceur de la peau de la jeune femme comparée à la rugosité de la sienne. Elle rit, son merveilleux à ses oreilles. Il lécha sa peau entre ses seins. Même là, elle avait un exquis goût de miel, et il ne pensait pas que ça venait de son savon. C'était tout simplement Jessie. Il tourna la tête, prit un téton dans sa bouche et l'aspira, taquinant le bouton durci de sa langue.

Jessie gémit, empoigna la tête de Diaz pour le maintenir en place pendant qu'il léchait et jouait avec le téton.

— Je ressens ça jusque dans mon sexe, commenta-t-elle.

C'était le genre de chose qu'il aimait entendre. Jess était une femme incroyablement sexuelle. La vie avec elle serait phénoménale. Il n'arrivait pas à croire qu'il avait failli y renoncer. Il avait tellement de veine d'avoir cette deuxième chance de faire sa vie avec cette femme incroyable.

Quand elle ondula de nouveau sur son sexe, il grogna, la souleva de ses genoux pour la dégager, défaire son pantalon et l'abaisser. Il avait besoin de l'avoir nue sur lui. Tandis qu'elle luttait pour retirer son vêtement de cuir, il abaissa sa braguette et prit un préservatif dans sa poche, se préparant pour elle, l'attendant.

Jessie trouvait qu'elle mettait bien trop de temps à retirer son pantalon. Elle était moite, les tétons durcis, embrasés par les caresses de Diaz. Quand elle remonta sur lui, ses jambes se mirent à trembler. Elle ne contrôlait plus rien. Jamais elle n'avait éprouvé une telle sensation d'urgence, son corps tout entier ne voulant que Diaz, son sexe frémissant du besoin de sentir sa verge en elle.

Diaz s'accrocha à sa taille et la fit glisser sur son membre. Elle descendit, l'engouffra, le sentant gonfler en elle. Elle ferma les yeux et se concentra sur les sensations procurées par sa queue tandis qu'elle stimulait ses zones érogènes, jusqu'à ce qu'elle se retrouve assise sur ses cuisses. Elle ouvrit les yeux pour découvrir qu'il la regardait avec une telle intensité qu'elle en frémit. Il avait les paupières mi-closes, la tête inclinée sur le côté. Son beau visage était à moitié plongé dans l'obscurité. Ainsi, il avait des airs machiavéliques, et il ne pouvait pas être plus sexy. Il écarta les doigts de ses deux mains sur ses hanches tandis qu'il l'amenait vers l'avant, faisant frotter son clitoris contre son pelvis. Elle haleta et retint son souffle en savourant cette nouvelle sensation, comme si elle caressait du sable brûlant.

Il la repoussa un peu tout en soulevant ses hanches pour s'élancer en elle, puis il la mena vers l'avant de nouveau. Elle posa ses mains sur son torse, enfonça ses ongles dans sa peau, perdue dans ses sensations, perdue en lui.

Quand Diaz était en elle, elle perdait toujours la raison. Elle faisait tout au diapason de son corps. C'était bien plus qu'un contact physique – il lisait dans les réactions et ajustait ses mouvements pour lui donner le plus de plaisir possible. Seul un homme réellement épris pouvait faire ça pour sa femme.

Sa femme. Elle était sa femme. Elle prit son visage entre ses mains, caressant sa barbe de trois jours.

— J'adore te sentir en moi. La façon dont ton sexe grossit à chaque coup de reins.

— Tu vas le faire grossir encore plus si tu continues à parler comme ça.

Elle afficha un grand sourire et se pencha pour l'embrasser. Dieu qu'elle aimait ses lèvres, la façon dont il l'embrassait ! Il posa une main sur sa nuque et la maintint en place alors qu'il ravissait sa bouche, usant de sa langue pour aller encore plus loin. Son baiser lui évoquait le sexe, l'amour, et une émotion encore plus forte qui ne pouvait être décrite avec des mots. Mais elle comprit ce qu'il ne pouvait pas exprimer, et elle se sentit se contracter de l'intérieur – toute cette joie, cette révélation, avoir cet homme et savoir qu'il lui appartenait.

Elle s'écarta, lui saisit les bras et le chevaucha, le laissant s'emparer de ses fesses pour la soulever et l'abaisser. Elle haleta en approchant de l'orgasme, regarda son visage, la façon dont il plissait le front pour se concentrer, sa mâchoire contractée, la sueur qui perlait sur son front, et tout cela décupla encore son propre plaisir.

Elle frémit, se sentit partir.

— J'y suis presque. Il faut que je jouisse.

Diaz hocha la tête, ses doigts s'enfonçant dans la chair de ses fesses. Ses coups de reins gagnèrent en intensité, en profondeur, et elle s'accrochait de toutes ses forces à ses avant-bras. Elle attendit qu'il aille encore plus loin en elle pour se laisser aller à sa propre jouissance.

Mais il préféra maintenir des coups de reins réguliers et mesurés, sa verge atteignant sans cesse ce point en elle qui lui donnait tant de plaisir.

L'orgasme la fit frémir, crier, puis elle s'effondra en avant, tout en épousant ses derniers mouvements, secouée de spasmes par vagues de plaisir qui la submergeaient. Elle sentit le plaisir du bout de ses orteils au sommet de son crâne. Diaz enroula ses bras autour de son dos et grogna dans son cou en jouissant à son tour, s'enfonçant loin en elle et lui coupant quasiment le souffle. Jamais elle ne s'était sentie aussi adorée.

Moites de sueur, ils collaient l'un à l'autre. La position n'était pas des plus confortables, mais Jessie ne voulait pas bouger. Pas avec Diaz qui lui caressait le dos, lui embrassait le cou, son cœur tambourinant contre sa poitrine.

— Je t'aime, murmura-t-elle.

— Je ne sais pas ce que j'ai fait pour mériter ça.

Elle repoussa son torse pour se redresser.

— Tu n'as rien eu d'autre à faire que d'être toi-même. Tu mérites d'être aimé. Et moi aussi.

Il hocha la tête, arborant une expression plus douce.

— Je vais commencer à y croire, dit-il avant de passer une main sur le visage de la jeune femme. Je t'aime aussi, Jess.

Ils se séparèrent, se rhabillèrent et reprirent leurs places à l'avant.

— Qu'est-ce qu'on fait, maintenant ? demanda-t-elle.

— Je pense qu'on doit retourner au quartier général.

Cela n'avait pas l'air de l'enchanter.

— Qu'est-ce qui ne va pas ?

— On va devoir se trouver un logement. Au QG, je ne vais pas pouvoir te courir après et t'arracher tes vêtements sur la table de la cuisine, vu qu'il y aura Grange et les autres à peu près tout le temps.

Elle éclata de rire.

— Non, je pense que ce n'est pas possible.

Ivre de bonheur, elle ajouta :

— Alors on va devoir se chercher un appart ensemble ?

— Oui, répondit-il en grimaçant. J'imagine qu'il est temps que je me pose.

— Oh, les sacrifices que tu dois faire au nom de l'amour !

Il se pencha et pressa ses lèvres contre les siennes dans un baiser si tendre qu'elle en ressentit presque de la douleur. Il s'écarta tout juste pour chuchoter contre sa bouche :

— Tout ce que tu voudras, Jessie. Tout.